KB272687

Fantasy Frontier Spirit
김운영 판타지 장편 소설

흑사자

Dark
Leonal

黑獅子

흑사자 3
김운영 판타지 장편 소설

초판 1쇄 찍은 날 § 2005년 10월 29일
초판 1쇄 펴낸 날 § 2005년 11월 9일

지은이 § 김운영
펴낸이 § 서경석

편집장 § 문혜영
편집책임 § 최하나
편집 § 장상수 · 서지현

펴낸곳 § 도서출판 청어람
등록번호 § 제1081-1-89호
등록일자 § 1999. 5. 31
어람번호 § 제1-0645호

주소 § 경기도 부천시 원미구 심곡1동 350-1 남성B/D 3F (우) 420-011
전화 § 032-656-4452 팩스 § 032-656-4453
http://www.chungeoram.com
E-mail § eoram99@chollian.net

ⓒ 김운영, 2005

ISBN 89-5831-762-0 04810
ISBN 89-5831-759-0 (SET)

3
왕의 그릇

Fantasy Frontier Spirit

김운영 판타지 장편 소설

흑사자
Dark
Leonal
黑獅子

도서출판 천어람

CONTENTS

❖ Chap 1 ❖
영지의 위기

영지의 위기

레오가 대부분의 군사를 이끌고 전장으로 향한 후 가이안 영지에는 1천 명의 병사가 남아 영지 내의 치안과 성의 수비를 담당하고 있었다.

로엔은 영주 대리로 매일같이 착실하게 일했다.

그의 나이는 13세, 곧 14세가 된다. 성년식도 치르기 전이고, 영주 대리인으로 일을 하기에는 누가 보더라도 어린 나이였다.

하지만 로엔은 이 상황을 힘들어하거나 불평하지 않았다. 아직은 어리다고 할 수 있는 이 소년은 나름대로 흑사자의 조카로서 부끄럽지 않게 처신하려고 노력했다.

로엔의 이러한 태도로 인해 가넨은 어느샌가 이 어린 영주 대리인을 듬직하게 생각하고 있었다. 로엔이 가넨을 의지하는 것만큼이나 가넨도 로엔에게 기대를 품었다. 그는 이 소년에게서 미래의 희망을 보고 있었다.

"레오 영주님에게는 영주님만의 일이 있습니다. 보통의 영주와는 조금 다른 일이라고 할 수 있습니다만, 그 외의 일들은 로엔 공자님께서 담당해 주실 수밖에 없겠군요."

가넨은 이미 한 사람의 행정 전문가 몫을 해내는 로엔을 보며 이렇게 말하곤 했다. 이럴 때의 그의 눈빛은 신뢰와 기대로 깊은 빛을 발하였다.

"물론이에요. 삼촌이 행정 일을 한다는 것은 상상도 할 수 없어요!"

로엔은 역시나 그런 가넨의 기대를 저버리지 않고 결의로 가득한 두 눈을 반짝이며 대답했다.

사실 로엔의 성실성은 좀 지나칠 정도여서 별다른 잔소리가 필요치 않았다. 주어진 업무와 공부, 검술 수련에 이르기까지 무엇 하나 소홀히 하는 법이 없었다.

"영지 순찰이라구요?"

아직 처리할 서류가 많았다. 로엔은 남는 시간엔 언제나 서류를 붙잡고 있었다. 물론 영주 대리인으로서 꼭 해야 할 부분은 이미 끝났지만 가넨의 일을 돕고 있는 것이다.

자발적으로 하는 일이라고 해도 13세의 소년이 하루종일 서류에 파묻혀 지내는 것은 바람직하지 못한 법이다. 가넨은 이를 걱정한 나머지 영지 순찰을 권하였던 것이다.

"네. 물론 이런 서류 처리도 중요하지만, 영주 대리인으로서 영지 전반을 직접 보시는 것도 또 다른 의무입니다."

"아, 그렇군요. 그건 미처 생각하지 못했어요. 그건 매일 해야 하나요?"

가녠이 진지하게 설명하자 로엔은 순순히 이 의무를 받아들였다. 레오 삼촌이 없는 지금 영주 대리인으로서의 의무는 무엇 하나 소홀히 할 수 없다고 생각했기 때문이다.

가녠은 자신의 의도가 받아들여지자 속으로 기뻐하면서도 겉으로는 엄숙한 태도를 유지하며 말했다.

"가능하면 매일 하시는 편이 좋습니다. 영지 전체를 하루에 돌아보시기는 힘드니 오늘은 여기, 내일은 저기 하는 식으로 나누어서 순찰을 하는 것이 정석이지요."

"아! 그렇네요. 결국 며칠에 한 번씩 전체를 도는 셈이 되겠군요."

사실 영주가 직접 영지 순찰을 하는 것은 자주 있는 일이 아니다. 물론 가녠의 말이 틀린 것은 아니지만 매일 영지를 순찰하는 영주는 거의 없다. 이는 어디까지나 이렇게 해서라도 로엔에게 숨을 돌릴 여유를 주려는 의도이다.

이후로 로엔은 오전 중에는 가녠과 함께 영지의 경영 전반에 대한 일을 처리하고, 오후에는 성안을 순시하면서 이상이 없나 살폈다.

오늘도 로엔은 일을 끝내고 성문 앞까지 왔다가 문득 성벽 위를 보았다. 그곳에는 마치 동상처럼 굳건히 서 있는 한 사람이 있었다.

로엔은 잠시 그쪽을 보며 무언가 생각하더니 자신을 따라온 두 명의 호위 기사를 돌아보며 말했다.

"잠시만 여기서 기다려 주세요."

기사들이 정중히 명을 받아들이자 로엔은 달음박질로 성벽 위로 뛰어올라 갔다. 성벽 위의 사람은 로엔이 올라온 것을 보자 곧바로 인사를 해왔다.

"이곳까지 웬일이십니까?"

덥수룩한 턱수염을 기른 남자는 반가운 표정으로 물었다. 로엔은 자못 걱정스럽다는 표정으로 말했다.

"타로스 경, 그렇게 하루종일 성벽 위에서 대기하지 말고 조금 쉬는 것이 어떤가요? 전쟁 중이라도 우리 영지는 안전하다고 들었어요."

중년의 타로스는 로엔이 자신을 경이라는 기사의 호칭으로 부르는 것이 쑥스러워 괜히 머리를 긁적였다.

"별로 무리하는 것은 아닙니다. 사실 저에게는 성벽 위가 가장 편한 장소가 되었거든요. 하하하."

"그래도 사람들에게 들으니 잠도 성벽 위에서 주무신다고 하던데……."

로엔은 성벽을 볼 때마다 마치 동상처럼 자리를 지키고 있는 타로스가 걱정이 되었던 것이다. 지나가는 말처럼 물어보니 성벽 위에서 잠까지 잔다고 한다. 사실 오늘은 아예 작심을 하고 올라온 길이었다.

그런 로엔의 마음 씀씀이에 기쁜 표정을 지으면서도 타로스는 걱정 말라는 듯 대답했다.

"저기 성문 위에 지휘관용 망루가 있습니다. 그곳이 제법 편하지요."

사실 지난 십 년간 그의 대부분의 생활은 이 성벽 위에서 이루어졌다. 이제는 정말로 성벽 자체가 그의 집이라 할 수 있을 만큼, 그는 성벽 위가 가장 편한 사람이 되어 있었다.

로엔은 그런 타로스의 태도에 말문이 막힌 듯 잠시 고개를 갸웃거리다가 다른 이유가 생각이 나자 얼른 말했다.

"결혼도 하셨잖아요! 부인하고도 시간을 보내셔야지요."

이것이야말로 완벽한 이유다. 타로스 경은 쉬어야 한다! 로엔은 그렇게 생각했다. 아직 어린아이다운 치기로 한 번 주장한 것은 어떻게 해서든지 계속 관철하려 하는 경향이 약간은 있었다.

타로스는 미소를 지으며 손을 들어 손가락으로 성벽 아래쪽을 가리켰다. 로엔이 그 손가락이 가리키는 곳을 보니 한쪽 구석에 집 한 채가 덩그러니 서 있었다.

"아내는 저를 이해해 주었습니다. 전대 영주님의 허락을 받아 저곳으로 이사했습지요. 하하하, 사실 이 성벽은 아내와의 산책로이기도 합니다."

"그런!"

몰랐다. 여태까지 영주의 저택 안에서 살면서 유아 시절을 보내고 공부를 하느라 바빴기에, 성문지기인 타로스의 사생활에 대해서 들을 기회가 없었다.

로엔은 할 말이 없었다. 어떻게든 타로스를 쉬게 해주려는 마음이었는데 이렇게 되면 더 할 말이 없다. 어찌 보면 논쟁에서 진 셈이니만큼 약간은 억울한 생각도 들어 몇 번 입을 열었지만 결국 한숨을 쉬며 다물었다. 집 자체를 성벽 바로 아래에 지어놓은 사람에게 무슨 말을 할 수 있겠는가?

결국 로엔은 이렇다 할 다른 이유를 대지 못하고 마지막으로 아쉬운 듯 한마디를 덧붙였다.

"에효, 그래도 너무 성벽 위에만 있는 것은 안 좋은 것 같아요."

타로스는 그런 로엔에게 잠시 흐뭇한 미소를 띤 얼굴로 다가가 한 손을 들어 성벽 너머를 가리켰다.

"저는 이곳이 좋습니다. 보십시오. 전망이 정말로 좋지 않습니까?
저 푸른 들과 하늘을 한눈에 볼 수 있습니다. 해가 뜨는 것을 가장 먼
저 보는 것도 저입니다. 영주님을 기다리느라 이 위에서 십 년을 보냈
지만 한 번도 후회한 적이 없습니다. 그러니까 체질이지요. 성벽 체질
이라고 할까요? 하하하!"

"풋, 성벽 체질이라는 말은 처음 들어보네요."

로엔도 따라 웃었다. 타로스는 정말로 기분이 좋아 보였다.

'타로스 경은 정말 성벽 위에 있는 것을 즐기는 것이 틀림없어!'

그렇게 생각하자 로엔도 타로스를 걱정하던 마음이 사라지고 문득
이 성벽 위가 좋아졌다.

"내일 또 와도 될까요?"

한층 홀가분해진 로엔의 목소리에 타로스는 껄껄 웃으면서 기꺼워
하는 어조로 대답했다.

"물론입니다. 내일은 병사들을 훈련시키는 것을 보여 드리지요."

"훈련이요?"

로엔은 의아한 눈빛으로 타로스를 보았다.

훈련은 훈련장에서 하는 것이 아닌가? 성벽 위에서 무슨 훈련을 한
단 말인가?

타로스는 감정이 숨김없이 드러난 로엔의 눈빛을 보고는 알겠다는
듯 싱긋 웃었다. 이렇게 호기심을 드러내는 모습을 보면 늘 조숙하고
진중해 보이는 로엔도 결국은 13세의 소년인 것이다. 타로스는 로엔이
궁금해하는 점에 대해 친절하게 설명해 주었다.

"성벽 위에서 하는 훈련은 주로 공성전에 대비한 수성 훈련입니다.
제가 성문지기의 대장이 된 이후로 부하들과 함께 매일같이 연습해 왔

지요. 이제는 꽤 익숙하게 병사들을 부릴 수 있답니다."

"아! 그렇군요. 확실히 수성 훈련은 훈련장보다는 성벽 위에서 해야 겠지요. 타로스 경께서는 항상 노력하고 계셨군요!"

로엔의 눈이 빛났다.

노력하는 자는 아름답다!

아버지 다인이 말하기를, 성공한 사람들은 모두 노력한 사람이라고 했다. 노력을 한 자가 모두 성공하는 것은 아니지만 노력을 하지 않으면 성공할 수 없다고 말했다.

지금 로엔의 눈앞에는 십 년간 자신을 단련하여 상급 기사가 된 사람이 있었다.

로엔의 감탄 어린 눈빛을 받은 타로스의 얼굴이 살짝 붉어졌다.

"그런 거창한 것은 아닙니다. 단지 심심해서였지요. 성벽 위에서 할 수 있는 일이 별로 없으니 부하들을 괴롭힌 거라고나 할까요?"

"으윽."

로엔은 마치 발을 헛디딘 듯 비틀거렸다. 스스로 말해 놓고도 머쓱해진 타로스는 헛기침을 하면서 슬쩍 고개를 돌렸다. 약간 어색한 침묵이 흐른 후 갑자기 성벽 바깥쪽을 보던 타로스의 눈빛이 진지해졌다.

"누군가가 오는군요. 말을 타고 전력으로 달려오는 것으로 보아 상당히 급한 일인 것 같습니다."

그는 더 이상 사람 좋은 털보 아저씨의 얼굴을 하고 있지 않았다. 도저히 급조된 작위를 받은 것으로 생각되지 않는 전형적인 기사이자 지휘관의 빈틈없는 표정이었다.

로엔은 얼른 타로스가 보는 방향으로 시선을 돌렸지만 그의 눈에는 아무것도 보이지 않았다.

무엇이 보이는지 물어보려는 순간 마치 그걸 알기라도 한 듯 타로스의 설명이 뒤따랐다.

"자세히 보시면 언덕 사이로 보이는 지평선 끝에 먼지가 보일 겁니다. 저 거리에서 먼지가 보일 정도면 말이 전력으로 달려야 가능하지요."

로엔은 한껏 시력을 집중하여 타로스가 지적한 곳을 보기 시작했다. 그사이에도 상대는 열심히 말을 달린 탓에 이제는 로엔의 눈에도 먼지 구름이 보이기 시작했다.

잠시 시간이 지나자 언덕 옆쪽으로부터 누군가가 말을 타고 달려오는 모습이 드러났다. 로엔과 함께 그쪽을 주시하던 타로스가 다가오는 사람에 대해 말해 주었다.

"전령이군요. 등에 기를 매달았습니다."

"전령이요? 삼촌이 보낸 사람일까요?"

"그것은 아닙니다. 영주님이라면 기에 영주님의 표식이 있어야 합니다. 왕궁에서 보낸 것도 아닌 것 같은데… 누가 보낸 전령일까요?"

전쟁 시의 긴급 전령은 항상 보내는 자의 깃발을 등에 꽂아야 한다. 로엔은 수업 시간에 배운 전령에 관한 내용을 기억해 내고는 고개를 끄덕였다.

"내려가요. 급한 일인 것 같으니 바로 만나보겠어요."

곧바로 아래쪽으로 향하려는 로엔을 막으며 타로스는 고개를 가로저었다. 로엔은 현재 이 영지의 총책임자이다. 급해 보인다고 해서 정체를 모르는 사람을 함부로 만나서는 안 되었다.

"위험합니다. 제가 일단 목적을 물어볼 테니 공자님은 일단 이곳에 계십시오."

"알았어요."

로엔은 수비대장인 타로스의 말에 순순히 따랐다. 전투를 직접 경험한 적은 없지만 성벽에서의 일은 수비대장에게 맡겨야 한다는 것쯤은 알고 있었다.

"누구냐! 정지해서 목적을 말하라!"

타로스는 전령이 가까이 오자 크게 외쳤다. 말을 전력으로 몰다가 급히 정지할 수 있는 것은 결코 쉽지 않은 일이기에 거리가 필요하다.

전령은 타로스의 말을 들은 듯 순간적으로 속도를 늦추고는 성문 앞에서 땅으로 뛰어내렸다. 가벼운 몸놀림으로 보아 상당한 수련을 쌓은 자 같았다.

"저는 영주님의 수하 중 한 사람인 킬번이 보낸 사람입니다! 로엔 공자님께서 킬번을 아실 겁니다."

"킬번? 아십니까?"

타로스는 옆을 보며 로엔에게 물었다.

"킬번? 아! 그……."

수도의 도둑 길드장이다. 삼촌인 레오에게 분명히 들었다. 로엔이 전령을 보낸 자를 아는 듯하자 타로스가 다행이라는 표정으로 말했다.

"아는 사람입니까? 그럼 안심해도 되겠군요."

"그게… 잠시만요."

로엔은 고민했다. 도둑 길드장이 보낸 사람인데 안심해도 되는가? 삼촌은 그에 대해 별로 자세하게 말하지 않았다. 하지만 생각해 보니 킬번이라는 자가 삼촌의 부하인 것은 틀림없었다.

"수상한 자입니까?"

타로스가 로엔의 얼굴 표정을 보고는 다시 물었다. 그는 당장이라도 왼손을 들어 문 앞을 지키고 있는 병사들에게 저자를 잡으라고 명령을 내릴 기세였다.

로엔은 결심을 굳히고 말했다.

"아니에요. 킬번이란 사람은 삼촌의 부하가 맞아요. 만나보겠어요."

"그러십시오. 일단 병사들을 몇 명 준비시키겠습니다."

"예."

로엔은 대답을 하고는 성벽 아래쪽으로 걸어 내려갔다. 호위 기사들도 누군가가 왔다는 것을 알고는 약간 긴장한 채 로엔의 좌우에 섰다.

그 뒤로 타로스의 명을 받은 여덟 명의 병사가 따라붙었다. 부하들에게 지시를 한 타로스는 어느새 돌아와 로엔의 바로 옆에 바짝 붙어 함께 걸어갔다.

성벽 안쪽에 있는 대기실로 들어간 로엔은 전령을 들어오게 했다. 킬번이 보냈다는 자는 조심스럽게 들어와 로엔을 보고는 한쪽 무릎을 꿇고 고개를 숙였다.

로엔이 그 인사를 받자 그는 곧바로 두 손으로 양피지 두루마리를 내밀었다.

"킬번님께서 보낸 서신입니다. 급한 일이라고 하셨습니다."

타로스는 앞으로 나서서 두루마리를 건네받았다. 이는 당연한 절차로서 전령으로 위장한 불순한 의도를 가진 자들의 습격을 막기 위한 것이다.

"제가 먼저 볼까요?"

손에 두루마리를 든 타로스가 허락을 구하듯 말하자 로엔은 웃으며 말했다.

"위험할 것 같지는 않군요. 제가 직접 보겠습니다."

나이와는 어울리지 않게 온화하면서도 여유로운 표정이었다. 순진한 소년은 어느새 사라지고, 로엔은 영주 대리인답게 자연스러운 위엄을 발산하고 있었다.

타로스는 로엔의 얼굴에서 레오와는 또 다른 위엄을 보았다. 일견 온화해 보이지만 온몸에서 뿜어지는 자연스러운 기품에 절로 고개를 끄덕일 만한 타고난 기운이다.

"그렇게 하십시오."

타로스는 정중한 태도로 양피지 두루마리를 로엔에게 건넸다.

좌락.

로엔은 두루마리를 두 손으로 잡고 넓게 펼쳤다. 그리고는 안에 적혀진 내용을 눈으로 읽기 시작했다.

"으음."

로엔의 안색이 점점 굳어가기 시작했다. 눈동자가 조금씩 흔들렸다. 두루마리에서 고개를 돌린 로엔은 아직도 처음의 자세 그대로 꿇어앉아 있는 전령에게 물었다.

"이 안에 적힌 정보는 확실한 건가요?"

"안의 내용이 무엇인지는 듣지 못했습니다. 하지만 특급 기밀 사항이고, 킬번님이 직접 전한 것이니 거짓일 가능성은 없습니다."

전령은 전혀 망설이는 기색 없이 대답했다.

"그렇군요. 수고하셨습니다. 물러가서 휴식을 취하도록 하세요."

로엔은 최대한 의젓한 태도와 말투를 유지했다. 전령은 고개를 깊게 숙여 감사의 예를 표한 후 일어나서 대기실 밖으로 나갔다. 무사히 임무를 수행했으니 이제 큰 짐을 덜었다는 표정이었다.

"무슨 내용입니까?"

타로스는 로엔에게 물었다. 문서를 읽을 때 로엔의 표정이 심상치 않았던 것이 마음에 걸렸다. 물론 전령에게 말할 때는 애써 태연한 표정을 짓고 있었지만, 타로스는 로엔의 불안을 피부로 느끼고 있었다.

로엔은 고개를 들어 타로스를 보았다. 공포, 그의 눈에는 공포의 감정이 떠올라 있었다. 억지로 침착한 태도를 유지하고 있었지만 타로스는 알 수 있었다. 지금 로엔의 눈빛은 도움을 청하는 어린아이의 그것이었다.

'도대체 무슨 일이기에?'

타로스는 당장이라도 이 어린 소년을 끌어안고 걱정할 것 없노라고 위로하고 싶은 심정이었다. 로엔의 신분이 문제가 되는 것은 아니었다. 단지, 영주 대리인으로서 행동하려는 의지를 꺾는 일이 될 듯하여 참기로 했다.

타로스는 걱정스러운 마음을 애써 누르고 대신 충실한 신하의 자세로 돌아갔다. 지금 필요한 것은 따뜻한 위로를 하는 친근한 아저씨가 아니다. 충성심 깊고 믿음직한 수하이다. 전형적인 기사의 표정과 자세로 돌아간 타로스는 진지한 표정으로 말했다.

"비밀이라면 물론 말씀 안 하셔도 되지만, 제가 알아도 되는 것이라면 알려주십시오. 로엔 공자님의 힘이 되도록 노력하겠습니다."

그 말이 어느 정도 효과가 있었던 듯 로엔은 잠시 땅을 보며 심호흡을 했다. 소년은 지금 스스로 냉정을 되찾기 위해 노력하는 중이었다. 중년의 기사가 지켜보는 가운데 몇 차례 고개를 세차게 흔든 로엔의 입이 비로소 열렸다.

"타로스 경도 알아야 할 문제예요."

다시 타로스를 바라보는 그의 눈은 깊게 가라앉아 있었다.

'다인 경!'

타로스는 자신도 모르게 선대 영주의 이름을 속으로 외쳤다. 지금 로엔의 눈빛은 결코 어린 소년의 그것이 아니다.

로엔은 당당한 영주 대리인, 한 영지의 책임자로서 존재감을 나타내고 있었다. 더군다나 그 눈빛은 최후의 결전을 선언하던 다인 경의 그것과 너무나 흡사했다.

타로스는 새삼스레 긴장을 하며 로엔의 설명을 기다렸다.

"애슐론 군의 별동대가 산맥을 타고 이곳으로 침투해 오고 있다는군요. 수는 5천, 정예병들이랍니다."

"그런!"

타로스는 자신도 모르게 경악하여 소리쳤다. 좋지 않은 일이라고 예상은 했지만 이는 그 이상이다.

"도착 예상 시간은 앞으로 보름, 서신에는 피신하라고 쓰여 있어요."

로엔은 침착하게 말하며 양피지 두루마리를 타로스에게 내밀었다. 타로스는 떨리는 손으로 그것을 받아 읽었다. 양피지 안의 내용은 로엔이 말한 것과 다르지 않았다.

그가 침중한 표정으로 두루마리에서 시선을 들자 로엔이 물어왔다.

"피신해야 할까요?"

"서두르지 말고, 일단 다른 사람들과 상의해 보도록 하지요. 보름이라면 약간의 여유는 있습니다."

"그게 좋겠어요."

두 사람은 긴장한 얼굴로 자리에서 일어났다. 로엔은 곧바로 호위기사 중 한 명을 미리 보내 가넨을 비롯한 영지의 주요 인사들에게 모일 것을 명하였다.

로엔은 서두르지 않고 천천히 걸어서 자신의 저택으로 갔다. 가서 기다리는 것보다는 이렇게 천천히 걷는 것이 조금이라도 마음을 안정시키는 데 도움이 될 것 같았다.

걸음을 옮기면서 주변을 둘러보고 하늘을 보기도 했다. 가끔씩 고개를 숙여 땅을 보며 걷다가 다시 시선을 옮겼다. 깊은 생각에 잠긴 듯한 그 모습에 타로스는 잠자코 침묵을 지키며 뒤를 따랐다.

이윽고 저택에 도착한 로엔은 정문 앞에 잠시 서서 안쪽을 보았다. 그리고는 갑자기 입을 열어 말했다.

"레오 삼촌은 여기 없어요."

"……."

타로스는 딱히 할 말이 없었다. 로엔의 말이 맞다. 가장 의지할 만한, 굳건한 버팀목이 되어야 할 영주는 지금 다른 전쟁터에 있다.

"저는 영주 대리인이에요."

타로스의 침묵에 상관없이 로엔은 딱딱하게 굳은 어조로 다시 말했다. 그건 마치 스스로에게 말하는 듯한 느낌이 들었다. 더 이상 떨지 않겠다고, 자신의 위치에 맞게 처신하겠노라는 선언과도 같은 말이었다.

그 말은 타로스의 마음을 흔들며 파고들었다. 그는 결연한 태도로 가슴을 펴면서 비슷한 어조로 대답했다.

"그렇습니다. 저는 영지의 수비대장이지요."

그는 고개를 돌려 이곳에서는 보이지 않는 성벽 쪽을 보았다. 십 년 이상을 보낸 성벽, 바로 자신이 지켜야 할 대상이 거기에 있다.

"들어가요. 대책회의에서 모두의 의견을 들어야겠어요."

"그러시지요."

두 사람은 다시 걸음을 옮겨 안으로 들어갔다. 불안과 미련은 정문에 남겨두고 굳은 의지만을 지닌 채 회의장으로 향했다.

"일단 로엔 공자님은 피신을 하셔야 합니다."

가녠이 단호한 어조로 단정 짓듯이 말했다.

"알겠습니다. 가녠 경을 비롯한 성의 문관 분들도 저와 함께 피하는 것으로 합시다."

로엔은 고집을 부리지 않고 순순히 승낙했다. 아직 전투에 도움이 되기에는 힘이 모자란다. 힘이 될 수 없는 상급자는 오히려 방해가 된다고 배웠다. 자신을 보호하기 위해 전력이 분산될 것이다.

가녠은 로엔의 침착한 대답에 만족스러운 표정을 지으며 다음으로 결정해야 할 부분을 거론했다.

"문제는 다른 사람들은 어떻게 하는가입니다."

"영지민들과 함께 전원 피하는 것이 나을까요?"

로엔의 피신 문제가 결정되자 영지민이나 병사들의 문제가 남았다. 전원 피할 것인가? 아니면 병사들은 남아 싸울 것인가?

"5천의 정예병이라면 싸워서 이길 승산이 거의 없습니다. 주변에 지원군을 요청할 만한 영지도 없으니, 일단 모두 피하는 것이 좋겠습니다."

가녠이 이처럼 제안하자 다들 수긍하는 태도를 보였다. 싸워도 질 확률이 높다면 희생을 줄이는 것이 좋다. 이것은 누구나 알고 있는 정론이었다.

단, 한 사람 타로스만이 그 의견에 정면으로 반박하고 나섰다.

"저들이 쳐들어오면 성 밖의 논과 밭, 그리고 마을은 파괴될 것입니다. 그래도 성을 지킬 수만 있다면 복구하는 데 반년도 걸리지 않습니다. 하지만 만약 성마저 함락당하면 문제가 커집니다."

"적들이 물러나면 성으로 돌아오면 되지 않습니까? 어설프게 싸우는 것보다 피해가 적을 겁니다."

다른 문관이 말하자 가녠이 고개를 끄덕이며 자신의 의견에 대해 보충했다.

"공성전을 벌이면 성 내부의 피해는 상당히 커질 수밖에 없습니다. 이대로 성을 비우고 피난을 가면 오히려 저들은 성을 점거했다가 상황이 불리해지면 떠날 겁니다."

다수의 문관들이 약속이라도 한 듯 고개를 끄덕였다. 누가 보더라도 무모한 싸움을 벌이는 것보다 최소한의 피해로 전력을 유지하는 것이 현명한 일이었다.

이 대립된 두 가지 의견에 대해 나름대로 고민을 하던 로엔은 갑자기 의문이 생겼다.

"그런데 왜 하필이면 우리 영지를 공격하는 거지요? 별동대를 5천이나 동원해서 이곳을 칠 이유가 있나요?"

한참 전쟁이 일어나고 있는 시기인만큼 정예병 5천은 무시하지 못할 숫자이다. 그런 병력으로 이런 외곽 영지를 치는 데 동원한다는 것은 로엔이 배운 내용으로는 이해할 수 없는 처사였다.

"그것은 이곳이 레오 영주님의 영지이기 때문입니다."

눈에 띄게 어두운 표정으로 가녠이 대답했다.

"삼촌의 영지이기 때문에 공격을 한다고요?"

로엔은 쉽게 이해할 수 없는 듯 고개를 갸웃하며 다시 물었다. 역시 아직은 복잡한 힘의 상관관계를 이해하기에는 어린 나이임에 틀림없었다.

　유독 로엔뿐만 아니라 이 자리에 모인 사람들 중에서도 왜 그것이 이유가 되는지 잘 모른다는 얼굴이 꽤 여럿 있었다. 주위를 둘러본 가넨은 찬찬한 어조로 자세한 설명을 시작했다. 이들은 모두 흑사자 레오의 가신들이다. 최소한 그것이 무엇을 의미하는지 모두 알고 처신할 필요가 있었다.

　"레오 영주님은 세상에서 가장 강한 자로 알려진 상태입니다. 무적이지요. 한 번도 패배를 하지 않았다고 합니다."

　"그건 알아요."

　로엔은 레오의 얘기가 나오자 약간 기운이 나는 듯 미소를 지었다. 가넨도 레오의 그 세속의 상상을 뛰어넘는 경제 관념을 회상하며 한층 밝은 표정을 지었다.

　자금이 떨어지면 달라고 하면 된다. 휴케바인의 충고대로 레오 영주님은 부하들이 원하는 것을 무엇이든 들어줄 능력이 있다. 자금이 있으니 시간이 흐르면 영지는 다시 복구될 것이다. 그는 그렇게 믿고 있었다.

　"사실 제가 들은 소문을 종합해 보면 영주님을 패배시킬 수 있는 자는 없습니다."

　가넨의 말에 로엔을 비롯한 모두가 고개를 끄덕이며 동의의 뜻을 표했다. 이는 결코 팔이 안으로 굽어 내린 편견이 아니다. 그들의 주군은 대륙 전체에서 공인하는 무적 무패의 존재인 것이다. 흑사자의 가신으로서의 자부심이 살아난 탓인지 다들 자랑스러운 기색을 드러냈다.

　가넨은 그런 사람들을 주욱 둘러보며 잠시 시간을 두고는 냉정하게 핵심을 집어냈다.

"하지만 그건 어디까지나 흑사자 개인의 일입니다. 지금 영주님은 혼자가 아닙니다. 로엔 공자님이라는 친인도 있고, 또한 영지도 있습니다. 영지를 빼앗긴 영주는 패배한 것이지요."

"아!"

가넨이 말하고자 하는 것을 깨달은 듯 신음에 가까운 음성이 여기저기서 터져 나왔다. 가넨은 거기에 호응이라도 하듯 최후의 결론을 덧붙였다.

"그들이 원하는 것은 바로 영주님의 패배입니다. 무적, 무패, 이런 것을 없애고 싶어 하는 것입니다."

"그런 뜻이었군요."

로엔은 잠시 가넨의 말을 생각해 보고 다시 물었다.

"그런데 삼촌이 패배했다는 사실이 그들에게 무슨 이익이 될까요? 별동대를 5천이나 동원할 정도로 힘을 기울일 가치가 있는 것인가요?"

그래 봐야 흑사자의 실력이 모자라서 당한 패배가 아니다. 그가 자리를 비운 사이에 영지가 당한 것에 불과하다. 레오 삼촌이 무사한 상황에서 영주로서의 단 한 번의 패배가 그토록 중요한 것일까? 로엔은 이 부분에 대한 의문을 가지고 물었다.

가넨은 정색을 하고 엄숙한 표정으로 다시 대답했다.

"큰 문제입니다. 적어도 영지를 빼앗기고 약탈당한 영주는 조롱의 대상이고, 존경과 경외의 대상은 될 수 없습니다. 개인의 능력이 뛰어나면 뛰어날수록 오히려 비난을 받게 됩니다."

"으음, 그런가요?"

"단순한 힘의 문제만은 아닙니다. 흑사자라는 이름에 대해 다른 무관들이 가지는 경외심은 놀라울 정도입니다. 그것이 깨진다면, 영주님의 힘이 절반 이상 깎이는 것이나 마찬가지입니다."

이는 가넨이 그동안 조사한 것을 토대로 내린 결론이었다. 사실 그는 레오의 재산을 추정해 보기 위해 나름대로 조사를 해보았다.

결론은 그 자신도 믿기 어려운 것이었다.

흑사자의 명성은 어떤 재물과 비교할 수 없을 정도의 가치를 가진다!

금전에 대한 탁월한 감각과 집착을 가진 가넨이 내린 결론인만큼 틀림없는 사실이라 할 수 있었다.

로엔은 이 선언에 가까운 설명에 더욱 이해가 안 간다는 듯 반박했다.

"그렇다면 그냥 피하면 안 되잖아요! 영지를 빼앗길 수는 없어요."

대항하지 않고 피하는 것이 최선이라고 생각했지만, 삼촌의 명예에 누가 된다면 결코 할 수 없는 일이다. 로엔은 자신과 영지로 인해 흑사자의 명성에 찬물을 끼얹을 수는 없다고 생각했다.

가넨도 그런 로엔의 심정을 잘 알고 있었기에 대답하는 그의 표정 또한 안타까움으로 가득했다.

"가능하면 저도 그러고 싶습니다만, 냉정하게 판단해서 승산이 없으니 피해를 줄이는 것이 좋겠습니다."

"승산이… 없군요."

로엔은 고개를 푹 숙이고 대답했다. 하기야 지금 남아 있는 병사들의 수는 1천, 그들로 5천의 병사를 막으라는 것은 무리이다.

'삼촌의 명예를 지킬 수 없다니……!'

로엔은 그렇게 생각하며 한숨을 쉬었다. 하지만 영주 대리인으로서 냉정하게 결정해야 한다는 것을 알고 있었다. 모두의 피해를 최소화하는 것이 지금 그가 할 수 있는 일의 전부이다.

가녠의 의견을 받아들이기로 결심을 굳힌 로엔이 막 입을 열려는 순간, 누군가가 강한 어조로 외쳤다.

"승산은 있습니다!"

"뭐라고요?"

"성을 지킬 수 있습니다! 제가 막아보이겠습니다."

호언장담을 하며 나선 사람은 처음부터 성을 포기하는 것에 반대 의사를 표하던 타로스였다. 첫 번째 발언 이후 굳게 입을 다물고 구석 자리를 지키고 있던 그가 나선 것이다.

"타로스 경!"

가녠은 책망하는 듯한 어조로 이 무책임한 발언에 대해 강하게 반론했다.

"이성적으로 판단해야 할 시기요. 무장으로서 싸우지 않고 물러나는 것을 수치로 생각할지 모르지만, 지금은……."

"지극히 이성적입니다. 가녠 경, 저는 무리한 장담을 하는 것이 아닙니다. 우리 병사 1천은 그야말로 수성전에 대한 모든 훈련을 마친 상태입니다. 5천이 아니라 1만 명이라도 내 허락을 받지 않고는 성에 들어올 수 없을 겁니다."

타로스의 눈은 자신감과 강한 의지로 빛나고 있었다.

가녠은 내심 혀를 차면서도 물러나지 않았다. 물론 수성의 책임자로서의 기세는 인정해 줄만 하지만 지금은 쓸데없는 만용을 부릴 때가 아닌 것이다.

"그대는 실전 경험도 없다고 들었소. 그리고 우리 성은 전술적 방어성도 아닌 평범한 자작령의 성에 불과하오. 수성전에는 어울리지 않소."

"누가 그런 오해를? 가이안 영지의 성은 전국에서도 최고 수준의 방어 설비를 갖춘 성입니다!"

타로스는 즉시 반박했다. 하지만 가넨은 웃기지도 않는다는 듯 다시 말했다.

"무슨 소리요? 내가 이곳에서 몇십 년 동안 일하면서 성벽 보수나 개량을 위해 예산을 책정한 적은 거의 없었소!"

"돈이 없어도 사람이 있었지요. 제가 했습니다. 부하들과 함께 지난 십 년 동안 저는 제 집이나 다름없는 성벽을 끊임없이 보강했습니다!"

타로스는 손으로 가슴을 탕탕 치며 말했다. 가넨은 믿을 수 없다는 표정으로 입을 딱 벌렸다. 다른 이들도 반신반의하는 표정으로 이 뜻밖의 사태를 관전했다.

그사이 타로스는 앞으로 두어 걸음 걸어 나와 로엔에게 허리를 굽히며 말했다.

"가넨 경의 말씀대로라면 저들이 성을 점령했을 때 성안을 그냥 놔두고 보기는 어려울 것 같습니다. 병법에서 말하기를, 적의 거점을 점령하면 이용할 수 있는 곳은 보강하고 없는 곳은 파괴하라고 했습니다. 아마 성은 철저하게 파괴되고 내부는 불에 타서 잿더미가 될 것입니다."

"그런가요?"

로엔의 눈빛이 변했다. 그리고는 가넨의 의견을 묻듯 그쪽으로 시선을 돌렸다.

"휴, 그건 타로스 경의 말이 맞는 것 같습니다."

가넨은 한숨을 쉬며 대답했다. 듣고 보니 그의 말이 이치에 맞았다.

너무 안일하게 판단했다는 생각이 들었다. 흑사자의 패배를 더욱 인상적으로 만들려면 영지와 성을 철저히 파괴하는 것이 당연히 더 효과적일 것이다.

가녠의 말에 힘을 얻은 타로스는 재차 주장했다.

"성을 지켜야 합니다! 저에게 기회를 주십시오. 이번에 남은 병사들은 대부분 이곳에 정착한 병사들이니 목숨을 걸고 싸울 것입니다."

"병사들을 희생시켜야 하는군요."

"싸우기 위해 훈련받아 온 자들입니다. 적을 막기 위해 남겨진 병사들입니다. 죽음은 두렵지만 그래도 할 일은 해야 합니다."

타로스는 자신의 부하들을 믿는다는 듯 당당하게 말했다. 그의 전신에서 느껴지는 기세는 그야말로 위풍당당했다. 패배는 있을 수 없다고 생각하는 것 같았다.

"저에게는 영주님이 돌아오실 때까지 성을 지킬 의무가 있습니다."

타로스는 결론을 내리듯 말했다. 그리고는 입을 굳게 다물고 서서 로엔의 결단을 기다렸다.

로엔은 그의 눈에서 굳은 결의를 보았다. 고개를 돌려 가녠을 보니 그도 더 이상 성을 포기하자고 주장할 수 없는지 묵묵히 고개를 끄덕였다.

"좋아요. 타로스 경에게 성을 맡기겠습니다. 저도……."

남아서 돕겠다고 말하려 했지만, 곧바로 타로스가 끼어들어 말을 할 기회가 없었다.

"로엔 공자님께서는 피신하십시오. 그래야 저희가 마음 놓고 성을 방어할 수 있습니다."

타로스의 단호한 어조에 로엔은 무겁게 고개를 끄덕였다. 현재 수성의 최고 책임자는 타로스 경이다. 일단 자신부터 그의 말에 따라주어야 한다.

"그럼 처음 결정한 대로 저와 문관들은 피신하겠습니다. 영지민들에게도 알려 영지 밖으로 피신할 자와 성안에 남을 자를 선출하도록 하세요."

이런 경우 훈련받은 정예병 이외에도 성인 남자는 모두 예비병으로서 참여해야 한다. 병력 이외에 그들의 식사 등을 담당할 여성들도 지원을 받아 남겨야 했다.

"알겠습니다. 서둘러서 준비하겠습니다."

로엔의 명이 떨어지자 가넨은 즉시 대답하고는 몸을 돌려 밖으로 걸어나갔다.

이제 어떻게 대응할 것인지 결론이 났으니 실행만 하면 된다. 회의실에서 나오는 자들은 하나같이 무거운 표정을 지었지만 결코 망설이지 않았다.

❖ Chap 2 ❖
철벽의 타로스

철벽의 타로스

휘이이이잉—

성의 곳곳에 세워진 깃발이 거센 바람에 휘날리고 있다. 병사들은
그런 깃발의 모습에 자신들의 운명을 느끼는 듯 하나같이 비장한 표정
을 짓고 있었다.

"많군, 너무 많아."

한 병사가 힘없는 목소리로 중얼거렸다. 그의 눈앞에 펼쳐진 성벽
바깥쪽의 평야에는 5천의 병사가 정렬해 있었다. 그들 하나하나가 자
신을 노려보는 것 같은 느낌이 들었다.

"막을 수 있을까?"

다른 누군가가 말했다. 병사들 사이의 불안감은 커져만 갔다. 어느
새 병사들은 서로 살아남은 자들이 죽은 자들의 가족에게 도움을 주자
고 약속을 주고받기 시작했다.

"멍청한 놈들!"

갑자기 성문 위쪽에서 천둥 치는 듯한 호통이 들려왔다. 화들짝 놀라 그쪽을 보니 그들의 대장인 타로스가 거대한 할버드를 들고 잡아먹을 듯한 표정으로 아래를 노려보고 있었다.

"눈이 있으면 똑바로 뜨고 봐라! 변변한 공성병기 하나 없다! 저놈들은 절대 성벽 위로 못 올라온다!"

타로스의 거친 목소리는 성벽 위와 안쪽에 있는 모든 병사들의 귀로 파고들었다.

인간이 이 정도로 크게 고함을 지를 수 있다는 것은 일종의 신기라고 할 수 있었다. 그러나 병사들은 그 목소리에 담긴 뜻에 더 감탄했다.

"어? 정말! 저놈들 공성병기가 없는데?"

"그리고 보니 산을 타고 왔다고 했어. 공성병기같이 무거운 것을 가지고 올 수 있을 리 없지."

병사들은 희망이 생기는 것을 느꼈다. 투석기나 성문을 부수는 대형 전차가 없으면 저들이 기껏 할 수 있는 일은 사다리나 갈고리로 성벽을 기어오르는 것뿐이다.

"1만도 안 되는 놈들에게 겁먹을 거 없다! 훈련대로만 하면 일 년이라도 막을 수 있으니 똑바로 해라!"

타로스의 목소리가 다시 그들의 귀를 찔렀다. 훈련이라는 말에 과거의 악몽이 되살아난 병사들은 자신도 모르게 몸을 부르르 떨며 반사적으로 이를 갈았다.

맞다! 그 악독한 훈련은 모두 수성을 위한 것이 아니었던가? 우리들은 수성전의 전문가들이다!

병사들은 언제 불안에 떨었냐는 듯 허리를 꼿꼿하게 편 채 오만한 눈초리로 아래쪽에서 꿈틀대는 적병들을 보았다.

이번에 저놈들을 막아내지 못하면 그 지옥 같은 훈련은 왜 받았겠는가? 지난 세월 동안 저 타로스 대장의 심심풀이 장난감으로 생고생을 해왔는데, 지면 모두 헛것이 된다.

생각이 여기에 이르자 모두들 창을 잡은 손에 저절로 힘이 들어갔다.

"자식들, 고함치게 만들다니."

타로스는 병사들의 사기가 어느 정도 높아진 것을 느끼고는 할버드로 땅을 가볍게 한 번 두드리며 중얼거렸다.

"잘하셨어요. 여기 물드세요."

옆에서 한 통통한 여인이 웃으며 물주머니를 내밀었다. 미세스 타로스, 성벽 바로 아래에서 살던 그녀는 웬일인지 전투가 시작되기 바로 전인 지금 성벽 위에 올라와 있었다.

"병법서에 다수의 적을 맞이한 소수의 군세는 사기의 저하로 싸워보지도 못하고 지는 경우가 많다고 하잖아요. 가장 중요한 일을 하신 거예요."

"저기, 당신은 웬만하면 내려가 있지?"

타로스는 물을 마시면서도 그녀가 부담되는 듯 기어들어 가는 목소리로 말했다. 하지만 미세스 타로스는 그런 남편의 부탁을 간단히 거절하고는 한술 더 뜨는 말을 했다.

"내려가긴요! 저도 봐둬야 나중에 당신이 주무실 때 대신 지휘를 하지요."

"뭐라고? 당신은 무관이 아니야, 무관의 아내라고! 무슨 지휘를 한다는 거야?"

"어머, 그런 발언을 하다니! 도대체 당신이 공부한 그 많은 병법서들은 누가 사다가 읽어준 거지요? 또 당신이 저하고 모의 전투를 해서 이긴 적이 있어요?"

"으윽."

말문이 막힌 타로스는 기가 질린 표정으로 생글생글 웃고 있는 자신의 부인을 보며 신음했다.

사실 그는 평민 출신으로 글자를 능숙하게 읽지 못한다. 병법서와 같은 전문 서적은 그에게는 너무 어려운 책이라 할 수 있었다.

그런 타로스에게 병법서를 읽고 해석해 준 것이 바로 지금 옆에 있는 부인이다. 알고 보면 타로스가 수성에 대한 전략, 전술적 지식을 쌓게 도와준 스승인 셈이다.

"그래도 기사가 아닌 사람은 지휘를 할 수 없어!"

이럴 때 믿을 것은 직위뿐이다. 타로스는 퉁명스럽게 말했다. 그러자 미세스 타로스는 웃으면서 대답했다.

"염려 마세요. 이미 여기 계시는 질리언 경하고 상담을 끝냈어요. 당신이 주무시는 동안에는 부관인 질리언 경이 지휘를 하고, 제가 상담역으로 조언을 할 거예요. 그렇지요, 질리언 경?"

"하하하! 물론입니다, 미세스 타로스. 지난번에 가져다주신 소고기 스튜는 정말로 예술적인 맛이 느껴지더군요."

질리언 경은 타로스를 보며 약 올리듯 말했다. 기사인 그는 신기하게도 평민 출신인 타로스를 좋아해서 귀족의 텃세도 없이 그의 부관으로서 충실하게 보좌하고 있었다.

그런 질리언에게 항상 감사하면서 친근감을 느꼈던 타로스는 뒤통

수를 얻어맞은 표정이 되었다. 그는 동료의 배신에 좌절했다는 듯 과장되게 가슴을 움켜쥐며 말했다.

"으윽, 내가 모르는 사이 이런 음모가 진행되고 있었을 줄이야!"

"고개 돌리고 적의 움직임이나 봐요. 진군을 시작했어요."

갑자기 미세스 타로스가 표정을 바꾸며 냉정하게 말했다. 타로스도 얼른 자세를 바로 하고 성 바깥쪽을 보았다.

과연 적들이 일제히 앞으로 나오고 있었다.

"화살을 쏠까요?"

"아니, 아직은 아끼는 게 좋겠군. 이 전투는 오래간다."

"알겠습니다."

타로스는 적에게 고정된 시선을 돌리지 않은 채 질리언의 물음에 답했다. 적의 움직임을 조금이라도 놓치지 않으려는 것 같았다.

"일단은 사다리인가?"

적은 방패를 머리 위에 들고 조심스럽게 전진하다가 가이안의 성벽에서 화살이 날아들지 않자 기다란 사다리를 앞으로 내세웠다. 다른 쪽에서는 병사들이 갈고리가 달린 밧줄을 꺼내는 것이 보였다.

"정공법이군. 준비해라!"

타로스의 호통 소리에 병사들은 안쪽에서 준비된 사다리 걸이용 봉을 들었다. 열두 명이 한 조가 되어 양쪽에서 잡고 밀게 되어 있는 굵은 봉이었다.

"잊지 마라. 적을 죽이는 것보다 올라오지 못하게 하는 것이 중요하다! 괜히 호기심에 성 밖으로 몸을 내밀지 말고 훈련한 대로만 해라!"

각 부대의 지휘관들은 병사들을 독려했다. 성의 병사들은 각자의 상관들의 명을 받아 묵묵히 움직였다.

애슐론 군은 성안에서 별다른 대응이 없자 사다리를 걸고 열심히 기어오르기 시작했다. 그러는 동안 가이안 쪽에서는 화살도 쏘기는커녕 성벽 밖으로 고개를 내밀지도 않았다.

앞에서 오르던 병사는 거의 성벽 위쪽에 도달하기 직전이었다. 두 칸 정도만 더 오르면 성벽 위에 손이 닿을 듯했다.

"걸어라!"

성벽 안에서 우렁찬 외침이 들리더니 곧 사다리 끝에 갈고리가 달린 봉이 걸렸다. 이제 사다리는 애슐론 병사들로 가득했다. 최초의 병사가 막 성벽으로 손을 뻗는 순간, 다시 고함 소리와 함께 기합 소리가 터져 나왔다.

"밀어라!"

"으샤!"

사람이 빽빽하게 매달린 사다리가 반대편으로 기울어지며 잠시 서 있더니 곧바로 쓰러졌다. 동시에 한참 기어오르던 병사들은 비명을 지르며 땅에 떨어졌다.

빡!

"아악! 내 허리!"

성 아래쪽에는 해자가 없었다. 단지 약간 비탈지게 둔덕이 만들어져 있을 뿐이었다. 그야말로 시골 영지의 분위기가 물씬 풍기는 성벽이라고 할 수 있었다.

그런데 그 둔덕과 성벽에서 약 20미터 떨어진 지점까지는 이상하게 돌덩이가 많았다. 그것도 거칠고 뾰족한 돌이었다.

땅에 떨어진 자들은 그 돌덩이에 몸의 어딘가를 부딪쳐 하나같이 적지 않은 부상을 당했다.

"저놈들에게 수성용 장비가 있었군!"

애슐론 군을 지휘하는 도번 백작은 그 광경에 눈살을 찌푸렸다. 사다리 수십 개가 단숨에 뒤로 넘어갔다. 그것은 바로 사다리 걸이용 갈고리 봉이 그 정도로 준비되어 있다는 것을 뜻한다.

보통 이런 후방의 성에는 기껏해야 열 개나 스무 개 정도가 있어야 정상이다. 그것도 훈련이 선행되지 않고는 저렇게 능숙하게 사용할 수는 없다.

"의외로 피해가 큰 것 같습니다."

부관의 의견에 도번 백작도 고개를 끄덕이면서도 여유롭게 말했다.

"그렇군. 제법이야. 그보다 병사들의 움직임이 둔한 것 같은데 이유를 모르겠군."

성벽의 높이가 십 미터가 넘기에 높은 곳에서 떨어진 병사들이 크게 부상을 당하는 것은 당연하다. 그러나 중간 이하 부분에서 떨어진 자들은 곧바로 다시 일어나 싸워야 한다. 그것이 상식이다. 그런데 한 번 사다리에서 떨어진 병사들은 너나 할 것 없이 좀처럼 몸을 일으키지 못했다.

"글쎄요. 아직 적응이 안 돼서 그런 건 아닐까요?"

부관도 별다른 원인을 발견하지 못했다. 그저 도번 백작이 묻고 있으니 아무 말이나 둘러대는 정도였다.

사다리를 이용한 공성전에서는 타오르는 불길처럼 성벽 전체에 걸쳐 끊임없이 기어올라 가야 한다. 그러다 보면 다수에 의해 여기저기에 구멍이 뚫리기 마련이다.

그러나 지금 올라가는 병사들의 흐름은 눈에 띄게 끊기고 있었다. 일단 쓰러졌던 병력이 다시 전장에 투입되기는커녕 재빨리 몸을 피하지 못해 오히려 걸림돌이 되고 있었다.

"흠……."

도번 백작은 계속해서 전황을 살펴보았지만 그래도 이유를 알 수 없자 생각을 멈췄다. 전투 중에는 끊임없이 상황이 바뀌기 때문에 지휘를 하는 자는 항상 바쁘다.

"어차피 저들의 수는 많지 않다. 예상외로 저항이 거세지만 2, 3일만 몰아붙이면 피로로 인해 사기가 떨어질 것이다."

"그럴 겁니다."

부관은 기다렸다는 듯이 자신있게 대답했다. 물론 예상보다 수성을 위한 준비가 잘되어 있음은 분명했지만, 그렇다고 결과가 달라질 거라고는 생각할 수 없었다. 어차피 이 전투에서의 승패는 정해진 것이나 다름없었기 때문이다.

"계속 몰아붙여라! 병사들을 둘로 나누어 일부는 후방에서 휴식을 취하게 한다. 밤낮으로 공격을 멈추지 마라!"

"옛!"

저처럼 조직적인 저항이 이루어진다면 성벽을 하루 만에 함락하기는 힘들다. 하지만 별로 걱정하지는 않았다. 지원군은 어디에서도 오지 않는다. 시간은 아군의 편, 한 달이든 두 달이든 성을 함락시키기만 하면 임무를 완수할 수 있다.

애슐론 군 중 2천이 전투 지역에서 벗어나 휴식을 취하기 시작했다. 그들은 해가 지면 공격을 가할 대기군이었다.

"적의 일부가 후퇴합니다."

앞쪽에서 지휘를 하던 질리언이 이 모양을 보고 곧바로 보고했다.

"밤에 공격할 생각이군. 거기! 갈고리를 끊는 시간이 너무 오래 걸린다! 적이 성안으로 넘어오면 서로 목숨을 걸고 싸워야 한다는 것을 모르나!"

타로스는 다시 고함을 질러 병사들의 움직임이 둔해진 곳을 독려했다.

"차륜전이라니… 쯧쯧, 잠도 안 재울 작정인가 보군요."

정작 혀를 차면서 말하는 질리안의 표정은 어딘지 재미있다는 기색이 역력했다. 타로스 또한 심각한 기색이라고는 절대 볼 수 없는 얼굴로 가볍게 말했다.

"그렇군. 자네는 이만 가서 쉬도록 하게. 두 개의 달이 모두 뜬 다음에 나와도 좋네."

"그러도록 하지요."

질리언은 사양하지 않았다. 전 병력을 동원한 첫 공세를 막아낸 후이고 적은 장기전을 준비하고 있다. 이쪽도 거기에 맞춰 체력 관리를 할 필요가 있는 것은 당연한 일이다.

"어머, 그럼 저도 가서 야참 준비나 해야겠네요."

조용히 상황을 관전하던 미세스 타로스 또한 자리에서 일어나며 말했다. 그녀는 여보라는 듯 허리를 두드리고는 느긋하게 주위를 둘러보았다.

성벽의 위와 아래에서는 모든 병사들이 필사적으로 움직이고 있지만 정작 무기를 들고 싸우는 일은 없었다. 끊임없이 달라붙는 적들과 그것을 떨쳐 내려는 수비병들의 다툼일 뿐이었다.

사다리가 걸리면 넘어뜨리고, 갈고리가 걸리면 줄을 끊었다. 특수하게 제작된 두꺼운 상체 갑옷을 걸친 중보병들만 성벽 밖으로 몸을 내밀었다. 두 눈만 빼고 얼굴까지 완벽하게 가린 그들은 화살을 두려워하지 않았다.

"그럼 수고하세요, 여보."

미세스 타로스는 생긋 웃으며 남편에게 짧은 작별 인사를 건네고 성벽 아래로 내려갔다. 그녀의 자그마한 몸집은 어느새 바로 옆에 있는 집 문 안으로 사라지고 있었다.

'에휴, 도무지 겁이라곤 없다니까!

타로스는 몇 배의 적이 밀어닥친 전투 상황에서조차 태연자약한 아내를 생각하며 속으로 기가 막혔다. 겉보기에는 상냥하고 연약한 여성의 전형이건만 그 속내를 보자면 정반대였다. 그는 그녀가 남자로 태어났다면 엄청난 기사가 되었을 거라고 생각했다.

"질 수는 없지."

그는 다짐하듯 중얼거리고는 다시 소리를 지르기 시작했다. 성벽은 넓고 모든 곳에서 전투가 벌어지고 있었지만, 그에게는 성벽 위의 상황이 한눈에 모두 보였다.

어느덧 해가 지고 하늘이 어두워졌다. 성벽 위와 바깥쪽 곳곳에 불이 밝혀지기 시작했다.

전투는 조금도 늦춰지지 않았다. 타로스는 상대편 대장이 있는 쪽을 보면서 생각했다.

'성격이 급한 자로군. 아니면 우리를 얕보고 있는 건가?

어느 쪽이든 유리하게 작용할 것이다. 치밀한 분석력이 있는 세심한 지휘관이라면 이미 병사들을 물렸어야 한다.

'하루 정도만 지나면 병사들에게 이상이 있다는 것을 알게 되겠지.'

생각이 여기에 이르자 타로스는 회심의 미소를 지으며 눈을 빛냈다.

오랜 시간 준비한 것들이 이제 하나씩 효과를 보일 것이다.

"대장님, 이제 조금 쉬십시오. 제가 지휘를 하겠습니다."

성벽 아래에서 질리언이 올라오며 말했다.

"일찍 왔군. 그럼 대기병들을 깨우게."

"알겠습니다."

질리언은 고개를 돌려 성 안쪽을 보며 아래쪽의 병사들에게 신호를 보냈다. 그들은 안쪽에 지어져 있는 막사 안으로 뛰어들어 갔다.

"이봐! 교대 시간이다. 일어나!"

뎅뎅뎅뎅!

한 병사가 고함을 지르며 안쪽에 설치된 종을 울렸다. 다른 병사들은 돌아다니면서 자고 있는 병사들의 귀에서 귀마개를 빼내었다. 요란한 종소리에 병사들은 몸을 뒤척이며 겨우 일어나 몸을 풀기 시작했다.

"으윽, 벌써 밤인가?"

"그래, 어서 나가서 밥 먹고 싸우라고."

"그래야겠지. 에고고."

병사들은 하나둘씩 막사 밖으로 나가 정렬하기 시작했다. 바깥쪽에는 성내의 부인들이 준비한 저녁 식사가 있었다. 그들은 바깥쪽에서 끊임없이 들려오는 함성 소리를 들으며 느긋하게 식사를 했다.

"거참, 시끄럽군. 막사 안에서 귀마개를 하고 잤으니 망정이지 안 그랬으면 절대로 잠을 못 잤을 거야."

"암, 저놈들도 우리보고 잠자지 말라고 소리를 지르는 거니까. 흐흐흐."

병사들은 배부르게 식사를 하면서 바깥쪽에서 쓸데없이 헛고생하는 애슐론 군의 병사들의 목청에 심심한 애도의 뜻을 표했다. 원래 공성전에서 공격하는 쪽은 지금처럼 일부러 함성을 질러댄다. 이는 수성하는 병사들의 취침을 방해하려는 의도이지만, 타로스는 그것마저 미리 대비해 놓았던 것이다.

낮의 전투에 참가하지 않고 잠을 잔 병사는 5백 명이었다. 타로스는 군을 절반으로 나누어 남은 병사들과 영지민들 중 지원을 한 비정규병만으로 낮 동안 성을 지켜낸 것이다. 그사이 다른 반은 지난 보름 동안 준비된 대기병 막사에서 귀마개를 하고 늘어지게 잠을 자두었다.

"식사가 끝났으면 1백 명씩 교대한다. 무장하고 준비하도록!"

"알겠습니다."

지휘관의 호통 소리에 병사들은 능글맞게 대응하며 천천히 차를 마셨다. 막사를 나온 후 주변의 분위기를 살핀 그들은 이미 상황이 그리 나쁘지 않다는 것을 깨닫고 있었다.

앞에 지킨 자들이 아직까지 버티고 있는 것으로 보아 자신들도 충분히 아침까지 지켜낼 수 있으리란 판단이 들었다.

"도대체 대장님은 이걸 어떻게 다 알고 대비하신 거지?"

칼슨은 귀마개를 펴 보이며 신기하다는 듯 말했다. 그사이에도 그의 입으로는 쉴 새 없이 음식이 들어가고 있었다.

"그러게. 대장님도 우리 같은 일반 병사 출신이잖아?"

이럴 때 대답해 줄 사람은 아무래도 오랜 경력을 가진 선배들밖에 없다. 짐짓 무게를 잡던 중년의 병사 중 하나가 목소리를 낮추어 말했다.

"그건 내가 알지. 훗, 사실 모든 것이 다 영주님 덕분이라고 할 수 있다네."

"네? 그게 무슨……?"

“자세히 좀 말해 주세요.”

젊은 병사들은 이후 며칠 동안에 걸쳐 식사나 휴식 시간마다 타로스에 얽힌 이야기를 들을 수 있었다.

둘째 공자의 가출에 자신도 모르게 일조한 타로스는 한동안 죄책감으로 술독에 빠져 살았다.

가이안 영지의 모든 병사들에게 레오는 경외의 대상이었다. 그런 둘째 공자를 내보낸 책임이 모두 자신에게 있는 것처럼 느꼈던 타로스는 성벽 위를 지키면서 비는 시간 내내 술을 마시며 지냈다.

그렇게 열흘 정도가 지났을 때 아무 말 없이 지켜보던 미세스 타로스가 돌연 성벽 위에 등장했다.

좌아악!

“으, 이게 무슨 짓이오?”

물에 젖은 생쥐 꼴이 된 타로스는 바가지를 손에 쥔 채로 자신을 바라보는 아내에게 정색을 하며 화를 냈다. 미세스 타로스는 남편이 화를 내는 데도 전혀 움츠러드는 기색 없이 당당하게 허리에 손을 얹고 말했다.

“이혼해요.”

“뭐?”

“당신같이 한심한 남자랑 결혼한 적 없으니까 이혼하자구요.”

가엾은 타로스는 놀라서 입을 딱 벌렸다. 결혼한 이후 지금까지 늘 상냥하고 순종적이었던 아내다. 현명하게 충고하는 일은 있어도 지금처럼 정면으로 나서 자신에게 이런 모습을 보인 적이 없었다.

“에구, 왜 이러십니까? 타로스 아저씨는 절대 아주머님 없이는 못

산다구요. 진정하세요."

타로스를 위로하며 술친구가 되어주고 있던 휴케바인이 당황하며 말렸다. 미세스 타로스는 휴케바인을 노려보면서 살기등등한 어조로 말했다.

"당신도 마찬가지예요, 휴케바인 경! 이 멍청한 사람을 한 대 때려서 정신을 차리게 해야지, 뭘 잘했다고 편을 들고 위로를 해요?"

"그, 그게……."

휴케바인은 기가 질린 표정으로 말을 잇지 못했다. 미세스 타로스는 휙 소리가 나게 방향을 틀어 남편을 향했다.

"둘째 공자님이 영지를 나가셨어요. 언제 돌아오실지 아무도 모르죠. 그분을 나가게 문을 열어주었다면 책임을 져야 할 것 아니에요?"

"책임?"

책임을 질 수 있다면 졌을 것이다. 하지만 자신 같은 일개 병사가 어찌 저 둘째 공자의 자리를 대신할 것인가? 그건 도저히 불가능한 일이다.

"성을 지키세요. 성벽을 지키세요. 둘째 공자가 오기 전까지 당신이 할 수 있는 일은 그것뿐이에요."

"지금도 지키고 있지 않소?"

"훗, 지금 지키고 있다구요? 지금 당장 군대가 쳐들어오면 막을 수 있나요? 정말 그런가요?"

"그, 그건……."

"이 성벽을 통해 허락받지 않은 자는 그 누구도 들어오지 못하게 하는 것. 그게 당신이 할 일이에요."

미세스 타로스는 그렇게 선언하고는 남편의 귀를 잡아 질질 끌고 집

으로 돌아갔다. 몇 달 후 타로스는 영주의 허가를 얻어 성벽 옆에 집을
지었다.

"설마 그분이요?"
"흐흐, 그렇다네. 아예 앞에 앉혀놓고 교육을 시켰다더군."
성벽의 병사치고 미세스 타로스를 모르는 이는 없다. 타로스는 호랑
이 같은 대장이지만 그의 아내는 병사들에게는 천사였다. 늘 음식을
챙겨주고 상냥하게 보살펴 주는 그녀의 모습만 보아온 병사들은 다들
믿기지 않는다는 표정을 지었다.

밤의 공세는 낮에 비해 전혀 약해지지 않았다. 애슐론 군은 밤이 되
자 집중적으로 화살을 쏘기 시작했다. 밤에는 화살이 눈에 보이지 않
기 때문에 방비하기가 더욱 어렵다. 그리고 불화살이 수도 없이 밤하
늘을 가르며 날아들면 보통 수비병들은 겁에 질리게 된다.
그러나 애슐론 군의 예상과는 달리 가이안 성의 수비병은 조금도 당
황하거나 겁먹지 않았다.
외부에서는 잘 보이지 않았지만 성 안쪽으로 생나무 줄기로 만든 차
양이 그물처럼 쳐져 있었다. 거기에 물에 적신 천을 몇 겹으로 겹쳐 두
른 간이 지붕이 설치되어 있었다.
파파파팍!
"잘 꽂히는군. 혹시라도 모르니 불이 안 번지게 조심하게."
"그거야 영지민들이 알아서 끄겠지요. 소방 요원을 괜히 뽑았습니
까?"
"하기야 몇 군데 번지지도 않겠지. 하하하!"

"내일 아침에 화살을 회수하겠습니다. 그런데 정말 이쪽은 반격을 안 할 생각이십니까?"

질리언은 타로스에게 물었다. 방어 준비는 확실하게 되어 있다. 화살의 수도 많다. 그런데 일부러 아낄 필요가 있을까?

"당분간 참는 것이 좋다고 생각하네. 저놈들이 화살이 떨어질 무렵, 그때 우리가 단번에 쏟아 붓는 거지. 그때쯤 되면 성에 화살이 없다고 생각해서 제대로 대비하지 않을 테니까 말이야."

타로스의 말에 질리언은 감탄의 표정을 숨기지 않았다. 적병이 쏜 화살을 모아 나중에 이쪽에서 쓴다는 것만 해도 생각하기 어려운 전략이다. 그런데 타로스는 그것 이상을 노리고 있었다.

"확실히 저쪽의 화살이 떨어질 때까지 꼼짝도 안 한다면, 어떤 지휘관이든 이쪽에는 화살이 없다고 생각하겠군요."

"바로 그거야. 저쪽의 화살이 떨어질 때까지 버티지 못한다고 해도, 오랜 시간 아무런 대응이 없을수록 화살에 대한 대비에 소홀하게 되기 마련이지. 그리고 일단 이쪽에서 한 번 화살을 쏘기 시작하면 일주일 간은 밤낮으로 쏴야 하네. 그러니 부지런히 모으도록 하게."

"알겠습니다."

질리언은 고개를 숙여 상관에 대한 예를 취했다. 성벽 전투에 대한 주옥 같은 전략이 줄줄 쏟아져 나오고 있었다. 이번에 실행에 옮긴 것은 반 정도, 다른 반은 이미 준비되어 있는 것과 같았다.

'타로스 경은 병법서에서 봤다고 했지만 이건…….'

질리언도 나름대로 병법을 공부한 기사였지만, 이러한 전투 방법에 대해서는 한 번도 본 적이 없었다.

'도대체 이 남자는 얼마나 많은 병법서를 본 것일까?'

눈앞의 대장은 하루종일 조금도 흔들리지 않고 병사들을 지휘하면서도 앞으로의 계획을 착실하게 세워두고 있었다. 난생처음 전투를 경험하는 자라고는 믿어지지 않았다.

'어쩌면 나는 대단한 명장의 밑에서 일하고 있는 것일지도 모르겠군. 최소한 수성전에 있어서는 말이야. 이대로라면 적이 아무리 많아도 절대 성벽을 넘지 못한다.'

그는 그렇게 생각하며 기쁨의 미소를 지었다. 뛰어난 지휘관 밑에서 일하는 것은 예상했던 것보다 훨씬 그를 즐겁게 했다.

밤이 지나가고 아침이 돌아왔을 때에도 애슐론 군은 성벽 위로 올라가지 못했다. 화살을 아무리 날려도 안에서는 별다른 반응이 없었다. 연기조차 치솟지 않는 것으로 보아 화재가 발생하는 것 같지도 않았다.

갈고리는 거의 다 잘려서 동이 나버렸다. 사다리로 여전히 성벽 위로 올라가려 하고 있었지만 저들의 대비가 너무 철저하여 소용이 없었다.

이때 애슐론 군에 이변이 발생했다.

총지휘관인 도번 백작이 그것을 알게 된 것은 아침 해가 완전히 떠서 밤에 공격을 하던 자들과 어제 낮에 싸우고 쉬던 자들을 교대시키려고 할 때였다.

"뭐라고! 부상자가 그렇게 많아?"

"예. 병기를 부딪치며 싸운 것이 아니라 처음에는 잘 몰랐는데, 아침에 병사들의 대부분이 온몸이 붓고 고통을 호소하고 있습니다."

"이유가 무엇인가?"

"타박상에 의한 내출혈이라고 합니다. 대부분 뼈에 금이 가거나 부러진 상태입니다."

"그런! 땅에 떨어진 자들이 부상을 당하는 것은 당연하지만, 그렇게 많은 병사들이 싸우기 힘들 정도로 부상을 당한다는 것은 이해가 되지 않는다!"

도번 백작은 기가 막힌 표정으로 얼굴을 붉히며 호통을 쳤다. 어떻게 하룻밤에 1천 명의 병사가 부상을 당할 수 있는가?

"한 병사의 말에 의하면, 성벽 주위에 돌덩이들이 많아 떨어질 때 그것에 부딪쳐서 다쳤다고 합니다."

"그건!"

도번 백작은 고개를 휙 하고 돌려 성벽 위를 보았다.

"당했군!"

결코 우연일 리가 없다! 그는 이를 갈았다. 누군지는 몰라도 수비군을 지휘하는 자는 결코 만만한 자가 아니다. 어제 병사들의 대응만 봐도 알 수 있었다.

"일단 군을 후퇴시켜라. 밤에 싸운 자들도 희생이 상당히 클 것이다."

"알겠습니다."

부관은 전령을 시켜 지휘관들에게 후퇴 명령을 내렸다. 결국 만 하루에 걸쳐 이어진 공성전은 소강 상태에 들어갔다. 명을 받은 지휘관들은 성벽 위쪽을 살피며 조심스럽게 군을 퇴각시켰다.

"와아아아!"

"적이 물러간다!"

"멍청한 애슐론 녀석들, 꼴좋구나!"

가이안 군은 함성을 지르며 물러나는 적을 비웃었다. 그들의 피해는 거의 없다고 할 수 있을 정도로 경미했다. 다섯 배의 적에게 둘러싸여 있는 성의 병사들이라고는 믿기 어려울 정도로 사기가 오르기 시작했다.

"물러가는군요."

"아아, 타박상 계열은 부상당한 당시보다 하루쯤 지난 후에 그 고통이 더욱 심화되지. 아마 피해가 막심할걸?"

타로스는 짐짓 별거 아니라는 듯 말했지만 기쁜 표정을 숨기지 못했다. 아내가 구해온 공성전에 대한 병법서 중에는 상당히 진귀한 것도 많았다. 그중에는 해자가 없는 작은 영지의 성의 방어력을 보강하는 법도 있었다.

"저도 놀랐습니다. 솔직히 그 훈련은 괜한 괴롭히기처럼 보였거든요."

질리안은 돌을 들고 낑낑거리던 병사들을 생각하며 감탄을 숨기지 못했다.

성벽 위에서 타로스는 절대적인 존재로 군림하고 있었다. 그의 명령 하나에 부하들은 눈물을 삼키며 이리 구르고 저리 굴러야 했다. 그중 하나가 바로 '돌 나르기' 훈련이다.

타로스는 지난 세월 동안 매일같이 부하들에게 각진 돌덩어리를 들고 오라고 시켰다. 그리고 그 돌덩어리들을 성벽 주변에 뿌렸다. 덕분에 성 주변은 완전히 돌밭으로 변했고, 그곳에 추락한 적병은 골병이 들게 된 것이다.

"내일부터는 어떻게 될까요?"

질리안은 궁금하다는 듯 물었다. 여태까지 타로스는 적의 움직임을 슬쩍 보기만 해도 작전을 간파하는 모습을 보여주었다. 정말 이쪽 방

면에서는 모르는 것이 없다고 할 수 있었다.

"뭐, 수순으로 따지자면 성문을 부술 준비를 하겠지. 이쪽이 만만치 않다는 것을 안 이상 단번에 성벽을 넘어오려는 생각은 버릴 것이니까."

"공성차를 만들겠군요!"

"그런 거지. 그리고 바닥에 모래주머니를 깔 거야. 돌덩어리에 질렸을 테니 말이야. 하하하!"

각진 돌의 효용은 앞으로 없을 것이다. 일단 피해를 입혔다 해도 아직 절대적인 숫자의 열세는 없어진 것이 아니다. 거기에 공성차까지 만들 것을 예상하면 불안해할 만도 하지만 정작 이 수성대장의 태도는 여유롭기만 했다.

이후로도 타로스는 쉬지 않고 병사들에게 이런 저런 지시를 내리며 성벽 위를 뛰다시피 하며 돌아다녔다.

"여보, 일단 좀 쉬는 게 좋겠어요. 어젯밤에도 고집을 부려서 결국 밤을 새워 지휘를 했잖아요."

어느새 성벽 위로 올라온 미세스 타로스가 걱정스럽게 말했다.

"그렇게 하시죠. 적이 움직이면 즉시 깨워 드리겠습니다."

질리언까지 거들고 나서자 타로스는 잠시 망설이며 그들을 보다가 알았다는 표시를 했다.

"어쩔 수 없군. 그럼 저쪽에서 몇 시간만 잘 테니 그동안 부탁하겠네, 질리언 경."

"맡겨주십시오."

전투는 하루 이틀에 끝나지 않는다. 중요한 것은 체력과 예기를 유지시키는 일이다. 타로스는 질리언의 등을 툭툭 두드리고는 슬쩍 자신의 부인을 바라보았다.

미세스 타로스는 한쪽 눈을 살짝 감아 윙크를 보내며 장난스럽게 미소를 지어 보였다. 그녀의 입 모양은 '잠이나 자요' 라고 말하고 있었다.

'흐흐흐. 아무튼 못 말리는 마누라님이시라니까.'

남편으로부터 시선을 돌리자마자 미세스 타로스의 표정은 요조숙녀의 그것으로 돌변했다. 타로스는 든든한 마음으로 쉴 곳으로 향했다.

자신보다 더 많은 전술을 알고 있는 아내가 있는 이상 걱정할 필요는 없었다.

처음 공세 이후로 물러난 애슐론 군이 다시 공격을 시작한 것은 거의 이틀이 지난 후였다.

그들은 타로스의 예상대로 공성차를 만들어 끌고 왔다. 통나무 수십 개를 다발로 묶고 그 위에 바윗덩어리를 얹은 공성차는 꽤 그럴듯해 보였다.

애슐론 군의 일부는 조심스럽게 앞으로 나와 수천 자루의 모래주머니를 성 아래쪽에 깔기 시작했다.

쉬이익―

"악!"

"화살이다! 위를 경계하라!"

하루를 꼬박 공격을 당하면서도 아무 공세가 없었던 성벽에서 돌연 화살 공세가 시작되었다. 모래를 까는 작업을 하던 애슐론 군은 허둥지둥 방패를 찾아 머리 위로 올려 방어했다.

위이잉— 쿵!

"으아악!"

다음으로 빽빽하게 방패를 들고 있던 애슐론 군을 덮친 것은 소형 투석기에서 날려진 돌덩어리였다. 위쪽의 시야가 방패로 차단되고, 운신의 폭이 좁았던 탓에 초기의 돌덩어리는 날아오는 족족 사상자를 내었다.

가이안 영지의 투석기는 하나같이 소형이었고, 그것들은 성 바로 아래쪽을 직격으로 노릴 수 있게 성벽 틈새에 고정되어 있었다.

애초에 적이 대규모 공성병기를 이끌고 쳐들어올 만한 성이 아니다. 때문에 타로스는 소규모 적에 대한 방어 설비에 철저할 수 있었다.

"물러서지 말고 대응해라!"

난데없는 공격에 당황하던 애슐론 군도 지휘관들의 침착한 명령에 따라 어느새 대열을 정비하기 시작했다. 그들은 지지 않겠다는 듯 맹렬하게 화살을 쏘고 사다리로 성벽을 기어올랐다.

새로 만들어진 공성차는 그사이 중앙 성문 앞까지 도달하여 공격을 개시했다.

쿵, 쿵, 쿵!

일정한 간격으로 끊임없이 울려 퍼지는 소리는 지금이라도 가이안 성의 함락을 예견하는 듯했다.

정작 중앙 성문 안쪽을 지키는 가이안의 병사들은 일말의 위기감도 느끼지 못하는 듯 여유롭기 짝이 없었다.

"삽질하는군, 저기를 어떻게 뚫겠다고."

"차라리 성벽에 대고 저 짓을 하면 성벽이 부서질 수도 있겠다."

병사들은 웃었다. 성문 안쪽은 다른 성벽보다 세 배는 두껍게 막혀 있었다. 아예 열리지도 않게 막아놓은 셈인데, 적들이 물러나면 저걸 어떻게 다시 성문으로 되돌려 놓나 모두 걱정하고 있는 중이었다.

"성문은 절대 안 부서진다. 그건 니들이 더 잘 알 테니 빨리빨리 움직이기나 해!"

타로스는 그 광경을 보며 다시 병사들을 독려했다. 이제 병사들은 충분히 적을 막아낼 수 있다고 확신하는 듯 자신감에 차서 적극적으로 명에 따르는 데만 집중하고 있었다.

"이 성은 정말 난공불락이라고 할 만하군요."

질리안이 웃으며 말했다. 이렇게 준비가 철저하다는 것을 얼마 전에 알았다. 그때도 감탄했지만, 막상 전투가 시작되니 그 위력은 생각했던 것보다 훨씬 대단했다.

의외로 정작 타로스는 그렇게 낙관적으로 생각하지 않는 듯 진지하게 말했다.

"아니, 적의 수가 많다는 것은 어쩔 수 없는 문제지. 언젠가는 적의 지휘관도 깨달을 걸세. 이 성을 함락시키려면 시체로 성벽 위까지 길을 만드는 수밖에 없다는 것을. 그때부터가 진짜 전쟁이 되겠지."

꿀꺽.

질리언은 자신도 모르게 침을 삼키며 입을 다물었다.

알고 보니 타로스는 아직까지 본격적으로 싸웠다고 생각하지도 않고 있었다. 적이 필사적이 되고, 희생을 두려워하지 않는 작전을 펼치기 시작했을 때부터가 힘들다고 말한다.

갈증이 느껴졌다. 앞으로 닥칠 상황의 처절함을 생각하니 절로 몸이 떨려왔다. 자유 기사였던 질리언은 그런 소모전을 경험한 적이 없었다.

"힘든 시기가 되겠군요."

질리안은 억지로 입을 열어 태연하게 말했다. 기사인 자신이 불안한 태도를 보이는 것은 있을 수 없는 일이다. 지휘관의 불안감은 곧바로 병사들에게 전해지게 마련이다.

"그렇겠지. 하지만 버틸 수 있네, 한 달이든 두 달이든."

성벽 저편을 내려다보는 타로스는 한 점의 흔들림도 없이 단언했다. 그 말은 속으로 불안을 삼키고 있던 질리안에게 굳건한 지주처럼 작용했다.

'타로스, 당신이 있는 이상 이 성벽은 철벽일 거라고 저는 믿습니다.'

이 순간 질리안뿐만 아니라 성벽 위의 모든 병사들은 공통된 생각을 하고 있었다.

❖ Chap 3 ❖
하이번의 전술

하이번의 전술

평범한 시기라면 한 달은 별로 긴 시간이 아니다. 하지만 지금 가이안 영지의 사람들이 느끼는 한 달은 일 년, 아니, 십 년과 같이 길게 느껴졌다.

지난 한 달 동안 타로스가 이끄는 가이안 성의 병사들은 애슐론의 침입자들을 막아 하루하루를 힘겹게 싸워왔다.

처음 일주일간은 사상자가 전무하다 할 정도로 피해가 적었다. 하지만 타로스의 예측대로 어느 시점부터 애슐론 군은 모든 피해를 감수하고 맹렬하게 공격을 퍼부어댔다. 시체의 산을 쌓으려는 듯한 적들의 공세에 가이안 쪽의 여유도 당연히 사라졌다.

타로스는 병사들의 피로가 누적되지 않도록 모든 수단을 동원했지만, 역시 정예 병사 천 명과 급조된 지원군 천여 명으로는 한계가 있었다.

특히 적들이 끊임없이 성벽 주변에 모래주머니를 쌓아 길을 만들려고 한 다음부터는 적극적으로 그것을 막아야 하는 상황이 되었기에, 몸을 성 밖으로 내밀고 화살을 쏘거나 돌을 던져야 했다.

가장 힘든 것은 그 모래주머니들을 갈고리로 걸어 올려 성 안쪽으로 던지는 것이었다.

성 주변에 쌓이는 것을 조금이라도 막으려는 생각이었지만 결코 쉬운 일은 아니었다. 빗발처럼 날아오는 화살의 빗속에서 상당한 피해를 입을 수밖에 없었다.

모래주머니뿐만 아니라 적의 시체도 걸어 올려 안쪽에 파놓은 구덩이에 넣고 태워 화장해야 했다. 시체가 썩으면 전염병이 발생하기 때문이다.

며칠에 한 번씩 한계점에 달할 때마다 미리 준비해 두었던 기름을 쏟아 붓고 성 바깥쪽에 불을 질렀다. 그러는 사이에도 여전히 목숨을 걸고 모래주머니를 걸어 올렸다. 그렇게 시간을 벌며 며칠을 더 버틸 수 있게 되었다.

한 달, 그동안 애슐론 군의 피해는 2천에 달했다. 그리고 가이안 군은 3백여 명의 사상자가 발생했다. 그중 정예병의 숫자는 2백에 달했다.

피해 규모로 따지자면 애슐론 군이 거의 열 배나 되지만 그건 숫자상의 일일 뿐이다. 성벽을 지키기 위해서는 기본적으로 필요한 병력이 있다. 만약 일정 숫자 이하로 병사 수가 떨어지면 성벽 전체를 지킬 수 없게 된다.

기름도 떨어져 가는 상황이라 이제 한두 번만 더 불을 지르면 바닥이 날 것이다. 사실 이 기름에 관한 것은 인력으로 때울 수 없는 부분이다 보니 당연히 준비한 양이 모자랐다.

'기름이 떨어져 시체를 태우지 못하면 성벽까지 쌓인 시체가 길을 만들겠지. 아직 적의 수는 3천. 수성전이 아닌 전면전이 되었을 때 이쪽의 병력은 8백 정도로 봐야 한다.'

타로스는 그런 상황을 생각하며 고개를 저었다.

"생각보다 어렵군. 앞으로 한 달은 더 버틸 수 있을 것 같았는데……."

"한 달이나 버텼으면 훌륭한 겁니다. 거의 기적적인 전투였다고 할 수 있습니다."

질리언은 진심을 담아 말했지만 타로스는 전혀 기뻐하지 않았다.

"한 달을 버티든 일 년을 버티든 결국 이 성이 함락되면 아무것도 아니네. 처음부터 도망가는 것보다 못하지. 휴, 염려 말게. 아직 성을 내줄 생각은 없으니."

"물론입니다. 아군도 괴롭지만 적들은 몇 배나 더 괴로울 겁니다."

"저들이 악에 받쳐 공격을 가해올 걸세. 그 공격은 거센 파도와도 같겠지. 그걸 막아내면 그 뒤에는 적들의 가슴속에 무력감이 생길 터이니 그때까지 버티세."

"물론입니다. 적어도 제가 죽기 전에는 한 놈도 이 성벽을 넘을 수 없을 겁니다."

질리언은 검을 뽑아 쥔 손을 가슴에 대고 맹세하듯 말했다. 사실 그가 말하고 있는 것은 지금 성을 지키는 모든 병사들의 공통된 의지라 할 수 있었다.

며칠이 지나자 타로스가 예상한 대로 다시 애슐론 군의 공세가 시작되었다. 그들은 이번에야말로 끝을 보겠다는 듯 죽음을 두려워하지 않고 앞으로 몰려왔다.

"막아라! 이번만 막으면 우리가 이긴다! 기름을 쏟아 부어! 아낄 필요 없다. 화살도 모두 쏴라!"

타로스는 호통을 치며 성벽 위를 돌아다녔다. 이제는 성문 위에서 지휘를 할 여유조차 없었다.

미세스 타로스는 여전히 냉정하게 성문 위에 서 있다가 빈틈이 보이면 그 즉시 질리언에게 군을 보강할 곳을 지적하였다. 오늘은 대기병도 모두 전투에 참가하여 총력을 다해 적을 막고 있었다.

"이놈들아! 적당히 해라!"

슈슈슈슉—

"아아악! 불이!"

애슐론 군의 화살은 이미 모두 떨어진 지 오래였다. 그런 상황에서 기름을 소방용 분무기로 뿌리고 불화살을 쏴대니 적병의 기세는 눈에 띄게 줄어들었다.

하지만 멈추지 않고 달려드는 애슐론 병사들의 눈에는 광기가 서려 있었다. 오늘이야말로 이 지긋지긋한 전투의 끝을 보자는 의지가 불길처럼 타오르고 있었다.

"위험하겠는데요."

"인내심 싸움이다. 버텨라!"

"옛!"

더 이상의 기책은 없었다. 그저 뚝심으로 버틸 뿐이다. 양군은 서로 제정신을 잃고 필사적으로 공격하고 막았다.

정신없이 부하들을 지휘하던 타로스가 갑자기 호통을 지르던 것을 멈췄다. 그는 우뚝 서서 저 멀리 언덕 위쪽으로 시선을 고정했다.

"여보, 뭐 해요? 저쪽이 위험해요!"

미세스 타로스가 남편을 향해 급히 외쳤다. 그녀는 극심한 전투에 남편이 잠시 혼란 상태에 접어든 것이 아닌가 하며 걱정했다. 심한 전투 중에 지휘관이 미치는 경우도 많다고 들었다.

여전히 움직이지 않는 남편을 걱정하며 미세스 타로스가 불안감에 싸여 그에게 달려가려 할 때였다.

별안간 타로스가 자신의 할버드를 높이 들며 크게 외쳤다.

"구원군이다! 영주님이 돌아오셨다!"

"뭐라고요?!"

미세스 타로스는 크게 놀라 자신의 남편이 할버드로 가리킨 곳을 보았다. 병사들도 마찬가지로 그곳에 시선으로 집중했다.

있었다. 타로스의 말대로 언덕 너머로 병사들이 넘어오는 모습이 보였다. 그리고 그들이 앞에 내세운 거대한 깃발은 검은 사자가 하늘을 향해 포효하는 문양! 바로 흑사자의 기였다.

"와아아아아아!"

모든 병사들이 크게 함성을 질렀다. 반대로 공격하던 애슐론 군은 하나같이 안색이 변하며 공격을 멈췄다.

"화살을 쏴라! 저놈들은 이제 끝장이다! 하하하하하!"

타로스는 크게 웃었다. 결국 지켜낸 것이다! 적이 황급히 진열을 정비하며 물러나는 것이 보였다. 어느새 언덕은 사람들로 까맣게 뒤덮였다. 흙먼지가 크게 일어 하늘 위에 구름처럼 치솟았다. 전속력으로 달려오는 것이 틀림없었다.

"적이 산 쪽으로 후퇴합니다."

질리언이 달려와서 보고했다. 당연한 일이다. 흑사자가 왔으니 이제

3천도 남지 않은 적들이 어떻게 싸울 수 있겠는가?

타로스는 질리언을 보며 말했다.

"즉시 성벽을 허물게. 성문을 열 수 없으니 그렇게라도 영주님을 맞이해야 할 걸세."

"알겠습니다. 다행히도 적이 부수려 한 곳이 상당히 약해져 있으니 그곳을 허물겠습니다."

성문의 옆쪽에 있는 성벽은 적의 공격에 의해 반쯤 파괴된 상태였다.

질리언은 병사들에게 그곳을 부수라고 명했다. 이제 전투가 끝났으니 당분간 성벽이 필요없다. 천천히 다시 보수하면 될 것이다.

흑사자의 군대는 성으로 오지 않고 적을 쫓았다. 자신의 영지를 침공한 자들을 절대로 용서하지 않으려는 것 같았다.

성 내의 병사들은 그 모습을 보며 농담 반 진담 반으로 적들이 불쌍하다고 애도했다.

타로스는 일단 옆 영지로 피한 로엔과 다른 사람들에게 돌아오라는 전갈을 보냈다.

일주일이 지나자 로엔과 사람들이 돌아왔다. 그들은 무너진 성벽을 보고 크게 놀랐지만, 그것이 타로스가 명해서 임시로 출입구를 만든 것이라는 말을 듣고 안도의 한숨을 내쉬었다.

"삼촌이 오셨다고요?"

"그렇습니다. 애슐론의 잔당들을 쫓아가셨지요. 그놈들을 모두 무찌르면 돌아오실 겁니다."

"다행이군요, 성을 지킬 수 있어서요."

"하하하, 그렇습니다. 영주님께 당당하게 인사를 할 수 있게 되었습니다.”

타로스와 로엔은 정말로 기쁜 표정을 지었다. 비록 희생도 있었고 영지 바깥쪽은 쑥대밭이 되었지만, 성안이 무사하니 얼마 안 가서 원래대로 돌아올 것이라고 생각했다.

하루가 지나자 흑사자의 군이 성으로 돌아왔다. 로엔과 타로스는 무너진 성벽 앞에 서서 그들을 맞이했다.

그러나 레오의 모습이 보이지 않았다. 군의 선두에는 발렌과 휴케바인뿐이었다.

“발렌 경, 레오 삼촌은 어디 계신가요?”

로엔은 다급하게 물었다. 불안에 떨며 지낸 한 달이었다. 조금이라도 빨리 삼촌을 보고 싶었다.

발렌은 말에서 내리며 대답했다.

“영주님께서는 단신으로 국왕 폐하가 계시는 다즈 성으로 가셨습니다.”

“다즈 성으로요?”

“그렇습니다. 이곳에 침공한 적을 막는 것은 우리에게 맡기고, 영주님께서는 폐하를 구하겠다고 하셨습니다.”

“그런…….”

로엔은 입을 다물었다. 이성적으로는 삼촌의 판단이 옳다는 것을 알고 있었기에 뭐라고 할 말이 없었다.

“하하하, 영주님께서는 역시 바쁘시군요.”

타로스는 로엔의 속을 알아차리지 못하고 여전히 웃으며 발렌에게 빨리 와주어서 감사하다고 예를 표했다.

“타로스 경, 정말 훌륭하십니다. 그 적은 병력으로 용케도 성을 지켜

내셨군요."

　발렌은 진심 어린 태도로 감탄하며 감사를 표했다. 마음을 졸이며 달려와 애슐론 군이 성 밖에서 공격하고 있는 것을 보았을 때의 느낌이란 이루 말할 수 없을 정도였다.

　"그것 보십시오. 제가 성벽 위에서는 타로스 아저씨가 최고라고 말씀드렸죠?"

　휴케바인이 감격한 어조로 말하면서 가슴을 탕탕 두드렸다. 사실 그도 타로스가 성을 지킬 수 있을 가능성이 무척 희박하다고 생각했지만 오는 내내 큰소리를 쳤던 것이다.

　'하지만 레오 삼촌은 오지 않으셨어.'

　기사들의 우정이 쌓여가는 사이 로엔은 고개를 숙이고 서 있을 뿐이었다. 땅을 향한 로엔의 눈은 붉게 물들어 있었다.

＊　　　＊　　　＊

　레오는 말을 달리고 있었다. 발도어의 수도로부터 시작하여 이미 이 주일 동안이나 쉬지 않고 달렸다. 도시마다 말을 세 필씩 바꿔 타고 하루에 서너 시간의 취침만을 취하며 움직이는 것은 보통 인간으로서는 절대로 불가능한 일이다.

　하루종일 말을 달리면 보통 내장이 뒤틀려 일주일 이상 꼼짝도 하지 못한다. 숙련된 기사라고 해도 이삼 일은 쉬어야 한다.

　이를 전문으로 훈련한 인력은 전령들이다. 이러한 전문가들도 고작해야 이틀, 최상급 전령의 경우에도 삼 일 정도를 버티는 것이 고작이다.

만약 피치 못할 사정으로 무리를 하면 최악의 경우엔 내장이 터져 피를 토하고 죽어버릴 것이다.

그러나 레오는 전혀 지치지 않았다. 새벽에 일어나는 것이 힘들 뿐, 일단 잠에서 깨어나면 새로운 힘이 치솟아 다시 하루종일 말을 혹사시켜 가며 달릴 수 있었다.

"워,워."

푸르르륵―

갈림길이 나왔다. 레오는 일단 말을 멈추고 어느 쪽으로 가야 하는가를 살폈다. 그러면서 말에 달려 있는 배낭에서 빵과 음료수를 꺼내 먹기 시작했다.

"왼쪽인가? 이제 이삼 일만 더 가면 발튼 후작이 있는 곳에 도착하겠군."

그는 슈란 왕국의 주력 군을 지휘하는 발튼 후작에게로 가고 있었다. 그곳에 가서 군사를 빌려 애슐론의 총지휘관인 하이번 후작의 목을 칠 계획이었다.

병사는 영지로, 레오 자신은 왕에게로, 이것이 그가 생각한 결론이었다.

그날, 레오는 심각하게 고민했다.

타카 2세인가? 아니면 조카가 있는 고향 가이안 영지인가? 어느 쪽도 버릴 수 없었다.

고개를 들어 부하들을 보니 대부분 타카 2세에게로 가야 한다는 표정이었다. 단지 휴케바인만이 불타는 눈으로 가이안을 부르짖고 있을 뿐이었다.

‘하긴 이자들은 기사다. 무엇보다 왕국과 왕에 대한 충성심이 강하 겠지. 거기에 왕을 구하면 작위를 받을 수 있으니까. 영지가 공격당하 는 것은 어쩔 수 없다고 생각할 것이다.’

하지만 레오는 영지를 포기할 수 없었다. 아무리 로엔이 미리 피신 한다고 해도 자신의 고향이 다른 자에게 공격당하는 것을 참을 생각은 없었다.

“나는 국왕 폐하를 구하러 가겠다.”

“영주님!”

휴케바인이 다급한 목소리로 외쳤다. 일단 레오가 말을 꺼내면 두 번 다시 번복하지 않는다는 것을 누구보다 더 잘 알고 있는 그였기에 절망감으로 목소리가 떨려 나왔다.

그때 레오가 다시 말했다.

“나 혼자 가겠다. 너희들은 모두 가이안으로 가라.”

“옛?”

“가이안을 침공하려는 자들은 5천의 별동대라고 했다. 너희들이라 면 충분히 그놈들을 상대할 수 있을 것이다. 나는 발튼 후작의 병력과 합류해서 폐하를 구할 것이다.”

“영주님!”

휴케바인은 크게 감동한 목소리로 레오를 불렀다.

“으음.”

옆에 서 있던 발렌은 잠시 생각해 본 후 고개를 끄덕였다.

예상외의 말이다. 한편으로는 놀랍기도 하다. 하지만 충분히 가능한 얘기다! 영지도 왕도 모두 구할 수 있다!

‘단지 양쪽 모두 그때까지 버텨주어야 할 텐데…….’

지금부터는 시간과의 싸움이라 할 수 있었다. 국왕 쪽은 몰라도 영지는 어찌 될지 알 수 없다. 이쪽에서 도우러 갈 것을 믿으면서 버틴다고 해도 1천으로 5천을 상대해야 한다. 더군다나 가이안 성은 전쟁을 위한 방어용 성이 아니다.

'한 달. 최소한 그 정도를 버텨야 하지만, 실제로는 무리다!'

여기까지 생각한 발렌은 고개를 돌려 주변을 둘러보았다. 다른 기사들은 약간 당황한 표정이었다. 이들로서는 영지로 가는 것은 공을 세울 기회가 사라진다는 것과 같았다.

그들의 생각을 감지한 발렌은 천천히 정중한 동작으로 예의를 갖추어 무릎을 꿇었다. 기사들의 시선이 자신에게 쏟아지는 것을 느끼면서 그는 엄숙하게 선언했다.

"알겠습니다. 영주님께 충성을 맹세한 기사로서 명을 받들어 영지를 지켜보이겠습니다."

아쉬운 표정을 드러내던 기사들은 발렌의 행동에 정신이 번쩍 든 듯 일제히 무릎을 꿇고 외쳤다.

"저희에게 맡겨주십시오! 꼭 가이안을 지키겠습니다!"

국왕을 구해 명예와 공을 획득하는 것은 물론 좋은 일이다. 하지만 그전에 그들은 흑사자 개인에게 충성을 맹세한 바 있는 기사들이다. 발렌의 엄숙한 선언은 바로 이 점을 일깨운 것이다.

우리의 주군인 흑사자가 그의 영지를 우리의 손에 부탁했다!

발렌은 이 점을 간접적으로 시사해 보였고, 기사들은 그 뜻을 바로 알아들었다. 사실 왕에게 작위를 받는 것보다 주군인 레오에게 인정을 받는 것이 더 중요하다.

국가에 내세울 공은 이미 충분하다. 9천의 군대로 발도어의 수도를 함락시킨 공은 이미 다른 것과 비교도 할 수 없는 공이라고 할 수 있었다.

"좋다, 그럼."

레오는 일이 결정되자 즉시 떠나라고 명하려 했다. 그때 옆에 있던 킬번이 급히 레오의 말을 막았다.

"잠깐만 기다려 주십시오, 어르신. 이 수도의 재물은 어떻게 하실 겁니까?"

레오는 인상을 찌푸렸다. 감히 내가 말하려는 것을 막다니? 킬번은 그것을 보고는 몸을 떨기 시작했다. 하지만 어쩔 수 없다. 이 어르신은 일단 말을 하면 번복하지 않는다.

"군대가 필요하지 않으십니까?"

킬번은 숨도 쉬지 않고 말했다.

"뭐라고?"

"어르신께서 원하신다면, 제가 병사들을 모으겠습니다. 이미 모든 길드가 어르신에게 적극 협력하기로 합의를 봤습니다. 다행히 용병들 중에는 어르신 밑에서 일하기를 원하는 자들이 많으니, 보수만 지불할 수 있다면 단시일 내에 상당수의 용병을 모을 수 있을 겁니다."

"흠, 하지만 시간이 없다. 지금 바로 떠나지 않으면 늦을지도 모른다."

사실 레오는 킬번의 말에 구미가 당겼다. 하지만 역시 영지의 안위가 더욱 걱정되었기에 쉽게 승낙할 수 없었다. 킬번은 레오의 말에서 희망을 느끼고 재빨리 설명을 덧붙였다.

"진군 속도에는 절대 지장이 없을 것입니다! 부상자들을 생각해 보십시오."

“부상자?”

“그들은 아무래도 움직임이 느립니다. 그렇다고 발도어 왕국 내에서 그들을 버리고 갈 수는 없습니다. 적어도 슈란의 국경을 넘어야 안심하고 그들을 따로 이동시킬 수 있을 겁니다.”

“그래서?”

“일단 성한 병사 1천여 명으로 부상자들을 호위하며 이동시키고 남은 자들로 수도의 재물을 모으게 하는 겁니다. 딱 삼 일이면 됩니다. 그 뒤에는 서둘러 따라잡으면 됩니다.”

“그런가?”

레오는 발렌을 보며 물었다. 가능한 소리냐는 질문이었다. 발렌은 잠시 생각해 본 뒤 천천히 고개를 끄덕였다.

“이미 성안의 보물 창고하고 중요 귀족들의 저택에서 거둘 것은 거 됐습니다만?”

휴케바인이 도무지 무슨 소리인지 알 수 없다는 투로 물었다. 작업은 끝났다. 이제 와서 무슨 삼 일이 필요하냐는 소리였다.

킬번은 피식 웃으며 손가락을 좌우로 까닥거렸다.

“후훗. 귀족의 집에 놓여 있는 물건을 대충 집어오는 걸 거둔다고 말할 수 있습니까? 저기를 보십시오.”

그는 흔들던 손가락으로 자신이 데려온 자들을 가리켰다. 그 수는 거의 1백여 명에 달했다.

“진짜 귀중한 재물은 꽁꽁 감춰두는 법입니다. 저들은 바로 그런 비밀 금고를 찾는 전문가들입니다. 삼 일! 삼 일입니다. 수도의 모든 재물을 깨끗하게 거둬들이겠습니다. 그것으로 어르신의 병사들을 모으겠습니다!”

"전문가!"

휴케바인은 크게 감탄한 듯 한 손으로 다른 손바닥을 두드리며 중얼거렸다. 전문가라는 말은 그가 좋아하는 단어 중 하나였다.

레오도 킬번의 말을 이해했는지 발렌에게 명을 내렸다.

"발렌 경이 에고른 경과 함께 부상자들을 인솔하게. 휴케바인, 네가 킬번과 함께 삼 일 동안 수도의 재물을 거두어라."

"알겠습니다!"

"명대로 하겠습니다."

휴케바인은 흥미진진하다는 표정을 숨기지도 않고 신이 나서 대답했다.

'이자는 길을 잘못 들었으면 산적이 되었을지도 모를 인물이군. 덩치가 저렇게 눈에 띄지 않았다면 길드에도 어울릴 테고.'

킬번은 묘한 표정으로 휴케바인을 보며 속으로 생각했다. 일반적인 기사라면 결코 반가워할 일이 아닌 것에 저토록 기뻐하는 것 자체가 비정상이 아닐 수 없다.

'과연 어르신! 저자라면 함께 일하기가 수월할 것 같군!'

도둑 길드 사람들과 기사는 정말 안 어울리는 조합이다. 하지만 고리타분한 기사가 아닌 휴케바인 같은 자라면 함께 일하는 것도 재미있을 듯했다.

지시를 끝낸 레오는 가장 지구력이 뛰어난 말 세 필을 골라 그중 한 마리에 타고 단신으로 질주하기 시작했다.

"가야겠군."

레오는 회상을 멈추고 말에 올라탔다. 식사가 끝났으니 다시 달려야 한다.

그가 탄 말은 방금 전까지 타고 온 말이 아닌 다른 말이었다. 전의 말은 이미 지쳐서 얼마 달릴 수 없을 것 같았기 때문이다.

레오는 주인이 놓아주었다는 표시로 앞서 탔던 말의 고삐를 끊고는 다른 말 한 필을 끌고 다시 질주하기 시작했다.

*　　　　*　　　　*

"다즈 성의 포위망을 풀 방법은 아직도 없는 건가?"

발튼 후작은 오늘도 참모들과 함께 작전회의를 열고 있었다. 그는 심각한 얼굴을 유지한 채 참모들과 함께 새로운 작전에 대해 이것저것 검토했지만, 결과는 언제나 회의적이었다.

'후우, 참모들부터 이렇게 기가 죽어 있으니…….'

발튼 후작은 찬찬히 회의에 참석한 사람들을 돌아보며 속으로 한숨을 쉬었다.

이렇다 할 방책을 내지 못하는 것은 오히려 괜찮다. 문제는 약속이나 한 듯 입을 꼭 다물고 있는 참모들의 정신 상태였다. 지금 이들은 적장인 하이번 후작에게 겁을 먹어 자신들의 심중을 모두 읽히고 있다는 착각을 하고 있었다.

'이미 두 달이 지났다. 그나마 다스 성이 최고의 방어 성채인 것이 다행이라고 생각할 밖에…….'

지금 다스 성은 수성전의 장점에 기대어 겨우 버티고 있는 중이다. 거기에는 마스터인 바로크 백작이 이끄는 근위 기사들과 같은 최정예 군의 활약이 한몫을 하고 있었다.

　문제는 진작 합류했어야 할 주 전력인 자신들의 진군이 번번이 저지당했다는 데 있었다. 덕분에 가까운 거리에 아군을 두고도 다즈 성은 여전히 포위 상태를 벗어나지 못하고 있다. 그것도 가까스로 버티고 있어 언제 무너질지 모른다.

　"적장인 하이번의 교란 전술은 너무나도 교묘합니다. 이미 무모하게 진격했다가 여섯 번이나 격퇴를 당해 병사들도 공격을 꺼려하고 있습니다."

　"으음, 하이번! 그 너구리 같은 자의 진세가 이렇게 질기다니……."

　쾅!

　발튼 후작은 분통이 터지는지 주먹으로 탁상을 치며 중얼거렸다.

　과거에도 그자 때문에 애슐론과의 전쟁에서 승리를 얻지 못했는데, 이제 다시 왕을 인질로 잡히게 생겼다. 일단 타카 2세가 인질로 잡히면 그 뒤에는 막대한 보상금을 포함한 굴욕적인 불평등 조약만이 있을 뿐이다.

　"차라리 군을 한군데로 몰아 소모를 각오한 진격을 감행하는 것이 어떻겠습니까?"

　한 젊은 참모가 강력한 진공책을 냈다. 복잡한 전술이 필요없는 강행 돌파! 그것이라면 성의 포위망을 뚫는 것은 확실하다.

　그러나 연륜있는 참모들은 하나같이 고개를 저었다. 발튼 후작은 그 젊은 참모에게 말했다.

　"군을 하나로 모은다고 공격력이 그만큼 늘어나는 것은 아니다. 오히려 싸우지 않고 대기하는 자가 늘어나니 전체적인 힘이 줄어들게 된다."

　"그렇다고 해도 다즈 성에 도착하는 순간까지 전투력을 유지할 수는 있을 것입니다. 무엇보다 폐하를 구하는 것이 중요하지 않습니까?"

"아니, 내가 보기에 적이 궁극적으로 노리는 것은 바로 우리가 그런 작전을 펼치는 것이다. 그럴 경우, 저들은 아군을 집중 공격하여 충분한 피해를 입힐 것이다. 그 뒤에 성안으로 들어간 우리 군을 포위한 채 주변을 공략할 확률이 크다."

"으음, 그럴 수도 있겠군요."

젊은 참모는 고개를 푹 숙였다. 최고 지휘관인 발튼 후작이 직접 친절하게 설명을 해주었기에 그는 자신의 의견이 왜 잘못되었는지 알 수 있었다.

발튼 후작은 이런 엄하면서도 자상한 성격으로 군부의 무장들의 존경을 얻고 있었다. 지휘 능력도 제법 훌륭하여 타카 2세 이외에 몇만이나 되는 군을 지휘할 수 있는 자는 없다는 평을 듣고 있었다.

하지만 그런 발튼 후작도 애슐론의 총대장인 하이번 후작과 부딪치자 한 번도 시원한 승리를 거둘 수 없었다.

그나마 하이번 후작이 공격 쪽에는 그렇게까지 천재적이지 않았기에 아직까지 별다른 피해 없이 버틸 수 있었다.

만약 슈란 왕국군의 수준이 전체적으로 애슐론 왕국군보다 뛰어나지 않았다면 당해도 크게 당했을 것이다.

"정녕 방법은 없는가?"

발튼 후작은 괴로운 표정을 지으며 신음처럼 중얼거렸다. 그때 바깥에서 한 명의 기사가 뛰어들어 왔다.

"후작 각하! 레오 경이 왔습니다!"

"뭐라고? 그가 어떻게 이곳에?"

발튼 후작은 크게 놀랐지만, 레오가 왔다는 말은 그야말로 극심한 가뭄 끝에 단비가 내리는 것처럼 느껴졌다.

"어서 레오 경을 안으로 들라 해라."

"옛!"

기사는 대답과 동시에 몸을 돌려 밖으로 나갔다. 나갈 때 경례를 해야 한다는 것도 잊은 것 같았다. 그도 레오의 출현에 크게 흥분하고 있는 것이 틀림없었다.

발튼 후작과 다른 참모들은 입을 다문 채 레오가 회의장에 들어서기를 기다렸다. 방금 전 기사의 보고가 마치 환상처럼 느껴지기도 했다. 정말 그 흑사자가 온 것이 사실이라면, 지금의 이 답답한 상황이 당장이라도 끝날 것 같았다.

곧 그들은 회의장 안으로 들어서는 검은 갑옷의 젊은 기사를 볼 수 있었다. 그는 틀림없는 흑사자 레오였다.

"발튼 후작 각하."

레오는 가슴에 손을 대어 예를 취했다. 발튼 후작도 마찬가지로 예를 취했다.

레오는 인사를 마치자마나 곧바로 물었다.

"다즈 성은 어떻게 되었습니까?"

발튼 후작은 자신을 직시하는 레오의 눈에서 그가 이곳까지 달려온 이유를 알 수 있었다. 가슴 한쪽이 뭉클대는 기분이 들었다.

이자는 자신의 주군을 구하기 위해 달려왔구나! 최고의 기사답게 명예를 가지고 충성의 맹세를 지키는구나!

하지만 어떻게 이곳에 올 수 있었는지는 이해할 수가 없었다.

"아직 다즈 성은 무사하네. 바로크 백작의 활약이 크다더군. 그런데 레오 경은 어떻게 이곳까지 왔나? 발도어 왕국군은?"

원래대로라면 필사적으로 발도어 군을 막고 있어야 한다. 발튼 후작
은 후방의 위험에 대해 물었다.

"발도어의 수도를 함락시키고 왕과 왕족들을 모두 죽였습니다. 발도
어 군은 이미 퇴각했고, 새로운 왕조가 설 때까지 몇 년간은 나오지 못
할 것입니다."

레오는 그건 별로 중요하지 않다는 말투로 지나가듯 말했다. 실제로
지금 레오에게 중요한 것은 끝난 일이 아니라 다즈 성에 있는 타카 2세
의 안위였다.

일단 질문에 대답을 한 레오는 중앙 탁자에 있는 지도와 부대의 위
치를 표시하는 말판을 보면서 다시 물었다.

"이것이 다즈 성 주변을 감싸고 있는 애슐론 군의 배치도인가요?"

발튼 후작은 레오의 물음에 대답할 수 없었다. 그는 믿어지지 않는
다는 표정으로 되물었다.

"지금 뭐라고 했소? 발도어의 수도를 함락시켰다고?"

후방의 방어를 레오에게 일임하고, 그 자신은 애슐론과의 전투에 집
중하느라 미처 몰랐다. 무슨 일이 있다면 수도 방어성에서 전령을 보
내올 것이라 생각하고 있었다.

그런데 이미 발도어의 수도를 함락시켰다니? 그렇다면 오히려 밀고
나아갔단 말인가!

레오는 귀찮다는 듯 다시 설명했다.

"군을 우회하여 수도를 기습했습니다. 적은 제가 언제 공격을 가해
올까 경계하느라 진군 속도가 늦으리라 판단했습니다만, 다행히도 예
상대로 헬룬까지 진격하지 못한 모양이군요."

"으음, 그럴 수가!"

이 남자는 수도까지의 방어를 완전히 포기하고 오히려 적의 수도를 쳤다. 9천의 사병으로 일국의 수도를 함락시키다니!

발튼 후작은 눈앞의 젊은 기사의 힘을 자신이 잘못 알고 있었다는 것을 깨달았다.

그는 흑사자, 대륙에 그 명성이 알려진 대로 불가능을 가능케 하는 절대 강자였다.

"이곳이 적의 총대장이라는 하이번 후작이 있는 곳이군요."

레오는 다시 군의 지도를 보며 말했다. 다즈 성 남쪽에 일단의 말판이 뭉쳐 있고, 그 가운데에 붉은색의 말판이 놓여 있었다.

발튼 후작은 퍼뜩 놀라 얼른 레오의 질문에 대답했다. 그뿐만 아니라 모든 참모들이 레오의 말과 행동에서 시선을 떼지 못하고 있었다.

"그렇네. 하지만 적은 군을 셋으로 나누어 하나로 성을 공략하고, 나머지 둘로 이쪽과 이쪽에 포진하고 있지. 이 양군의 합동 작전은 너무 교묘하여 우리가 그간 여러모로 작전을 펼쳤지만 별다른 효과를 보지 못했네."

발튼 후작이 가리킨 곳에는 두 개의 말판 무더기가 있었다. 이를 실제 군의 수로 환산하면 2만에 가까운 군이 있다면서 발튼 후작은 다시 자세하게 설명했다.

다즈 성 주변에 깔려 있는 소규모 부대들의 유기적인 움직임, 그리고 결정적인 순간에 역격을 가해오는 좌우군! 설명을 하면서도 이렇게까지 군을 자유자재로 움직이는 적장의 능력에 감탄을 할 수밖에 없었다.

레오는 그런 발튼 후작의 설명을 들으면서도 전혀 감탄하는 기색이 없었다. 마치 이 정도는 아무것도 아니라는 얼굴이었다.

발튼 후작은 설명을 끝내고 기대에 찬 표정으로 레오를 보았다. 그의 머리 속은 혼란에 빠져 있었다. 발도어의 수도를 함락시킨 것 하며, 적의 이 대단한 방어 전술을 듣고도 조금도 동요하지 않는 태도, 그의 능력은 도대체 가늠할 수가 없다.

흑사자는 혼자 싸우는 것뿐만 아니라 군대를 다루는 것에도 능하단 말인가? 그렇다면 정말 수백 년에 한 명 태어날까 말까 하는 최고의 명장일지도 모른다.

"어떻겠나? 방법이 있겠나?"

발튼 후작은 심장이 두근거리는 것을 느끼며 조심스럽게 물었다.

레오는 지도에서 눈을 돌려 발튼 후작을 보더니 당연하다는 듯 고개를 끄덕였다.

"저에게 병사 5천을 빌려주십시오."

"5천?"

"결국 적의 움직임은 여기 있는 총대장의 지휘 능력 때문에 나오는 것입니다. 저에게 5천의 군사를 빌려주시면, 그의 목을 베어오겠습니다."

레오는 그렇게 말하며 발튼 후작의 진형에 있는 말판 하나를 집어 일직선으로 움직였다. 그 끝에는 하이번 후작을 나타내는 붉은 말판이 있었다.

팍, 팍, 팍!

주변에 놓인 모든 말판이 레오가 잡고 있는 말판에 부딪치자 그대로 깨어져 산산조각나 버렸다. 레오의 손가락으로부터 힘이 흘러나와 말판을 부수고 있었다.

마침내 레오의 말판은 적장을 의미하는 붉은 말판에 부딪쳤다.

파—

적 지휘관을 표시하는 붉은 말판이 소리를 내며 깨어졌다. 붉은 가루가 핏방울처럼 지도 위에 흩어졌다.

레오는 강한 어조로 선언하듯 말했다.

"노리는 것은 적장 하이번의 목입니다. 그것으로 충분합니다."

꿀꺽.

발튼 후작은 레오의 말에 무의식적으로 침을 삼켰다. 말은 쉬워도 그게 실제 가능한 일인가? 그러나 레오를 보고 있자니, 마치 그에게는 이것이 당연한 것처럼 보였다. 그가 5천의 병사를 이끌고 돌진하면 정말로 수만의 적이라도 그를 막을 수 없을 것 같았다.

탁.

"좋아, 노런 백작. 그대는 지금부터 레오 경의 지시에 따르게. 그대가 지휘하는 병사 5천의 지휘권을 레오 경에게 넘기겠네."

발튼 후작은 결심을 굳히고 한쪽에 있는 무장 중 한 명에게 명했다. 노런 백작이 이끄는 5천의 병사는 슈란 왕국 내에서도 최고 수준의 정예병이라 할 수 있었다.

노런 백작은 지체없이 앞으로 한 걸음 나서더니 레오에게 예를 취하며 말했다.

"명망 높으신 흑사자의 지휘를 받게 되어 영광입니다."

"좋소. 준비가 되는대로 알려주시오. 바로 진격을 시작합시다."

"알겠습니다."

노런 백작은 레오의 말에 바로 회의실 밖으로 나가 군대를 정비하기 시작했다. 뾰족한 수가 없어 애만 태우다가 이렇게 작전이 결정되니 죽든 살든 해보자는 투지가 가슴속에서부터 피어올랐다.

"우리도 레오 경의 진격에 보조를 맞추어 좌우군을 공격한다. 만약 레오 경이 정말로 적장의 목을 벨 수 있다면, 애슐론 군은 최후를 맞이할 것이다."

발튼 후작도 해볼 마음이 생겼는지 힘있게 말했다. 참모들 모두가 일제히 동의를 하고 제각기 준비를 하러 나갔다.

흑사자의 참전으로 슈란 왕국군은 하루아침에 군의 전체 분위기가 바뀌기 시작했다. 각 무장들은 이번에야말로 필승의 각오를 다지며 부하들을 독려하기 시작했다.

*　　　　*　　　　*

"적이 움직이기 시작했다고?"

애슐론 군의 총사령관인 하이번 후작은 의외라는 듯 부관에게 물었다.

"그렇습니다. 전방에 나간 정찰병의 보고에 의하면 5천 정도의 병사들이 이쪽으로 향하고 있다고 합니다. 그리고 다른 부대들도 일제히 움직일 기세입니다."

"하하하하하!"

부관의 자세한 설명을 옆에서 듣고 있던 다른 무장들이 웃기 시작했다. 그들은 그동안의 전투에서 하이번 후작이 심혈을 기울여 배치한 군의 신기에 가까운 위력을 보아왔다.

"저놈들이 드디어 애가 타서 총력전으로 나오려는 모양입니다. 어쩌면 후작 각하께서 희망하신 대로 모든 희생을 무릅쓰고 다즈 성까지의 길을 뚫으려는 것인지도 모르겠군요."

일단 그렇게만 된다면 이 전쟁은 애슐론의 완벽한 승리가 된다. 적에게 막대한 피해를 입힌 채 다즈 성과 함께 고립시키고 남은 군세로 수도를 점령할 것이다.

하이번 후작은 그런 참모들의 웃음소리에 오히려 인상을 찌푸렸다.

"슈란 군을 지휘하고 있는 발튼 후작이 뛰어나다고는 할 수 없지만, 이성을 잃고 무모한 짓을 할 자는 아니다. 그런 면에서 상대하기가 쉽지 않지. 더글라스 자작."

"옛, 각하. 말씀하십시오."

"발도어 쪽으로 간 흑사자의 부대는 분명히 그의 영지인 가이안으로 향했다고 했지?"

"그렇습니다. 놀랍게도 그자는 발도어의 수도를 함락시켰습니다만, 후작 각하의 선견지명대로 결국 영지를 구하기 위해 부대를 그쪽으로 이동시켰다는 보고가 있었습니다."

"으음, 그렇단 말이지?"

"아마 흑사자는 영지도 구하지 못할 겁니다. 그의 군대가 도착할 무렵에는 우리 군이 이미 그곳을 완벽하게 파괴한 후일 테니까요."

옆에 있던 다른 참모가 웃으며 말했다.

흑사자의 위명을 깎아내리고, 발도어의 진공을 돕기 위해 비밀리에 별동대를 보냈다.

그사이 흑사자가 발도어의 수도를 함락시켰다는 전갈을 받고는 소스라치게 놀랐었다. 설마 그 짧은 시간에 하나의 왕국을 쑥대밭으로 만들 줄이야!

그러나 천만다행히도 흑사자는 자신의 영지를 구하러 갔다. 시간적으로 봤을 때 영지를 구하고 이쪽으로 오려면 앞으로 한 달은 걸린다.

그사이에 전황은 완전히 이쪽의 승리로 굳어 있을 것이다.

"으음, 흑사자가 영지로 간 이상 왕국과 영지를 둘 다 잃을 가능성이 높다. 만약 이쪽으로 향했다면 앞으로 보름 이내에 올 수 있겠지만, 그래도 그사이 우리 군은 다즈 성을 함락시킬 수 있을 것이다."

하이번은 자신이 계산했던 모든 것을 독백하듯 사람들에게 설명했다.

시골 영지인 가이안 백작령이 별동대 5천을 상대로 그렇게 오래 버틸 수는 없으리라고 생각된다. 지금쯤은 함락당했을 가능성이 높다.

흑사자의 군대가 어느 쪽으로 가든 그는 모든 것을 잃게 된다. 그가 지켜야 하는 두 가지를 동시에 공격한 이 작전이야말로 시간이라는 절대적인 무기를 이용한 회심의 작품이라고 할 수 있었다.

발도어의 수도를 함락시킨 것은 정말로 의외였지만, 오히려 그것이 전화위복이 된 셈이다.

'그런데 불안해. 왜 이렇게 불안하지?

이상하게 머리 속에서 위험 신호를 보내오고 있었다. 무엇인가 잘못되어 가고 있는 느낌이 들었다. 하이번은 오랜 경험에 의해 이런 느낌이 들면 틀림없이 크게 낭패를 본다는 것을 알고 있었다.

그는 고개를 숙인 채 눈을 감고 천천히 정신을 집중하기 시작했다. 자신의 의식 깊은 곳에서 신호를 보내는 또 다른 계산이 숨어 있다. 그것을 찾아 읽어내야 한다.

"아!"

마침내 하이번은 그것의 존재를 살필 수 있었다. 머리 속 가장 깊은 곳에 존재하는 무의식의 영역에 숨어 있었던 계산, 그것은 정말로 그로 하여금 크게 놀라게 만들었다.

"가능한가? 시간적으로 가능한가?"

그는 혼잣말로 그렇게 말하며 계산을 했다. 발도어 왕국의 수도인 발리도스로부터 이곳까지의 거리는? 말을 달려서 하루면 이동할 수 있는 거리는? 발도어 왕국의 수도가 함락된 날짜는?

"흐으으."

하이번 후작은 자신도 모르게 신음 소리를 냈다. 참모들이 모두 놀라서 그를 보았다.

"각하, 무슨 이상이라도 있습니까?"

더글라스 자작이 조심스럽게 물었다. 다년간 하이번 후작의 보좌관 역할을 해온 그로서도 이렇게 동요하는 상관을 보는 것은 처음이었다.

"흑사자가 왔다! 그는 자신의 군과 떨어져 혼자서 이곳으로 온 것이 틀림없다!"

고개를 번쩍 든 하이번은 마치 비명을 지르듯 외쳤다.

16세의 성인식을 치르고 왕 앞에 나아가 충성의 서약을 한 이후로 비명을 질러본 적은 없었지만, 지금은 너무나도 상실감이 커서 이성을 잃을 정도였다.

"네에?"

아무리 저 하이번의 말이라 해도 도저히 믿을 수 없다는 듯한 반응이 잇따랐다.

"발리도스에서 계속해서 말을 달리면 지금쯤 도착했을 것이다. 그라면 충분히 가능한 일이다. 지금 진격해 오고 있는 적의 선두에는 틀림없이 흑사자가 있을 것이다!"

하이번은 마치 눈으로 그 사실을 본 것처럼 단정했다.

참모들은 하나같이 입을 벌리고 자신들의 상관을 보았다. 설마 그런 일이 가능할까? 보름이 넘는 시간 동안 매일같이 말을 달린다?

생각해 보니 흑사자에게는 그것이 가능할 것도 같았다. 그들의 안색이 급격히 어두워지기 시작했다.

공포! 그들이 가장 두려워하고 있던 일이 현실로 다가왔다.

"어떻게 할까요?"

더글라스 자작은 착 가라앉은 목소리로 하이번에게 물었다.

하이번은 동요하던 자신의 감정을 추스르기 시작했다. 지금은 놀라고 있을 때가 아니다. 군을 지휘해야 한다.

"전 부대의 지휘관에게 알려라. 그림자 작전을 시행한다. 서둘러라!"

"알겠습니다!"

더글라스 자작은 급히 경례를 하고 밖으로 달려나갔다. 하이번은 주변을 돌아보며 다른 참모들에게도 말했다.

"자네들도 어서 나가 작전 준비를 하게. 알고 있겠지만 그림자가 드러나면 흑사자의 검에 당할 가능성이 아주 높아진다는 것을 명심하게."

"명을 거행하겠습니다."

참모들은 모두 굳은 얼굴로 대답했다. 그들은 곧바로 자신들의 부대로 향했다.

회의실에는 이제 하이번 혼자 남았다. 그는 탁자 위에 있는 작전 지도를 멍하니 바라보았다.

미노 왕국이 전해준 모든 정보와 작전을 토대로 최고의 전략과 전술을 동원했다. 전쟁을 하는 것에는 반대를 했지만 일단 결정이 난 후에는 마음을 굳게 먹고 최선을 다했다.

나름대로 자신이 있었고, 이제 승리의 순간이 눈앞에 다가왔다. 그런데 일순간에 모든 것이 뒤집혀 버렸다.

이 모든 것이 바로 흑사자 한 명의 움직임 때문이다!

믿기 어려웠다. 검을 들고 싸우면 절대 상대할 수 없지만, 군사를 다루는 것으로는 충분히 감당할 수 있다고 믿었다. 그런데 그것이 보기 좋게 깨어졌다.

"인간도 아니야, 그자는!"

탁자를 짚고 있는 하이번의 두 팔이 부들부들 떨렸다. 그러다가 그는 길게 한숨을 쉬었다.

"하아, 이성을 잃으면 안 된다, 하이번. 꼴사나운 모습을 보이지 말고 어서 다음 일을 하자. 너도 이제부터 흑사자의 검에서 살아남을 수 있도록 준비를 해야지. 그자의 검은 무자비하고, 지금 그 검끝은 나를 노리고 있을 테니까."

그는 그렇게 스스로에게 말하며 몸을 돌려 회의실을 나섰다. 자신의 방으로 가서 그림자 작전의 준비를 해야 했다.

*　　　　*　　　　*

두두두두두―

전투용 기마 3백여 필이 완전 무장한 기사를 태우고 전진하고 있었다. 최고 속도로 돌진하는 것은 아니었지만 경보를 유지하여 그 말발굽 소리가 땅을 울렸다. 그 뒤로는 5천에 가까운 병사들이 따라붙었다.

"전진한다! 좌우에서 어떤 기습이 있어도 대응하지 않는다. 무조건 앞만 보고 뛰어라!"

지휘관들은 크게 외쳤다. 병사들은 이를 악물고 걸음을 옮겼다. 이번 진격에서 승리하면 그들은 막대한 보수를 받게 된다. 살아남기 어렵다는 것은 나름대로 각오를 한 상태였다. 그러나 지금 그들은 믿었다, 결국 승리하리라는 것을!

그들의 앞에는 흑사자가 있기 때문이다.

레오는 정말로 앞만 보고 갔다. 일직선이다. 지도에서 선을 그리면 그의 진격 경로가 나온다. 출발 지점을 조정하여 산을 정통으로 넘지 않도록 배려했을 뿐, 길이 있고 없고는 따지지 않았다.

"이제 몇 시간만 더 가면 적의 본 진영입니다."

노런 백작이 말을 몰아 레오의 옆으로 다가왔다. 극심한 난전이 될 것을 예상하고 있었기에 그도 죽을 결심을 한 상태였다.

레오는 고개도 돌리지 않은 채 말했다.

"적의 기습이 전혀 없다."

"예?"

"좌우군은 몰라도 소규모 유격 부대의 기습이 있어야 하지 않나?"

레오의 말에 노런 백작은 퍼뜩 놀랐다. 목표 지점에 접근함에 따라 높아지는 긴장감에 그것을 생각하지 못했다.

"그러고 보니 이상하군요? 이미 적의 기습 공격이 시작되었어야 합니다."

더 이상 진격하기 힘들 정도로 연속적이고 유기적으로 연결된 기습이 계속되어야 한다. 그런데 적의 모습이 전혀 보이지 않다니? 마치 본대로 쳐들어오라고 도발하는 것 같지 않은가.

"설마 또 다른 계략일까요?"

노런 백작은 긴장한 얼굴로 물었다. 적장인 하이번 후작에게 하도

당해서 이상한 낌새만 보이면 무조건 조심스럽게 변한다. 스스로에게 한심한 일이지만, 그대로 무모하게 싸우다가 돌이킬 수 없게 되는 것보다는 낫다고 생각했다.

"상관없다. 앞을 가로막는 것은 모두 쓸어버리고 이대로 다즈 성으로 들어간다. 성안에서라면 그놈이 어디 있는지 훤히 보이겠지."

레오는 여전히 고개도 돌리지 않고 말했다. 눈으로는 멀리 있는 무엇인가를 뚫어지게 보고 있었다. 마치 아직 만나지도 않은 하이번을 노려보며 죽음의 판결을 내리려는 것 같았다.

"그렇군요."

노런 백작은 고개를 끄덕이고는 그 역시 고개를 돌려 앞으로 보았다. 레오의 말이 그의 가슴속에 남았다.

표적은 하이번, 그의 목을 칠 때까지 이 진군은 멈추지 않는다!

두 시간이 지났다. 이제 언덕 하나만 넘으면 적의 본대와 다즈 성이 한눈에 들어올 것이다.

병사들의 가슴은 더할 나위 없이 뛰기 시작했다. 사실 그들은 이곳까지 들어온 적도 없었다.

이전의 언덕쯤에서 좌우군의 협공을 받으면 그야말로 치명적이었기에 좌우군을 모두 처리하기 전까지는 진격을 할 수 없었다. 그러나 막상 좌우군의 한쪽을 각개격파하려 하면 그들은 미련없이 후퇴를 해버리고는 어느새 전체적인 포위망을 형성하여 추적 군을 괴롭히는 것이었다.

"적의 본대입니다!"

뒤에 있던 기사 한 명이 크게 외쳤다. 가장 선두의 레오는 이미 보고 있었지만, 다른 병사들에게 이제 곧 전투가 벌어진다는 것을 알리기 위한 외침이었다.

"와아아아아!"

5천의 병사는 크게 함성을 질렀다. 한 명의 피해도 없이 이곳까지 왔다. 이제 본대와 싸워 승리하기만 하면 된다!

그때 레오가 갑자기 전진하는 것을 멈췄다. 뒤를 따르던 기사들이 놀라서 급히 기를 들어올려 부대를 정지시켰다.

"정지! 대기한다!"

각 부대장들은 긴장한 얼굴로 레오를 보았다. 왜 멈췄을까? 단 한 번도 멈추지 않았다. 병사들은 숨이 턱까지 차 올라 숨을 헐떡이고 있었지만, 그래도 단련된 자들답게 끝까지 쫓아왔다.

설마 전투가 벌어지기 전에 부하들을 쉬게 하려는 걸까? 아니면 혹시 매복이 있는 걸까?

우뚝 멈춘 채로 적의 진영을 살피던 레오가 노런 백작 쪽으로 시선을 돌리며 물었다.

"누가 적의 지휘관이지?"

"네? 누가라니요? 저기 저 붉은 깃발, 앗!"

노런 백작은 손가락으로 시야에 들어온 붉은색을 가리키려다 크게 놀랐다. 적의 본대에는 붉은 깃발이 열 개도 넘게 세워져 있었다.

점입가경으로 그 깃발의 주변에는 적의 지휘관 복장을 한 자들이 똑같이 서서 지휘를 하고 있었다. 그들 모두 자신이 최고 사령관이라고 주장하는 것 같은 모습이었다.

"가짜가 있군요! 누가 진짜인지 모르겠습니다."

한참 그 붉은 깃발들을 살피던 노런 백작은 난감한 표정을 드러내며 말했다.

"모두 가짜다."

"예?"

"지휘관 복장을 한 자들에게서 단련된 자의 기운이 강하게 느껴지지 않는다. 저자들은 모두 일반 병사 수준에 불과하다."

레오는 기분이 나쁜 듯 말했다. 그러면서 계속 적의 무리를 뚫어지게 보았다.

최고 지휘관의 깃발뿐만 아니라 부대 지휘관들의 깃발도 엄청나게 많았다. 그야말로 깃발 천지라고 할 수 있었다. 장군 복장을 한 자들 역시 깃발의 수만큼 있었다. 하지만 레오가 느끼기에 그자들 중 진짜는 단 한 명도 없었다.

"진짜 지휘관들은 일반 기사들 사이에 끼어 있겠군."

결론은 금방 나왔다. 단련된 수준은 지휘관이나 일반 기사들이나 거기서 거기다. 애슐론 왕국에는 마스터 급의 기사는 없다. 이래서야 누가 하이번인지 알 도리가 없는 것이다.

"적이 움직이기 시작합니다!"

노런 백작이 말했다. 그의 말대로 애슐론 군의 본대는 다즈 성의 포위망을 풀며 서서히 서쪽으로 이동하고 있었다.

동시에 저 멀리서 일단의 군대가 나타났다. 좌군과 우군! 그들 역시 군을 정비하여 서서히 물러서는 중이었다.

"적을 쫓을까요?"

도망가는 적을 치는 것은 맞서 싸우는 것보다 훨씬 쉽다. 전공을 세울 기회인 셈이다. 노런 백작은 레오를 향해 명령만 내리라는 듯 강렬한 소망을 담은 눈빛으로 말했다.

　레오는 단호하게 고개를 저으며 손을 들어 좌군과 우군, 그리고 본대의 몇몇 부분을 가리켰다.

　"저놈들의 전투 능력은 조금도 줄어들지 않았다. 지금 적을 쫓는다면, 우리 부대는 역격에 당해 전멸에 가까운 피해를 입을 것이다."

　"전투 능력 말입니까?"

　"그렇다. 대단하군. 군을 움직이면서 전투 능력이 전혀 감소되지 않다니……. 저런 것은 처음 본다."

　"그래도 후퇴하는 적입니다. 레오 경께서 추적하신다면, 충분히 저들에게 피해를 입힐 수 있을 겁니다."

　"의미가 없다. 적장을 베지 않는 한 병사 수를 줄여봐야 저들의 전투 능력은 감소되지 않는다. 오히려 우리 군의 전투 능력이 약해질 뿐이다."

　"그 전투 능력이라는 것이 무엇을 의미하는지 잘 이해할 수 없습니다만……?"

　노런 백작은 아까부터 레오가 얘기하는 전투 능력이란 단어의 뜻이 궁금했다. 그러나 레오는 입을 다물어 버렸다.

　그러더니 곧바로 말 머리를 돌려 애슐론 쪽 좌우군의 뒤에 나타난 발튼 후작의 본대를 향해 이동하기 시작했다.

　노런 백작은 당황했다. 지휘관이 전투를 하지 않겠다는데 부관인 자신이 단독으로 군을 움직일 수는 없었다. 그는 서둘러 부하들에게 명해 레오를 따라 본대에 합류했다.

　"애슐론 군은 후퇴를 결심한 것 같습니다."

　레오는 발튼 후작을 만나자마자 그렇게 말했다.

"그렇게 보이는군. 놀라운 것은 저들이 가짜 지휘관을 내세운 것인데, 경의 모습으로 보아 하이번의 목은 베지 못한 모양이군."

"적을 전멸시키기 전까지는 그자를 베었다고 장담할 수 없을 것 같습니다."

"으음, 그런가?"

발튼 후작은 아쉽다는 듯 혀를 찼다. 하이번만 없으면 애슐론 왕국에서 두려워할 존재는 없다. 그자 때문에 모든 일이 어려워지고 있는 것이다.

레오 역시 뒤끝이 좋지 않다고 느끼며 생각에 잠겼다.

'이대로 끝까지 추격해서 그자를 찾아낼까? 애슐론 왕국에 침입해 수도에서 그자를 찾으면 될 것이다.'

처음으로 표적을 놓쳤다. 적이 본거지에 있을 때에는 숨거나 도망가는 데 한계가 있기에 실패가 없었는데, 이렇게 전장에서 작정하고 숨어 버리니 찾을 방도가 없었다.

레오는 정말로 단신으로 애슐론의 수도에 잠입할까 하고 심각하게 고민했다. 그때 문득 다른 한 가지 생각이 떠올랐다.

'영지! 무사한가?'

그의 주군의 위기는 이것으로 끝난 셈이다. 남은 것은 그의 영지, 무사한지 확인하기 전에는 결코 안심할 수 없다.

'아쉽긴 하지만 하이번의 목숨을 거두는 것은 다음으로 미뤄야겠다. 운이 좋은 자군!'

표적을 놓친 기분은 가히 좋지 않았지만 처음의 목적은 달성한 셈이다. 영지와 로엔에게 돌아가야 한다.

결심을 굳힌 레오는 즉시 발튼 후작에게 말했다.

"저의 영지가 공격받고 있습니다. 어쨌든 간에 다즈 성의 포위는 풀렸으니 저는 영지로 돌아가야겠습니다."

레오는 말이 끝나자마자 발튼 후작의 대답을 기다리지도 않고 그대로 말 머리를 돌렸다.

"아니, 레오 경? 그것은······."

발튼 후작은 레오에게 가지 말라고 청하려 했지만 이미 레오는 달리기 시작한 뒤였다. 발은 후작은 반쯤 들어올렸던 손을 힘없이 다시 내렸다. 영지가 공격당하고 있다는데 그를 붙잡을 수는 없었다.

"휴우, 레오 백작은 바쁜 사람이군."

영주가 자신의 영지에 대해 가지는 책임은 그도 알고 있었다. 그럼에도 불구하고 왕의 안위를 우선한 것은 그의 충성심을 증명하는 행위라 할 수 있었다.

발튼 후작은 잠시 멀어져 가는 레오의 뒷모습을 보다가 곧 정신을 차리고 부대에 명령을 내려 거리를 두고 신중하게 애슐론 군을 국경까지 추격하라고 명했다.

그가 보기에 적은 후퇴를 하면서도 언제든지 역격을 할 수 있도록 함정을 파고 있었다. 적장은 군을 빼는 동안에도 아군에게 위협을 가하고 있는 것이다!

섣불리 뒤를 쫓다가는 돌이킬 수 없는 결과가 나올 수 있기에 추격보다는 다즈 성의 안위를 우선하기로 했다.

수만의 병사들이 마치 하나의 유기체처럼 움직이는 대규모 전쟁은 그렇게 일단락이 났다.

애슐론 군은 다즈 성의 포위를 풀고 군을 후퇴시켜 그대로 자국으로 돌아가 버렸다.

이 전쟁에서 애슐론의 총지휘관인 하이번 후작은 지휘관의 존재를 숨기고 가짜를 내세운 채 뒤에서 은밀하게 신호로만 지휘를 하는 새로운 전술을 선보여 흑사자와 싸우는 기본 체제를 확립했다. 이 전술은 즉시 각국의 첩자들에 의해 알려져 많은 왕국이 그것을 참조하여 자신들만의 그림자 작전을 개발하기에 이르렀다.

전장의 흑사자는 가장 무서운 존재라고 할 수 있었지만, 이에 대한 대응책이 아예 없는 것은 아니라는 평가가 새롭게 대두되었다.

레오는 다시 달렸다. 지금 그의 머리 속에는 영지에 대한 것 이외에는 남아 있지 않았다. 왕이 안전하다는 것을 확인했으니 자신에게 의미가 있는 또 하나의 것만을 걱정하면 되었다.

이곳으로 올 때와 마찬가지로 잠을 줄였다. 며칠이 지나자 그의 몸이 거부 반응을 일으키기 시작했다.

"이것이 피로인가?"

레오는 스스로도 놀라 그렇게 중얼거렸다. 몸에서 일어나는 반응, 그것은 그가 지금까지 경험해 보지 못한 감각이었다.

"체력의 한계가 있었군."

레오는 여전히 말을 달리면서도 재미있다는 듯 피곤하다며 툴툴거려 보더니 웃음을 터뜨렸다.

하기는 한 달 정도를 쉬지 않고 말을 달린 셈이니 무리도 아니라는 생각이 들었다. 잠을 자고 싶었다. 지금 긴장을 풀면 삼 일 정도는 푹 잘 수 있다는 생각이 들었다.

그러나 레오는 고개를 저었다.

"아직 죽을 정도는 아니지."

레오는 몸에서 일어나는 반응을 무시했다. 그는 계속 달렸고, 정말로 최소한의 잠만을 잤다. 수도 헬룬으로 갈 때에는 발도어의 수도에서부터 달렸기 때문에 거의 이십 일이 걸렸다. 하지만 가이안 영지까지는 십 일도 걸리지 않는다.

며칠 후, 레오는 드디어 자신의 고향에 도착할 수 있었다. 그는 관문을 막고 있는 병사에게 고함을 치며 그대로 통과하여 성으로 갔다.

영지 곳곳이 파괴되어 있는 모습이 보였다. 논과 밭은 모두 파헤쳐져 있었다.

드디어 성이 눈에 들어왔다. 성벽의 모습도 처참했다. 성문 바로 옆쪽이 파괴되어 뚫려 있었다.

“설마……?”

레오의 눈이 흉흉하게 빛났다.

만약 성이 파괴된 것이라면 저들을 용서치 않으리라!

애슐론으로 가서 왕성을 비롯한 수도 전체를 파괴해 버리리라!

그는 조급한 마음에 말의 허리에 박차를 가했다. 말은 비명을 지르며 더욱 속도를 높였다. 이미 지칠 대로 지친 듯 입에 거품을 물고 있었다.

두두두두

“앗, 영주님!”

성이 가까워져 오자 성벽 위에서 누군가가 레오를 불렀다. 레오는 눈을 들어 그를 확인했다.

타로스! 성벽 위에서 타로스가 손을 흔들고 있었다.

“타로스, 성은 무사한가?”

“물론입니다! 어서 오십시오!”

타로스는 자랑스럽게 외쳤다. 바로 이 한마디를 위해 목숨을 걸지 않았던가.

다각, 다각.

말이 멈췄다. 레오가 고삐를 잡아당겨 세운 것이다.

휘익, 탁.

레오는 말에서 뛰어내렸다. 그러자 체력의 한계에 달한 말이 그대로 옆으로 쓰러졌다.

"그렇군. 성은 무사했군."

레오는 중얼거렸다. 그리고는 그대로 앞으로 쓰러져 버렸다.

"아니! 영주님!"

타로스는 크게 놀라 레오를 부르며 성벽에서 뛰어내려 가기 시작했다. 임시 성문인 무너진 성벽 입구에 있던 병사들도 놀라 레오가 있는 곳으로 달려왔다.

타로스가 달려오는 동안 병사들은 영주의 상태를 살폈다. 그럴 리가 없다고 생각하면서도 걱정스러운 것은 어쩔 수 없었다. 전신이나 다름없던 존재가 쓰러지는 것을 보았으니 당연한 일이었다.

"어떻게 된 거냐? 설마 영주님이 부상을 입으신 건 아니겠지?"

타로스가 급히 물었다. 병사들은 자신들의 대장을 보며 무어라 형언할 수 없는 표정으로 고개를 저었다.

"왜 대답을 못 해? 혹시 잘못되신 거야, 응?"

기겁을 하며 재촉하는 타로스의 말에 병사 한 명이 김이 빠진 듯한 어조로 말했다.

"주무십니다."

병사들은 안도감과 허무함이 교차하는 표정을 짓고 있었다.

“뭐?”

타로스는 병사를 밀치고 쓰러진 레오의 몸을 부축했다.

드르렁, 쿨~

과연 레오는 자고 있었다.

❖ Chap 4 ❖
마녀와 흑사자

마녀와 흑사자

푹신한 침대, 부드러운 이불, 그리고 피로를 덜어주는 향, 그 모든 것이 이 방에 있었다.

"으음."

레오는 기분이 좋은 듯 편안한 얼굴로 몸을 뒤척였다. 방금 전까지 노숙을 하며 말을 달린 것이 꿈처럼 생각될 정도였다.

"응?"

레오는 눈을 떴다. 그러고 보니 영지의 안위가 걱정되어 쉬지 않고 말을 달려왔다.

"삼촌! 깨어나셨군요?"

야옹—

옆에서 조카의 말소리가 들렸다. 발렌과 함께 보냈던 고양이의 울음 소리도 들렸다.

"로엔, 무사했구나? 이곳은?"

"삼촌 방이에요. 삼 일 동안이나 깨어나지 않고 주무셔서 모두들 걱정하고 있어요."

"그런가? 삼 일이나 잤다고? 신기록이군."

레오는 그렇게 말하며 몸을 일으켰다. 언제나처럼 잠에서 깨어나면 머리가 무겁고 몸이 나른하다. 손으로 목 뒤를 주무르며 몸을 이리저리 비틀어 근육을 풀었다.

턱.

침대에서 내려와 거울을 보며 다시 한 번 몸을 푸니 전신에 활력이 돌아왔다. 여느 때와 전혀 다름없이 기운이 넘쳐흘렀다.

레오는 거울에 비친 자신의 몸을 보며 중얼거렸다.

"이상은 없는 모양이군."

냐아아옹—

뒤에서 네로가 의미를 알 수 없는 울음소리를 내었다. 그녀는 고개를 살짝 돌리고 있었다. 로엔은 그런 네로의 머리를 쓰다듬으며 애써 태연하게 말했다.

"타로스 경이 한 달이나 적을 막아 성을 지켰어요. 그 뒤에 발렌 경이 군대를 이끌고 와서 애슐론 군을 전멸시켰고요."

삼촌이 함께 달려오지 않아서 실망했다고, 버림받은 느낌이었다고 말하고 싶었지만 그럴 수 없었다. 로엔은 억지로 웃는 표정을 짓기 힘들어지자 살짝 고개를 숙였다.

"그랬구나."

레오는 부드러운 표정을 지으며 로엔의 머리를 쓰다듬으며 드물게 말에 감정을 담아냈다.

“걱정했단다. 만약 네가 애슐론 군에 잡혔다면, 그들의 수도까지 들어가 왕을 납치하려고 했지. 다행이구나.”

“아, 아니에요. 저는…….”

로엔은 울컥하는 마음에 갑자기 말이 막혀 중간에 어물거렸다. 억지로 자신은 괜찮다고 생각하며 참고 있던 섭섭함이 한순간에 없어졌다. 동시에 가슴 깊이 막혀 있었던 감정이 녹아내리는 것 같았다.

레오는 계속해서 로엔의 머리를 쓰다듬으며 말을 이었다.

“너는 내 조카다. 혹시 무슨 일이 있다고 해도 살아 있기만 하면 분명 구할 수 있다는 점을 명심해라. 내가 무슨 수를 써서든 널 구해낼 테니, 만약의 경우에는 살아남는 것에 최선을 다해야 한다. 알았지?”

“…네.”

로엔은 고개를 숙인 채 대답했다. 자신도 모르게 울먹이는 듯한 음성이 튀어나와 버렸다.

“많이 놀란 모양이구나.”

레오는 머리를 쓰다듬던 손을 내려 가볍게 등을 두드려 주었다. 로엔이 감정을 진정시키려고 나름대로 애를 쓰고 있음을 알 수 있었다.

야옹—

어느 정도 시간이 흘렀을 때 네로가 다시 울었다. 감정을 가라앉힌 후에도 무안해서 고개를 못 들던 로엔에게는 어색한 분위기를 떨칠 절호의 기회였다. 로엔은 고개를 들고 이번에는 진심으로 웃음 지으며 말했다.

“삼촌, 옷 갈아입으시고 다른 사람들을 만나보셔야지요.”

레오는 알았다는 듯 그의 등을 두어 번 툭툭 두드리고는 옷장에 있는 옷을 꺼내 입기 시작했다. 그는 옷을 다 입은 후에 자신의 곁으로 다가온 네로를 안아 들며 로엔에게 말했다.

"일단 밥부터 먹자. 배가 고프구나."

"아! 맞아요. 삼촌은 삼 일을 굶은 셈이지요. 하하하하!"

로엔은 정말 기쁜 표정이 되어 밝게 웃었다.

밤이 되었다. 질리지도 않는지 레오는 다시 자고 있었다. 삼 일 동안 잠을 자다 깨어난 것이 정오 무렵이었는데 10시도 되지 않아 다시 잠자리에 든 것이다.

네로는 책상 위에서 그런 레오를 질린 눈으로 쳐다보다가 한숨을 쉬었다. 검은 고양이의 모습에 딱 어울리는 새침하고 우아한 한숨이었다.

지익.

공간 주머니를 열고 일기장과 마법 펜을 꺼낸 네로는 일기를 쓰기 시작했다.

지난 삼 일간은 로엔이 밤낮으로 레오의 곁을 지키고 있어서 애로 사항이 많았다. 가끔씩은 방을 나서서 다른 짓을 하기는 했지만, 기본적으로는 얌전한 고양이 역할을 해야 했다.

이제야 정상적인 생활로 돌아와 밤에는 그녀만의 시간을 가질 수 있게 되었다. 레오라는 놈은 한 번 잠들면 다음날 오후가 될 때까지 절대로 깨어나지 않는다는 것은 너무나도 당연한 상식이 되었다.

드디어 그가 돌아왔다. 정보에 의하면 결국 애슐론 군도 목적을 이루지 못하고 퇴각했다고 한다.

무서운 자, 왕국의 위기를 단신으로 구한 셈인가?

그는 위대한 영웅이라고 할 만하다.

하지만 그것은 나와는 상관없는 일. 9서클 마법 스크롤을 만들려면 천문학적인 자금이 필요하다.

신용 문제도 있으니 일을 처리해야 한다.

기한이 얼마 남지 않았다.

준비는 끝나간다. 지난 한 달 동안 내가 이 방 안에 설치한 마법진의 수는 열일곱 개나 된다. 한 번 발동하면 단숨에 모든 마법진이 활성화될 것이다.

그가 어떻게 해서 젊은 나이에 이런 강함을 손에 넣었는지 밝혀내지 못한 것은 안타깝지만, 삼 개월의 기간이 끝나가는 지금 포기할 것은 포기해야 한다.

어쩌면 그의 몸으로 데스나이트의 제작에 대한 연구를 하다 보면 그 비밀을 풀 수 있을지도 모른다. 희망을 버리지 말자.

삼 일 후, 삼 일 후에 그를 처리하자.

어린 조카에게는 조금 미안하지만, 이것은 일이다.

툭.

티모라는 다 쓰고 난 자신의 일기장을 다시 원래대로 공간 주머니에 넣은 후 방 안을 돌아다니며 자신이 설치한 마법진을 점검하기 시작했다.

침대 밑과 가구 뒤, 그리고 카펫의 아래 바닥에는 복잡한 룬어가 빽빽하게 새겨져 있었다.

천장과 벽에는 눈에 보이지 않는 투명한 액체로 그렸다. 마지막 날에 특수한 물감을 뿌리면 마법진이 그려진 곳에만 물감이 묻게 된다.

준비는 끝났다!

티모라는 이상이 없다는 것을 확인하고는 레오의 머리맡으로 올라갔다. 그리고는 조용히 몸을 웅크리고 잠을 청했다.

다음날 오후, 레오는 여느 때와 같이 잠에서 깨어나 로엔과 함께 아침 식사를 했다. 물론 로엔에게는 점심 식사이다.

로엔은 양손으로 나이프와 포크를 들고 우아하게 고기를 썰기 시작했다.

"음, 음식이 맛있구나. 고기도 적당히 연한데?"

레오는 고기를 몇 조각 먹더니 그렇게 중얼거렸다. 오랫동안 전장에 나가 있어서 그런지는 몰라도 스테이크가 각별히 맛있게 느껴졌다.

"정말 그러네요. 고기뿐만 아니라 처음에 나온 수프나 야채 볶음류도 다 맛있었어요."

로엔도 동의했다. 요즘 따라 주방장의 솜씨가 정말로 좋아져서 격식을 차린 풀 코스 요리가 계속해서 나오고 있었다. 이 정도라면 왕궁에서 먹는 음식에 비해 그렇게 떨어지지 않는 수준이라고 생각했다.

야옹.

한쪽에서 네로가 짧게 우는 소리를 냈다. 마치 레오와 로엔의 말을 알아듣고 나쁘지 않다고 자신의 의견을 말하는 것 같았다. 그녀는 그들에게 지지 않을 정도로 훌륭한 식사를 하는 중이었다.

로엔은 그런 네로를 보며 귀여워 죽겠다는 표정을 지었다. 그리고는 다시 고개를 돌려 레오를 향해 말했다.

"삼촌, 오늘부터 회의가 시작되지요?"

"그렇다고 하더구나."

레오는 귀찮다는 듯 고개를 몇 번 저었다. 하지만 이번 회의는 아주 중요한 안건이라 영주가 직접 참석해야 한다. 아무리 쓸모가 없어도 영주는 영주이기 때문이다.

영지 복구를 위한 대책회의! 애슐론의 별동대에 의해 쑥밭이 되어버린 영지와 전투에서 희생된 병사들의 보상 문제를 논의해야 한다.

과거의 경우, 그래도 영지 자체는 전쟁의 소용돌이에 휘말리지 않았었다. 그런데 이번에는 성 밖의 논과 밭이 상당히 심하게 파괴되었다.

그나마 성을 지켜냈기에 영지민들이 절망하지는 않았지만, 이대로 파괴된 논과 밭을 방치하면 내년에는 농사를 짓지 못하게 될 것이다.

"그래도 다행이에요. 삼촌께서 이번에도 충분한 자금을 가지고 오셔서 가넨 경이 힘을 내서 계획을 세우는 모양이더라고요."

로엔은 웃으며 말했다.

발렌이 이끄는 군대가 지니고 온 재물, 그 금액의 총액은 정말로 상상을 초월할 정도였다.

가넨은 그것을 확인하고는 다리에 힘이 빠지는지 그대로 바닥에 주저앉아 버렸다.

"이 자금은 가넨 경이 관리해서 영지를 위해 쓰도록 하라는 명이 있으셨네."

발렌이 레오의 명을 전하자 결국 가넨은 돌연 울음을 터뜨렸다.

"어허헝, 영주님! 그대는 이 가넨에게 신과도 같은 분이십니다!"

울면서 독백처럼 말하던 가넨은 다음 순간 울음을 뚝 그치고 벌떡 일어나더니 양손을 번쩍 치켜들었다.

"레오 영주님 만세! 만세! 만세!"

도저히 정상이라고 할 수 없는 가넨을 보며 발렌은 말을 하다 말고 멍한 얼굴로 그를 보았다. 혹시 정신착란을 일으킨 것은 아닌가 하는 불안감까지 들었다.

옆에 있던 에고른은 이 순간 신관을 불러와야 할지 심각하게 고민하는 중이었다. 평소 예절에 깐깐하기로 자신에 버금가는 가넨이다. 그가 제정신이라면 저렇게까지 경망스럽게 망가질 수는 없다.

다음 순간 에고른은 불길한 예감에 몸을 부르르 떨었다. 이 모든 것이 저 비상식적인 주군의 영향이라는 생각이 문득 들었기 때문이다.

'설마…… 아냐, 난 절대 저렇게까지는 안 될 거야. 암, 그렇고말고!'

처음엔 가넨을 걱정하던 에고른은 이젠 혹시 자신도 저렇게 될까 봐 걱정하였다. 덕분에 신관을 부르려는 생각은 까맣게 잊어버렸다.

당사자인 가넨은 아무래도 좋았다. 영지 전체를 세 번이나 뒤집어엎고도 남을 자금이 생긴 이상, 이제는 아무것도 두려울 것이 없었다. 그는 십 년은 젊어진 듯 활기차게 말했다.

"자자, 그럼 먼저 세부 목록을 확인하도록 하죠!"

발렌은 가넨이 계산용 메모장을 들고 눈을 반짝이며 목록 작성에 나서자 안도의 한숨을 내쉬었다. 최소한 그가 제정신임은 의심의 여지가 없었다.

가넨의 반응을 전해 들은 레오는 자못 재미있다는 표정을 지었다.

"그런가? 다행이군. 그 영감은 아버지 때부터 영지를 위해 일했으니, 가능하면 고생을 안 시키는 것이 좋겠다고 생각했지."

"삼촌은 정말 자상한 성품이세요."

로엔은 노인을 공경하는 레오를 보며 역시 삼촌이라고 생각하며 웃었다. 그의 눈에는 레오가 완벽한 영웅이면서도 남에 대한 배려가 깊고 자상한 성품을 가진 사람으로 보였다.

레오는 피식 웃으며 한쪽에 놓여 있는 커피를 마셨다. 식사가 끝났으니 회의장에 가야 했다.

별로 가고 싶지는 않았지만 잠시 참고 앉아 있으면 알아서 보고하고, 알아서 일을 추진할 것이라고 생각했다.

"그럼 가자."

"예."

사람들이 많이 모여서 토론을 해야 했기에 장소를 대회의장으로 정했다. 레오는 로엔을 동행하고 저택을 나섰다.

회의장 안에는 가넨과 이안을 비롯한 행정 관계자와 발렌과 에고른을 태두로 한 상급 기사들이 모두 모여 있었다. 그 수가 거의 50에 달해 레오는 언제부터 자신의 부하들이 이렇게 많아졌나 하고 놀랄 정도였다.

"영주님을 뵙습니다."

가넨이 가장 먼저 허리를 굽히며 인사했다. 그러자 다른 문관들도 즉시 따라서 인사를 했다.

발렌을 필두로 한 기사들 역시 레오에게 예를 취했다.

레오는 가볍게 한 손을 들어 두어 번 흔들어 보이고는 앞쪽 중앙에 놓인 영주의 좌석에 가서 털썩 앉았다. 그 신호에 가신들이 굽혔던 허리를 펴는 것을 확인한 후 로엔도 레오의 옆에 마련된 자신의 자리에 앉았다.

"시작하지."

레오가 말하자 가넨이 앞으로 나오며 두툼한 서류철을 레오에게 내밀었다. 레오는 열어보기도 싫다는 자신의 감정을 숨기지 않고 즉시 로엔에게 건넸다.

애써 작성한 보고서가 곧바로 로엔의 손에 건네지는 것을 보면서도 가넨의 표정은 밝기만 했다. 곧바로 그는 서류에 있는 내용의 요점을 정리하여 말하기 시작했다.

"가장 시급한 것은 논과 밭을 다시 만드는 것입니다. 어차피 이번 농사는 망쳤으니 가을 추수는 하지 않아도 됩니다. 그러니 차라리 이번에 영지 전체의 논과 밭을 대규모로 정리하여 새롭게 개편하는 것이 어떨까 합니다."

"개편?"

복구가 아니라 개편이라고 한다. 레오는 무슨 소리인가 하는 눈으로 가넨을 보았다.

"삼촌, 여기 쓰여 있어요. 산 쪽 지역을 새로 개간하고, 논과 밭에 물을 대기 쉽게 공동 수로를 확장한다는 내용이에요. 또 길도 정비한다는군요."

로엔인 서류를 펼쳐 들고 해당되는 부분을 레오에게 보여주었다. 레오는 슬쩍 고개를 돌려 그 제목과 개요 부분만을 잠깐 읽었다. 그러고는 로엔에게 미소를 지어 보였다.

"그렇구나. 그럼 가넨 경, 자세한 설명을 알기 쉽게 해보게."

로엔은 자세한 설명도 써 있다는 말을 하려다가 말았다. 가넨이 설명을 시작했기 때문이다.

"도로와 수로를 정비하면 수확이 늘어납니다. 하지만 그러기 위해서는 보통 몇 개월이나 논과 밭을 모두 뒤집어엎어야 하지요. 겨울에는 땅이 얼어서 힘들고 말입니다. 그러니 이번에 하자는 것입니다. 영지민들에게 적당한 보수를 주고 개간까지 시킬 계획을 이미 세워두었습니다."

자금이 풍부하니 이런 짓도 할 수 있다. 가녠은 속으로 그렇게 중얼거리며 가슴을 앞으로 쑤욱 내밀었다. 돈 한 푼이라도 아껴가며 살아온 그였지만, 이렇게 투자를 할 때는 한다는 것을 만인에게 보여주고 싶었다.

물론 그가 이처럼 호쾌하게 돈을 쓸 수 있는 이유는 그 이상의 성과를 거둬들일 자신이 있었기 때문이다. 장기적으로 볼 때 이번 일은 더 큰 이익으로 돌아올 것이 분명하다.

"나쁘지 않군. 알아서 하게. 로엔, 가녠 경과 자세한 상의를 하여 필요한 경비를 지원하도록 해라."

레오는 가녠의 의견을 그대로 받아들였다. 그가 알기로 이 깐깐한 노인에게 자금을 맡긴 이상 돈이 헛되이 빠져나갈 염려는 없었다. 반대로 쓸 때마다 잔소리를 해대서 귀찮은 점이 있을 뿐이다.

그는 자금에 대해 신경을 써야 한다는 모든 충고를 '가녠에게 맡기자!' 라는 하나의 방식으로 해결한 셈이었다.

"네, 그렇게 하겠습니다."

엄청난 자금의 사용을 단 한 마디로 허락하는 영주의 태도에 가녠은 날아갈 듯한 표정으로 말했다.

레오는 그 뒤로 다시 성벽 보수 문제에 대한 보고를 들었다. 타로스가 이 기회에 약간 더 손을 보고 싶다고 하자 두말없이 허락했다.

철벽의 타로스, 요즘 사람들이 그를 부르는 별명이다.

레오도 그가 성을 지켜준 것에 대해 감사하고 있었다. 전쟁에서 승리를 하고 막대한 재물을 얻었더라도 자신의 성이 함락되었더라면 결코 기뻐할 수 없었을 것이다.

그 뒤에는 사소한 일들에 관한 처리가 지루하게 이어졌다. 레오는 아예 신경도 쓰지 않고 로엔이 대신 처리하도록 했다. 그동안 그는 가만히 앉아서 내가 이 자리에 있을 필요가 있나 하는 생각을 했다.

영지의 경제, 행정적인 부분의 안건들이 대충 마무리되고, 군사적인 일을 상의할 시간이 되었다. 병력의 책임자인 발렌은 앞으로 나와 여느 때와 다름없이 엄숙한 얼굴로 말했다.

"이전 전쟁에서 희생된 아군의 수는 거의 5천에 달합니다. 사상자가 4천, 그리고 회복되기 어려운 부상을 당한 자가 1천입니다."

"으음."

레오는 신음 소리를 냈다. 1만의 부하 중 절반이 희생당한 셈이다.

발렌 역시 심각하다는 듯 더욱 안색을 굳히며 말했다.

"그래도 이번에는 적의 수도를 쳐서 함락시키는 놀라운 작전을 성공시켰습니다. 병사들도 승리의 기쁨에 취해 희생을 돌아보지 않고 있습니다. 하지만!"

탁!

그는 관련 서류를 놓아두는 탁자를 손으로 두드렸다. 그 위에 놓인 서류는 희생된 병사들에 대한 위로금 문제, 앞으로 어떤 식으로 다시 병사를 보충할 것인가에 대한 내용이 가득 적혀 있었다.

"이런 서류로는 나타날 수 없는 것이 있습니다. 만약 앞으로 싸움이 계속되고 또 그때마다 우리 군에 이런 식으로 희생이 생긴다면, 결국 병사들은 느끼게 될 것입니다. 적을 아무리 많이 죽여도 자신이 한 번 죽는 것을 보상할 수 없다는 것을!"

"으음, 그런가?"

레오는 그렇게 말하면서도 발렌의 말에 동감하고 있었다. 하지만 그로서도 이 부분에 대해 명쾌하게 말하기는 힘들었다. 그에게 이기는 것은 쉬운 일이지만, 희생을 줄이는 건 또 다른 문제였다.

"이 문제에 대해 좀 더 말씀드려도 되겠습니까?"

발렌은 허락을 구하듯 주군을 바라보았다. 레오가 자신의 말을 진지하게 받아들여 줄 것인지 알아야 했다.

레오는 고개를 끄덕여 말을 계속하도록 했다. 아버지와 형이 신뢰하는 기사, 발렌이 하고자 하는 말이 있다면 들어볼 용의가 충분히 있었다.

무언의 허락이 떨어지자 발렌은 진지한 어조로 말을 이었다.

"영주님께서는 확실히 강하십니다. 하지만 지난 전투를 돌이켜 볼 때 적의 방어선에 정면 돌파를 지시한 점, 성 문을 열고 바로 진입한 후 적이 도망갈 길을 열어주지 않고 계속해서 싸운 점 등을 볼 때, 영주님은 전투에서 그냥 적을 향해 나아가는 것을 좋아하시는 것 같습니다. 그렇지 않습니까?"

"발렌 경, 말씀이 조금 지나친 것 같소."

옆에서 에고른이 점잖게 충고했다. 어떻게 보면 지금 발렌은 레오의 행동에 대해 추궁하고 있었다. 이것은 좋지 않다! 에고른은 그렇게 생각했다.

영주가 맹장 타입의 지휘관인 것은 모두 알고 있는 사실이다. 그리고 그만큼 아군의 피해보다는 적의 섬멸에 중점을 두는 것도 각오하고 있다.

비록 발렌의 말이 옳다고는 해도 쉽게 고쳐질 일이 아니다. 무엇보

다 기사는 영주에게 충성을 맹세한 몸, 불평을 말하는 것은 결코 바람
직한 일이 아니었다. 트루 나이트라고 불리는 발렌 경이 어째서 이런
말을 하는지 이상할 정도였다.

그때 레오가 손을 들어 에고른에게 물러서라고 손짓했다. 그리고는
그 자신도 심각한 표정을 지으며 말했다.

"아니, 발렌 경의 말이 옳다. 계속하게, 발렌 경. 내가 어떻게 했으
면 좋겠는가?"

에고른은 즉시 물러났다. 어느 정도 눈치채고 있었지만 발렌에 대한
레오의 태도는 무언가 특별했다. 지금도 바로 그 특별한 무엇인가가
작용하고 있다고 생각되었다.

그사이 발렌은 잠시 입을 다물고 레오를 보았다. 무엇을 생각하고
있는 것일까? 아무도 그것을 알 수 없었다. 발렌이 알 수 있는 것은 이
젊은 주군이 최소한 자신의 말을 듣고자 하는 의도가 있다는 점이었다.
지금은 그것이 가장 중요했다.

"영주님이 왜 강한 군대를 원하시는지 알겠습니다. 영주님께서 이
나라에 자리를 잡으신 것의 의미도 깨달았습니다. 그렇다면 우리는 앞
으로 수많은 전쟁을 치러야 합니다. 주변의 모든 왕국이 영주님과 우
리 슈란 왕국을 인정할 때까지 싸울 수밖에 없습니다."

"그렇다. 슈란 왕국은 주변 왕국의 정점에 서야 한다. 모든 왕국이
그것을 인정하지 않으면, 나라는 존재가 이곳에 있는 것을 두려워하고
또 경계할 것이다."

발렌은 레오의 말에 고개를 끄덕였다. 이 정도로 강한 사람이 옆 왕
국에 있다면, 대부분의 왕은 잠을 제대로 잘 수 없으리라!

"영주님께서는 강하십니다. 비단 무력만이 아니라 병사들을 이끌고

싸울 때에도 그런 강함을 느꼈습니다. 이상하게 항상 승리를 확신하게 되더군요."

"싸우면 이긴다. 나는 전투가 시작하기 전에 이미 결과를 알 수 있다."

"개인의 전투가 아닌 집단의 전투에서도 말입니까?"

"그렇다."

레오는 단호하게 말했다. 그로서는 그것이 당연한 것이기 때문에 조금도 망설이지 않았다.

숨을 죽이고 이 둘의 대화를 듣고 있던 기사들 모두가 흥분으로 인해 몸이 달아올랐다. 무조건적으로 승리하는 싸움을 이끄는 존재! 기사로서 이러한 흑사자 밑에서 싸우는 것은 기쁘고 영광스러운 일이었다.

발렌 역시 약간 표정을 부드럽게 바꾸었다. 그 또한 이렇게 승리를 장담하는 레오에게 믿음이 갔다. 전혀 헛소리로 들리지 않았다.

하지만 할 말은 해야 한다. 이것만큼은 마법사인 유스가 할 수 없는 충고이다. 그는 다시 말을 꺼냈다.

"영주님께서 10의 힘을 가지고 3의 힘을 가진 적을 치지만 아군은 2의 피해를 입습니다. 승리를 해도 항상 피해가 생깁니다. 싸우면 싸울수록 아군은 약해집니다. 그것을 아시겠습니까?"

"……."

레오는 대답하지 못했다. 비록 발렌이 계속 같은 소리를 하는 셈이지만 그만큼 심각한 것임을 알 수 있었다. 확실히 자신은 싸울 때 아군의 피해를 생각하지 않는다.

"그리고 이번에 영지를 공격받았습니다. 결과적으로는 타로스 경이 적을 막았지만, 냉정하게 따져 보면 후방의 안전을 충분히 고려하지 못했다고 할 수 있습니다."

"그렇다고 할 수 있겠지."

레오는 힘없는 목소리로 대답했다. 사실 이 부분에 대해서는 로엔에게나 영지에 남았던 이들에 대해 미안한 감이 없지 않았다. 큰 위험이 없을 거라는 섣부른 판단으로 영지 전체를 위험하게 한 셈이었으니까.

로엔은 레오를 살피며 걱정스러운 표정을 지었다. 처음 만난 이후로 단 한 번도 이런 삼촌의 모습을 본 적이 없었다.

"결국 우리 진영에는 앞뒤를 엄밀하게 따져 군을 움직일 인재가 필요합니다. 맹장이신 영주님과 뛰어난 기사들만으로는 계속되는 전쟁에서 위기를 경험하게 될 겁니다."

드디어 발렌은 결론을 말했다. 모사가 필요하다. 장기적인 안목으로 군을 다루고, 단순한 전술이 아닌 전략적으로 움직일 수 있도록 머리를 쓰는 자가 있어야 한다.

이것이 바로 그가 지난 한 달 동안 생각한 내용이었다.

"발렌 경, 그대로는 부족한가?"

"저는 1만 정도의 군대를 지휘하여 전투를 수행할 수는 있지만, 그 이상은 아직 자신이 없습니다. 하물며 전략적인 움직임이라는 것은 주변 상황 전부를 모두 염두에 두고 행동의 지침을 정하는 것입니다. 일개 자작령의 기사단장에 불과한 저는 그런 넓은 안목이 없습니다."

발렌은 스스로를 잘 알고 냉정하게 판단하고 있었다. 레오는 그가 말하고자 하는 바를 확실히 알 수 있었다.

"그런가? 그럼 새로운 인재가 필요하다는 것이군."

"예, 그렇습니다. 솔직히 그런 자를 얻기는 쉽지 않겠지만 뜻이 있는 곳에 길이 있다고, 계속해서 찾으면 언젠가는 얻을 수 있을 것입니다.”

발렌의 말은 당장 무엇을 하자는 내용이 아니었다. 그는 앞으로 레오에게 꼭 필요한 것을 알려주고 있었다.

‘그대는 여전히 고지식하고 충직한 기사로군.’

발렌의 충심을 느낀 레오는 속으로 생각했다. 그리고 그의 의견에 대하여 확실하게 명을 내림으로써 힘을 실어주었다.

“그럼, 경들도 그런 인재를 발견하면 즉시 추천하도록 하게. 나도 나름대로 생각해 보겠네.”

“알겠습니다.”

사람들은 일제히 대답했다. 어떻게 말하면 자신들의 상관을 뽑는 일이지만, 그것이 필요하다는 것을 모두 알고 있다.

발렌의 연설과도 같은 말은 영주에게 하는 충고임과 동시에 그들에게 하는 설득이기도 했다.

발렌은 레오가 자신의 말을 들어주자 한 걸음 뒤로 물러나 공손하게 허리를 굽히며 감사의 인사를 했다. 그리고는 탁상 위에 놓인 서류를 들고 새로운 병사들의 모집에 대한 의견을 말하기 시작했다.

레오는 다시 할 일이 없어졌다. 그는 조용히 눈을 감고 발렌이 말한 내용을 되새김질했다. 확실히 자신만으로는 결국 이들의 희생을 강요하게 될 것 같았다.

‘쉽지 않군, 정말로……’

그는 가볍게 고개를 저었다.

밤, 태양이 지평선 너머로 사라지고 어둠이 하늘을 덮었다. 레오는 낮의 회의에서 혹사당한 것이 상당히 힘들었는지 평소보다 조금 이른 시간에 자신의 침실로 들어갔다.

야옹.

책상 위에 엎드려 있던 네로가 옷을 벗는 레오를 보며 울었다.

"네로, 넌 안 자니? 그럼 잘 자라."

레오는 그렇게 말하고는 그대로 침대 안으로 들어가 버렸다. 그는 늘 그렇듯이 곧 깊은 잠 속에 빠졌다.

네로는 그런 레오를 보며 못 말리겠다는 듯 고개를 살살 저었다. 마지막 날이니만큼 애교라도 떨어주려 했는데, 그럴 시간도 없이 그냥 잠들어 버리다니.

'상관없겠지. 그럼 시작해 볼까?'

네로는 그렇게 생각하며 꼬리를 흔들었다. 그러자 꼬리에 달린 리본과도 같은 띠가 기묘하게 움직이기 시작했다. 네로의 몸이 점점 커지더니 어느새 여성의 몸으로 변했다.

이제 검은 고양이 네로는 사라지고 없다. 지금 레오의 침실에 있는 것은 마녀 티모라, 바로 그녀였다.

본래의 아름다운 모습을 되찾은 티모라는 약간 착잡한 표정으로 침대 쪽을 보며 작게 말했다.

"그대에게 원한은 없지만, 9서클 마법 스크롤을 만들기 위해서는 막대한 재물이 필요해요. 미노 왕국은 그걸 지불할 능력이 있지요."

마법의 실험과 9서클 스크롤을 위해서 사람을 죽여야 한다. 마음에 드는 일은 아니지만 이미 그녀는 아버지의 복수를 위해 수많은 살인을 해왔다. 그로 인해 마녀라는 호칭이 붙긴 했지만, 결코 후회하지는 않았다.

"그럼 시작을 해야지. 어서 끝내고 돌아가야겠군."

그녀는 공간 주머니를 열어 필요한 물건들을 꺼냈다. 각종 공격 마법을 쓸 수 있는 완드, 혹시 모를 반격으로부터 몸을 보호할 호신용 마법 반지, 그리고 방 안에 설치되어 있는 마법진을 활성화시킬 시약들!

주르륵.

티모라가 시약을 사방에 뿌리자 갑자기 아무것도 없던 벽과 천장에 수많은 마법의 룬어가 나타났다. 그녀가 지난 한 달 동안 일일이 그려 넣은 마법진이 모두 모습을 나타내고 있었다.

아직 발동이 되지 않아서 전혀 마나를 발산하고 있지는 않았지만, 일단 작동하면 무서울 정도의 힘을 발휘할 것이다.

"침대 밑의 마법진으로 근육의 힘을 빼앗고 마법의 새장으로 가둔 다음에 각종 마법 공격을 난사하면 어떤 인간도 버틸 수 없지. 흑사자, 그대는 강하나 빈틈이 너무 많다."

티모라는 그렇게 말하며 자신이 고양이로 변했을 때에 앉아 있던 자리로 갔다. 그곳에 모든 마법진을 일시에 작동시킬 수 있는 핵심 부분이 그려져 있었다.

티모라는 그 부분의 중앙에 손을 얹고 잠시 침대를 보았다. 그리고는 입술을 가볍게 깨문 채 그대로 발동 주문을 읊었다.

"라루스!"

파파파파파파, 우우우우웅—

그녀의 말과 함께 레오의 방 안에 있던 마나는 크게 요동치기 시작했다. 좀 전까지는 흔적도 없던 엄청난 기세가 침대 주변으로 모여들었다.

카캉, 위이이잉, 슈슈슈승—

침대 주변으로 투명해서 눈에는 보이지 않는 그물망이 생겼다. 포스 케이지(Force Cage), 검강으로도 단번에 베어낼 수 없을 정도로 질기고 강한 마법의 새장이다.

동시에 침대 전체가 붉게 변했다. 저주! 흑마법의 힘으로 마법진 안에 갇힌 자의 근육을 무력하게 만드는 붉은 빛이 레오의 몸속으로 침투하기 시작했다.

'이것으로 저자는 완벽하게 무력화된 셈이야.'

공격 마법을 발동시키기 전의 단계가 실행되는 것을 바라보며 티모라는 생각했다.

사방의 벽에서 자동으로 생성되어 날아가는 벼락과 불덩어리, 그리고 독을 품은 단검까지 있다.

7써클 마법의 위력을 고스란히 담은 이 공격들은 마스터의 오러 배리어라고 해도 갈기갈기 찢어버릴 힘이 있었다. 하물며 무방비 상태로 자고 있는 자는 말할 것도 없다.

레오의 죽음을 기정사실화한 티모라는 시체가 가능한 한 온전히 남기를 바라면서 자신의 작품을 느긋하게 감상하려 했다.

그런데 그 순간, 티모라는 믿을 수 없는 것을 보았다.

팍, 차차차착!

한쪽 벽에 장식되어 있던 레오의 갑옷, 티모라가 나중에 레오의 시체와 같이 가져가기로 결심한 마법의 갑옷이 갑자기 사라졌다.

그리고 그 검은 갑옷은 어느새 침대에서 잠자는 레오의 몸에 입혀져 있었다.

"어, 어떻게……?"

들도 보도 못한 성능이다. 분명히 마법진을 발동시키기 전만 해도 이상이 없었는데, 마법진을 발동시키는 순간 갑옷은 이미 레오의 몸에 완벽하게 입혀져 있었다.

티모라가 놀라 소리치는 순간, 공격 마법이 레오의 몸을 뒤덮었다.

콰콰쾅!

폭발이 일었다. 티모라의 주변에 쳐진 수 겹의 방어막에 공격 마법의 여파가 밀어닥쳤다. 방 안 전체에는 외부와 단절되는 결계가 펼쳐져 있었는데, 이 정도 힘이라면 그것도 완벽하게 막아주지는 못할 것 같았다.

전격과 불의 폭탄이 서로 상승 효과를 내고 있었다. 그런데 그 안에서 독이 타지 않고 오히려 불과 함께 섞여 모든 생명체를 죽일 힘으로 변했다.

모든 것이 티모라가 노린 대로였다.

펑!

폭발 속에서부터 검은 그림자가 튀어나왔다. 레오였다! 검은 갑옷을 입고 불덩어리 속에서부터 튀어나온 그는 놀랍게도 머리카락 하나 그슬리지 않았다.

휘익, 탁!

레오가 손을 뻗자 한쪽 구석에 처박혀 있던 그의 검이 저절로 날아와 손에 잡혔다. 화염의 열기와 폭발의 충격으로 인해 중간이 약간 휘어 곧 깨어질 것 같은 상태였다.

그러나 레오의 손에 들어가는 순간, 그 바스타드 소드는 다시 똑바로 쭈욱 펴졌다. 뭉그러졌던 날도 다시 살아났다.

마법검이라서 그런 것이 아니라 레오의 오러가 바스타드 소드를 감싸며 고친 것이다.

"에잇! 괴물 같은 놈!"

파르륵, 슈웅—

티모라는 즉시 품속에 있던 스크롤을 꺼내 사용했다. 혹시나 하는 마음으로 가지고 있던 8서클 공격 마법 폴라 레이(Polar Ray)! 극도의 냉기를 지닌 빛은 닿는 모든 것을 얼리고 그 조직을 분열시킨다.

콰앙!

레오는 그 청색의 빛을 자신의 검으로 내려쳤다. 그러자 놀랍게도 빛이 폭발하며 주변의 화염이 일순간에 꺼지고 차가운 서리가 끼었다. 심지어는 배리어 속에 있는 티모라에게도 냉기가 느껴질 정도였다.

하지만 레오는 여전히 멀쩡했다. 그의 몸에는 서리도 끼지 않았다.

"이럴 수가!"

티모라는 비명을 지르며 다시 한 장의 스크롤을 꺼냈다. 검은 양피지 두루마리의 겉에는 하얀색의 해골이 그려져 있었다. 이것이야말로 선조 대대로 보관해 온 9써클 스크롤 중 하나인 헬파이어의 스크롤이었다. 이걸 사용할 정도면 레오에 대한 청부를 맡지 않는 것이 나았을 것이다. 손해도 이만저만한 것이 아니다. 하지만 지금은 손익을 따질 때가 아니었다. 티모라는 생명의 위협을 느끼고 있었기 때문이다.

카카카캉!

레오가 한 번 검을 휘두르자 그녀를 보호하는 일곱 겹의 방어막이 마치 사탕을 녹여 만든 가짜 유리처럼 힘없이 깨졌다.

레오가 방어막을 깨는 순간 티모라는 침착하게 스크롤을 사용하려고 했다.

그런데 시간이 너무 없었다. 늦었다!

스크롤을 사용하면 마법 주문을 따로 외울 필요가 없기 때문에 마법

시전의 시간이 무척 빠르다. 그나마 그녀의 경우 스크롤을 순간적으로, 그것도 한 손으로 사용하는 수련을 했기 때문에 거의 시간이 걸리지 않는다.

그럼에도 불구하고 시간과 공간이 모자랐다. 사용을 한다 해도 헬파이어의 여파가 자신에게도 미칠 것이다. 결국 같이 죽는다!

"에잇!"

티모라는 이를 악물고 정신을 집중했다. 백 년이 넘게 살아오면서 쌓아온 그녀의 감각이 이 순간 또 다른 선택을 하게 했다.

이성은 미쳤냐고 비명을 질렀지만 그녀는 본능에 따라 생명을 건 도박을 감행했다.

슈욱―

그녀의 몸이 급격히 줄어들었다. 그리고는 그 자리에 검은 고양이가 나타났다.

야아아아옹~

네로는 최대한 귀엽게 울었다. 잡털 하나 없이 윤기있게 자란 그녀의 새까만 털은 보기만 해도 기분이 좋을 정도였다. 꼿꼿하게 새운 꼬리를 리본과 함께 살랑살랑 흔들었다.

팍!

내려쳐지던 레오의 검이 허공에서 멈췄다. 그러더니 거짓말처럼 스르륵 아래로 내려왔다. 방 안의 냉기를 무색하게 만들던 살기가 씻은 듯이 사라졌다.

레오는 평소와 다름없는 태도로 고양이를 내려다보더니 고개를 한 번 갸웃거리고는 말했다.

"네로, 너였니?"

야옹.

"밤에는 너무 소란 피우지 말아라."

레오는 그야말로 사소한 말썽을 피운 애완동물에게 하듯 가볍게 나무라고는 다시 털레털레 걸어서 침대 쪽으로 걸어갔다. 놀랍게도 그의 침대는 주변이 약간 그슬렸을 뿐 멀쩡했다. 레오의 의지가 침대마저 지켜낸 것이다.

툭.

레오는 자신의 갑옷과 검을 침대 옆에 아무렇게나 던져 놓았다. 갑옷과 검을 걸쳐 놓았던 지지대는 이미 흔적도 없이 사라져 버렸다. 지금 방 안에는 레오의 침대와 티모라가 있던 책상만 빼고는 완전히 폐허가 되어버렸다.

레오는 졸린 눈으로 다시 침대 속으로 들어갔다.

잠시 후, 네로는 레오가 완전히 잠들었다는 것을 알 수 있었다.

그녀는 멍한 표정으로 그런 레오를 한참 동안 바라보았다.

머리 속이 혼란으로 가득 찬 나머지 더 이상 움직일 수도 없을 것 같았다. 그녀는 꽤 오랫동안 마치 깎아 만든 고양이 상처럼 오뚝하니 그 자리에 굳어 있었다.

새벽이 다 되었을 무렵, 결국 네로는 한숨을 쉬며 공간 주머니에서 각종 도구를 꺼내 방 안의 기물을 복구하기 시작했다. 사람들이 깨어나 레오의 방으로 들어오기 전에 모든 것을 원상태로 돌려놔야 했다.

삼 일이 지났다. 티모라는 여전히 네로인 채로 레오의 옆에 있었다. 레오 역시 그날 밤의 일이 꿈이었다는 듯 계속 네로를 귀여워했다.

그녀는 정말 잠도 못 자고 고민하고 있었다. 이놈이 나에게 원하는 것이 뭘까? 그걸 알 수 없으니 무척 답답했다.

차라리 포기하고 떠나고 싶었다. 하지만 그럴 수 없었다. 이제는 레오를 죽일 마음을 버렸다. 그보다 더 중요한 일이 있었다.

결국 티모라는 레오와 담판을 짓기로 했다.

"얘기 좀 해요."

레오는 회의를 끝내고 지친 몸으로 침실로 들어왔다. 그런데 오늘은 방 안에 아름다운 여성이 자신을 기다리고 있었다.

검은 드레스를 입고 녹색 머리카락을 길게 늘어뜨린 그녀는 비취로 장식된 귀고리를 하고 있었다. 특이하게도 그녀의 귀는 끝이 약간 뾰족했다. 그것은 그녀가 인간이 아닌 하프 엘프라는 증거였다.

"뭐지?"

레오는 노골적으로 인상을 찡그리며 물었다. 나름대로 마음을 다잡고 있던 티모라는 이런 레오의 반응에 덩달아 표정이 굳어졌다.

'뭐냐니? 세상이 놀랄 만한 미녀가 앞에 서 있는데, 그런 표정과 그런 대사밖에 못해?'

속이 부글부글 끓어올랐다. 하지만 아무리 자존심이 상해도 상대는 흑사자다. 결국 그녀는 마음을 비우고 자신이 할 말을 하기로 했다.

"왜 나를 그대로 놔두는 거지요?"

"응? 그럼 죽이기를 원하나?"

레오는 한쪽 눈썹을 살짝 올리면서 되물었다.

마치 원하면 귀찮지만 그렇게 해주겠다는 투였다. 지금 말하는 상대가 자신을 죽이려던 것도, 아름다운 여성이라는 것도 안중에 없다는 태도이다.

"그게 아니라, 적어도 암살을 시도한 저에게 무슨 형태로든 경계를 해야 되는 거 아니에요?"

티모라는 발끈해서 말하고는 곧 후회했다. 암살이라는 단어를 스스로 꺼낸 것은 별로 좋지 못했다. 지금 이 남자가 검을 뽑아 자신을 베어도 할 말이 없을 것이다.

그러나 레오는 피식 하고 웃을 뿐이었다.

"흠, 그게 암살이었군. 나는 도전이라고 생각했었지. 살수는 살수의 싸움 방식이 있으니까 말이야."

그는 그렇게 말하고는 손으로 자신의 검을 툭툭 두드렸다.

"경계는 항상 한다. 언제 어느 순간에도 나를 공격하면 반응하지. 그리고 나는 한 번 싸운 자들 중에 마음에 드는 자는 봐준다."

마음에 드는 자는 봐준다고 하지만, 지금 레오의 태도로 보아서는 절대 티모라를 마음에 들어 하는 것은 아니었다.

'설마, 고양이가 마음에 들어서?'

본래의 모습에 아무 반응도 없는 레오의 태도로 볼 때 그럴지도 모른다는 생각이 들었다. 티모라는 탐색하는 듯한 눈빛으로 레오를 직시하며 되물었다.

"결국 저를 봐주겠다는 건가요?"

"하지만 두 번은 절대로 봐주지 않지. 다음번에 시도할 때는 그것을 각오하고 해라."

레오는 그렇게 말하며 티모라를 노려보았다. 그 눈빛에 티모라는 자신도 모르게 움찔했지만 곧 마음을 안정시키고 물었다.

"그럼 떠나지 않아도 되나요?"

사실 그녀는 떠나고 싶은 마음이 없었다. 아니, 절대로 떠날 수 없었다.

레오는 그런 그녀의 사정을 아는지 모르는지 잠시 고개를 갸웃하더니 생각에 잠겼다. 그리고는 곧 고개를 끄덕였다.

"상관없다. 단."

"단?"

"그대는 네로로 왔으니 계속 네로로 있어라."

"네?"

"말 그대로다. 그건 그렇고 난 잘 테니까 네로의 모습으로 있던가 방에서 나가라."

티모라야 놀라든 말든 레오는 할 말은 다 했으니 알아서 하라는 듯 냉정하게 몸을 돌려 버렸다. 티모라는 잠시 레오의 뒤통수를 노려보다가 크게 한숨을 내쉬고는 네로의 모습으로 변했다.

야옹―(니 말대로 했다. 됐냐?)

네로의 울음소리에 돌아선 레오는 무척 귀엽다는 듯 머리를 몇 번 쓰다듬어 주었다. 그리고는 평소와 전혀 다름없이 옷을 벗어놓고 침대로 들어가 곧바로 잠을 청했다.

❈ Chap 5 ❈
신비의 여인

신비의 여인

레오는 오늘도 수하들과 함께 회의를 했다. 연속으로 일주일간이나 계속된 회의였지만 논의할 것이 너무 많아서 쉽게 끝나지 않았다.

두카 공작은 사람을 보내 레오에게 당장 수도로 올라오라고 압력을 가했다.

레오는 국가의 허락 없이 제삼국과 분쟁을 일으켰다. 그것도 동맹국과!

그뿐이 아니다. 두카 공작의 영지를 비롯한 북부의 영지 대부분이 발도어 군에 의해 약탈을 당해 크나큰 피해를 입었다.

이런 정도까지 명령을 무시하고 제멋대로 행동한 레오를 좋게 생각할 리 없다.

반면 어쨌든 간에 레오의 행동으로 인해 전쟁은 승리로 끝났다. 그러니 누구도 대놓고 레오를 책망하지는 못할 것이다.

레오의 수하들은 어떻게 두카 공작을 달랠 것인가에 대해 집중적으로 논의했다.

"아직 폐하께서는 의식을 잃고 계십니다. 이런 때 그분의 유일한 혈육이며 국왕 대행을 맡고 계신 분의 미움을 받는 것은 피해야 합니다."

유스는 조심스럽게 공작에 대한 피해 보상의 당위성을 주장했다. 실제로 타카 2세는 아직도 깨어나지 못한 상태이다. 이럴 때 왕위를 이을 가능성이 가장 높은 두카 공작과 사이가 벌어지는 일이 있어서는 안 된다.

이는 레오의 가신들이 나름대로 의논한 결과였다. 유스는 이 부분에 대하여 가장 완곡하게 표현하여 설명했다.

다행히 레오는 유스의 충언을 받아들여 곧바로 가넨을 향해 지시했다.

"발렌 경과 유스 경, 이 둘과 의논하여 두카 공작에 대한 보상금을 정하고 지불하도록 하게."

재물은 얼마든지 있다. 비록 그 수상한 대륙 상인이라는 킬번이 수익의 대부분을 가져갔다고는 하지만, 일국의 수도를 통째로 약탈한 재물은 가히 천문학적인 금액에 달했다.

가넨은 느긋하게 미소를 지으며 모처럼 시원하게 대답했다.

"염려 마십시오. 두카 공작께서 충분히 화를 푸실 정도의 보상금을 준비하겠습니다."

예전 같으면 거품을 물고 넘어갈 금액이건만 가넨의 표정에서는 여유로움만이 보일 뿐이었다. 그는 늘 가지고 다니는 계산용 메모장을 꺼내 들고 확인하듯 물었다.

"저…… 그런데 다른 영지에도 보상금을 지불해야 할까요?"

다른 영지란 발도어 군이 지나간 곳을 의미한다. 하나같이 적지 않은 피해를 입었기에 모두 레오를 원망하고 있을 것이다.

레오는 조금도 머뭇거리지 않고 고개를 저었다.

"다른 곳은 상관없다. 원래 두카 공작이 나에게 명할 때 모든 영지와 성을 자유롭게 사용하라고 했다."

말이 길어질 것을 귀찮아한 것인지 웬일로 이유까지 말하는 레오였다. 사실 그는 유스의 조언을 받아들여 두칸 공작에게 보상을 하라고 지시한 것일 뿐이다.

"그런가요? 그럼 그렇게 알겠습니다."

가넨은 별다른 말을 하지 않았다. 레오가 그렇다는데 뭐라고 말을 하겠는가? 다른 영주들도 적당히 포기할 것이다. 물론 가넨 자신도 일단 손에 들어온 재물을 굳이 보상금으로 내놓자고 주장할 생각은 없었다.

"그럼 이것으로 겨우 끝난 건가?"

레오는 발렌이 말한 회의 내용 중 자신이 꼭 결정해야 하는 부분은 모두 끝났다고 생각했다. 그는 그것을 확인하듯 발렌을 보며 물었다.

"정치와 군략에 능한 자를 찾는 문제는 수도에 다녀와서 해야 하는 일이니, 일단 수도로 가기 전까지 영주님의 일은 끝난 셈입니다. 수고하셨습니다."

"음, 그럼 이 다음 일은 경에게 맡기지. 수고하게, 발렌 경."

레오는 즉시 자리에서 일어나 회의실 밖으로 나갔다. 그동안 회의실에 앉아 있었던 것 자체가 과거의 레오라면 거의 불가능했을 정도의 인내심을 발휘한 것이라 할 수 있었다. 그는 해방감을 느끼며 그대로 자신의 집으로 돌아갔다.

나아앙.

"오! 네로, 네가 제일 먼저 나오는 거냐? 하하하."

레오는 현관 앞까지 달려나온 네로를 들어올리며 웃었다. 레오와 고양이는 며칠 전의 일은 모두 까맣게 잊은 듯 너무나 자연스러운 행동이었다.

레오는 네로를 안은 채로 거실 소파에 털썩 걸터앉았다. 기다렸다는 듯 하녀 한 명이 탁자 위에 말린 과일과 쿠키 등을 늘어놓고 나갔다.

니야아옹.

레오가 쿠키로 손을 가져가자 네로가 유난히 예쁜 소리로 울어 보였다.

"너도 달라고?"

가릉, 가르르릉—

네로는 그렇다는 듯 목을 울리며 레오의 무릎에 머리를 부벼댔다.

잠시 후 하녀가 차를 들고 들어왔을 때 네로는 반쯤 눕다시피 한 레오의 배 위에서 맛있게 간식을 먹고 있었다. 팔자 좋은 이 한 쌍은 간혹 졸기도 하면서 저녁이 될 때까지 뒹굴거렸다.

밤이 되자 레오는 언제나처럼 침대 위에 쓰러져 잠이 들었다. 별다른 일이 없는 한, 자는 시간과 일어나는 시간은 거의 규칙적인 그였다.

그러나 네로는 달랐다. 그녀는 잠들지 않았다.

레오가 완전히 잠든 것을 확인한 그녀는 정신을 집중하고 꼬리를 흔들었다. 꼬리에 달린 변화의 띠가 그녀의 의지에 따라 몸을 바꿨다.

스으으윽.

어느새 네로는 한 명의 아름다운 여성으로 변했다. 이제 그녀는 고양이 네로가 아닌 마법사 티모라이다.

마녀 티모라로 더욱 유명한 그녀는 인간이 아닌 하프 엘프이다. 평균보다 약간 작은 체구는 엘프의 피를 받아 조금 마른 듯하면서도 완벽한 몸매를 자랑한다.

흰 피부는 핏줄 하나 보이지 않았다. 마치 설산의 꼭대기에 쌓여 있는 만년설과 같은 흰 피부가 입고 있는 검은 옷과 대비되어 더욱 하얗게 두드러지며 달빛 아래에서 창백하게 빛났다.

허리까지 늘어진 녹색의 머리카락은 변화의 머리띠로 끝 부분이 살짝 묶여 있었다. 선대로부터 전해 내려온 가문의 보물 중 하나인 변화의 머리띠는 원래 이마에 둘러쓰는 것이 올바른 사용법이다.

티모라는 이 머리띠를 사용법대로 동여매는 것을 좋아하지 않았다. 장신구도 아닌 띠를 이마에 두르는 것은 그녀의 미적 감각에는 맞지 않았기 때문이다.

결국 오랜 연구와 수련 끝에 머리에 직접 쓰지 않아도 변화의 머리띠를 이용할 수 있게 되었다. 단, 변신을 해도 머리띠가 몸과 함께 변하지 않고 그대로 남게 된다.

지금처럼 머리카락에 묶어놓았을 경우, 머리띠가 몸에서 떨어지면 본래의 모습으로 돌아가게 된다. 이는 머리를 제외한 신체 어떤 곳에 사용하든 간에 비슷해서 그냥 머리에 묶어서 사용하는 것보다 훨씬 위험했다.

강자로서의 여유일까?

그녀는 어떤 면에서는 그런 위험 부담을 즐기고 있었다.

"그럼 시작해 볼까?"

티모라는 나직한 목소리로 중얼거리고는 공간 주머니에서 몇 가지 도구를 꺼냈다.

마법 감식 도구와 가지가지의 연금술 시약들. 티모라는 그 도구들을 가지고 한쪽에 장식되어 있는 레오의 갑옷 앞으로 이동했다.

그녀는 우선 갑옷 주위에 은신의 결계를 쳐 안에서 무슨 일이 벌어져도 레오가 느끼지 못하게 했다. 혹시라도 레오가 깨면 낭패다.

찌이익—

그녀는 일단 감정 마법의 스크롤을 사용해서 갑옷의 정체를 파악하려 했다. 그러나 그 갑옷은 아무런 특징이 없었다. 심지어는 마법 갑옷이라고도 나오지 않았다.

티모라는 실망하는 기색조차 없이 오히려 미소를 지으며 중얼거렸다.

"역시 상급 아티팩트였군. 세상에, 이런 물건이 존재하다니!"

감정 마법으로 분석할 수 있는 것은 그녀의 기준상 하급 마법 물품에 한했다. 진짜 상급 아티팩트는 절대 이러한 감정 마법으로는 드러나지 않는다.

하급이라면 일단 자세한 성능은 알 수 없어도 아티팩트라는 것만큼은 알 수 있다. 아무것도 나타나지 않는다면, 그것은 정말로 아무런 마법도 걸려 있지 않은 물건이거나 상급 아티팩트인 것이다!

흥분이 되었다. 그녀의 가문은 천 년도 더 전부터 세상의 보물에 대한 기록을 남겨왔다. 그런 만큼 가문이 남겨준 기록에는 그야말로 역사상 존재하는 모든 마법 물건들이 모두 기록되어 있다고 생각했었다.

그러나 역시 세상은 넓었다!

이런 상급 아티팩트의 존재를 자신의 손으로 기록에 남길 수 있다고 생각하니 절로 가슴이 두근거렸다.

"기록을 남기려면 그 능력과 재질을 분석해야지."

티모라는 집념에 불타는 눈으로 두 주먹을 쥐고 부르르 떨었다.

꼭 밝히고야 만다! 이 갑옷의 한계와 약점을 알아내지 못하면 흑사자를 어찌할 수 없다. 그는 두 번의 도전에는 절대로 손을 멈추지 않는다고 했다.

'필승의 확신이 없다면, 다시 도전하는 건 자살 행위야!'

티모라는 스스로의 목숨을 걸고 무모한 시도를 할 생각은 절대 없었다. 그녀는 마법사, 무엇보다 승률과 계산에 따라 철저한 계획을 세우고 움직이는 성격이다.

이 정체를 알 수 없는 사기 갑옷이 있는 한 승리라는 것은 절대 있을 수 없다!

결의를 다진 티모라는 옆에 일렬로 늘어놓은 연금술 약병 중 하나를 집어 들었다.

"우선 산화가 되나부터……."

주르륵.

강철을 몇 초 만에 녹일 수 있는 마법의 산성액이 갑옷 위에 부어졌다. 갑옷은 그 산성액에 아무런 영향도 받지 않았다. 완벽하게 방수 처리가 된 옷 위로 물이 흐르듯, 산성액은 그대로 갑옷 위를 흘러 바닥에 떨어졌다.

치이익.

돌 바닥에 부딪쳐 튄 용액 중 일부가 가구의 금속 장식에 튀자 금속은 소리를 내며 순식간에 부식되었다.

"어머, 안 되지."

티모라는 얼른 동작을 멈추고 급히 부식된 금속에 물건 재생 마법 스크롤을 사용했다. 흔적이 남아서는 곤란하다.

“칫, 역시 금속이 아닌가 봐. 이건 마법 산성액이라서 미스릴이나 오리하르콘도 녹이는 건데.”

말과는 달리 그녀는 실망하는 기색도 없이 곧바로 다른 병을 집어 들었다. 조용히 서 있는 갑옷에게 들으라는 듯 그녀는 웃으면서 말했다.

“그럼 썩히면 되지. 어떤 생물의 가죽이라도 바로 썩게 만드는 시약도 있단 말씀!”

말과 함께 그녀의 손은 빠르게 움직여 병마개를 열어 갑옷 위로 기울였다.

주르륵, 투두둑.

“하! 잔주름 하나 안 생기네.”

티모라는 기가 막힌 얼굴로 레오의 갑옷을 손으로 탁탁 두드려 보았다. 소리로 보아 가죽으로 된 것 같은데, 시약에 반응하지 않는 것이 믿기 어려웠다.

이렇게 된 이상 결론은 하나였다.

“드래곤의 비늘인가? 일단 그쪽으로 생각하고 시험을 해봐야겠군.”

어렸을 때에 엄마를 따라 드래곤을 만나러 간 적도 있는 티모라였다. 그리고 그녀의 가문 대대로 전해져 내려오는 물건들 중에는 드래곤의 비늘로 된 물건도 있었다.

티모라는 검은 물건을 하나 꺼냈다. 손바닥만한 크기의 넙적한 물건이었는데, 자세히 보면 한쪽에 기묘한 홈이 있는 호각이었다.

“색으로 보아 블랙 드래곤의 비늘이겠지? 훗, 블랙 드래곤의 비늘은 나에게도 있단 말이야!”

그녀는 의기양양하게 중얼거리며 블랙 드래곤의 비늘로 만든 마법

호각을 갑옷 한쪽에 대고 문질렀다.

"어? 안 변하네. 드래곤의 비늘이 아닌가?"

티모라의 예상과 달리 갑옷은 전혀 부드러워지지 않았다. 만약 레오의 갑옷이 블랙 드래곤의 비늘이라면, 같은 비늘과 반응하여 일시적으로 약간 부드럽게 변해야 정상이다. 그래야 비늘이 상하지 않기 때문이다.

이번만큼은 티모라도 실망을 감추지 못했다. 지난 며칠간 고심한 모든 가정이 잘못된 것임이 드러났다. 그녀의 지식으로 해결할 수 있는 범위를 넘어선 것이다.

"하아, 혹시 내가 잊거나 모르는 게 있었던 걸까?"

그녀는 다시 공간 주머니를 열어 하나의 책자를 꺼냈다.

책자에는 '세상에 존재하는 모든 재료 상편'이라는 재목이 적혀 있었다. 그 책은 바로 그녀의 선조가 대대로 조사해 기록해 놓은 위대한 유산이었다.

팍팍!

시간이 흐를수록 책장을 한 장 한 장 넘기는 티모라의 손놀림이 점점 거칠게 변해갔다.

"없어! 정말 없는 건가? 미치겠네. 이거 정말 뭐지?"

탁!

소리나게 책을 덮은 티모라는 결국 짜증을 내기 시작했다. 잠도 못 자고 새벽이 다 되어가는 지금까지 아무 소용 없는 일을 했다고 생각하니 화가 났다.

"야! 내가 이렇게까지 하는데, 너도 에고 아머라면 뭐라고 말 좀 해 봐! 넌 성질도 없니? 내가 산성액을 붓고 또 가죽 부식액까지 부었는데 어떻게 꼼짝도 안 하냐?"

에고 아이템은 하나같이 성격이 더럽다. 최소한 지금처럼 노골적인 위해를 가하는 데도 조용히 있을 리가 없었다.

"야! 너 혹시 날 무시하는 거야? 그 정도로는 간지럽지도 않다는 거지?"

불현듯 뇌리를 스치는 생각에 티모라는 더욱 열받아 버렸다. 에고 아이템이 자극에 반응하지 않는 대부분의 경우는 바로 상대를 무시하는 경우이다.

결국 자존심에 상처를 입은 티모라는 갑옷을 향해 원색적인 욕설을 퍼붓기에 이르렀다. 위협이 안 된다면 감정이라도 건드려 보려는 시도였다.

"헉,헉…… 이게 진짜!"

한참을 혼자 떠들던 티모라는 질렸다는 듯 갑옷을 노려보았다. 레오의 갑옷은 그녀의 온갖 욕에도 조금도 반응하지 않았다. 마치 자신은 평범한 갑옷이라고 강력하게 주장하는 것 같았다.

그 모습이 마치 빤한 거짓말을 억지로 통하게 만드는 것처럼 느껴져 더욱 열이 받는 티모라였다. 마침내 그녀는 화를 참지 못하고 육탄공세에 돌입했다. 그녀는 한참 동안 갑옷을 발로 차고 지팡이로 때리며 화풀이를 해댔다.

"헥, 헥…… 앗, 지금 내가 뭘 하는 거지?"

체력의 한계에 달해서 가쁘게 숨을 몰아쉬던 티모라는 자신의 실태를 깨닫고 애써 마음을 진정시켰다. 갑옷은 그런 티모라를 비웃는 듯 미동도 없이 그대로 있을 뿐이다. 그 모습에 몇 번이나 다시 화가 치밀어 올랐지만 티모라는 가까스로 억누르며 그 얄미운 갑옷을 째려보기만 했다.

이윽고 그녀는 하얀 이를 부드득 갈며 중얼거렸다.

"좋아. 내가 무슨 수를 써서라도 너를 분석하고 만다! 정 안 되면 레오가 죽을 때까지 기다렸다가 그 다음에 주인이 없는 널 가지고 가서 평생 연구해 주겠어!"

악에 받친 그녀는 하프 엘프인 자신의 수명을 떠올리며 갑옷이 들으라는 듯 굳게 다짐했다. 어차피 인간인 레오가 자신보다 오래 살 수는 없을 터이니, 갑옷은 그녀의 손에 들어올 수밖에 없었다.

그때를 상상하며 의기양양한 미소를 짓던 티모라가 잠시 멈칫했다.

"어? 그리고 보니 뭔가 이상한데?"

문득 앞뒤가 바뀌었다는 생각이 들었다. 이제는 레오를 이기기 위해 갑옷을 연구하는 것이 아니라 갑옷을 연구하기 위해 레오의 옆에 있게 된 셈이다.

"상관없겠지. 갑옷을 분석할 수 있어야 레오를 이길 수 있고, 분석할 수 없으면 어차피 이길 수 없잖아."

어느 쪽이든 관계없다고 그녀는 생각했다.

사실 티모라는 미노 왕국에 이미 전갈을 보낸 상태였다. 그 내용은 '너희가 나에게 의뢰를 해놓고도 섣불리 따로 손을 써서 전쟁을 일으키는 바람에 내 정체가 발각되었다. 그러니 의뢰는 무효다' 이런 식이었다.

즉, 선불로 받은 보수의 절반을 합법적으로 떼어먹은 셈이다.

일리가 없는 주장은 아니기 때문에 저들도 할 말이 없을 것이다. 정체가 발각된 후 정면 승부를 하게 되면 마법사가 불리해지는 것이 당연했다.

의뢰를 무효로 돌린 이상, 일단 정해진 기한이 없으므로 시간은 충분했다.

마녀 티모라는 사백 년의 수명을 가진 하프 엘프로 태어나 백이십여 년 만에 평생에 걸쳐 연구할 대상을 찾았다.

그녀는 머리 속으로 오늘은 여기까지라고 생각하면서 자신의 일기장을 꺼냈다.

마법 펜을 작동시킨 티모라는 오늘 갑옷에 한 실험에 대해 세세히 기록했다.

실험 내용의 기록을 마친 티모라는 바로 펜을 넣을 듯 공간 주머니를 열었다가 그냥 닫았다. 잠시 허공에 떠 있던 펜이 다시 움직이기 시작했다.

고양이로서의 생활은 의외로 마음에 든다.

하지만 나는 하프 엘프다. 고양이가 아니다.

아무리 내가 고양이로 왔다고는 하지만 계속 이대로 지내야 하다니……

이대로 계속 있을 수는 없어.

흑사자!

그는 도저히 정상적인 인간이라고 생각할 수 없다.

어쩌면 나는 최악의 변태를 만난 것일지도 모르지.

그래, 방법을 강구하자.

내일은 그와 담판을 지어야겠다.

너무 늦었다. 오늘은 일단 자야겠다.

툭.

마법 펜은 여느 때와 마찬가지로 일기를 다 쓰자마자 힘없이 바닥에 떨어졌다. 사실 마법 펜을 조종하는 것도 정신력이 필요하다.

인간의 모습인 티모라가 굳이 손으로 글을 쓰지 않는 것은 이 펜의 필체가 무척 마음에 든다는 아주 단순한 이유 때문이다.

티모라는 주변에 널려 놓은 물건들을 모두 공간 주머니 속에 넣은 뒤 다시 고양이로 변했다.

팟!

은신의 결계가 해제된 후 네로는 사뿐사뿐 침대로 다가가 레오의 머리맡으로 뛰어올랐다. 몸을 동그랗게 말아 자세를 잡은 그녀는 지그시 두 눈을 감았다.

잠시 후 방 안에는 일인, 일묘의 숨소리만 들렸다.

그렇게 하루가 또 지나갔다.

레오가 눈을 뜬 것은 정확히는 정오가 약간 넘어서였다. 몸을 일으키던 그가 보게 된 것은 고양이가 아닌 본래의 모습으로 의자에 앉아 있는 티모라였다.

그녀는 오늘따라 세심하게 화장을 하고 귀와 목에 아름다운 보석 장신구로 치장했다.

엘프의 특성이라고 할 수 있는 녹색의 머리카락도 자연스럽게 길게 늘어뜨린 것이 아니라 정성스럽게 틀어 올려 여덟 개의 머리핀으로 고정해 가느다란 목의 곡선을 그대로 드러내고 있었다.

레오는 잠시 티모라를 보는 듯하더니 한 손으로 목을 주무르며 몸을
이리저리 움직여 풀면서 무덤덤하게 물었다.

"떠나기로 결정한 건가?"

분명히 네로의 모습으로 지내든가 떠나라고 했었다. 그런데 티모라
가 본래의 모습으로 돌아왔으니 떠난다는 뜻이 아니겠는가?

'떠나려면 그냥 떠나도 되는데, 번거롭게 작별 인사까지 하려 하다
니.'

레오는 그렇게 생각하며 옷걸이에 걸려 있는 바지와 상의를 입었다.

티모라는 자신의 앞에서 태연하게 옷을 입는 레오를 미묘한 시선으
로 보다가 가볍게 한숨을 쉬었다. 그리고는 최대한 정중하게 레오에게
말을 건넸다.

"아니에요. 할 말이 있어서요."

"할 말?"

"고양이로는 말을 할 수 없잖아요."

"뭐지?"

정말 대답이 무성의하다. 이자는 남자도 아닌 거야. 티모라는 속으
로 레오를 무지하게 욕하기 시작했다.

얼마 전 레오가 자신에게 고양이로 남으라고 했을 때도 그랬지만,
그녀의 여성으로서의 자신감을 사정없이 짓밟는 레오에게 참기 어려운
분노를 느꼈다.

티모라는 억지로 화를 참으며 부드러운 어조로 매력적인 미소를 지
으며 말했다.

"저는 미노 왕국의 의뢰를 받고 왔어요."

"전에 말했지 않았나?"

레오는 관심없다는 듯 티모라 쪽은 보지도 않고 응했다. 티모라는 치미는 욕을 겨우 삼키면서 상냥하게 덧붙였다.

"기본적으로 일을 하기 전에 이쪽 사정에 대한 조사를 했거든요. 그 전에도 미노 왕국의 야망을 알았기에 그들의 움직임을 관심있게 지켜 봤고요."

팍.

레오는 상의를 입고 허리띠를 조인 후 티모라를 보며 냉정한 목소리로 말했다.

"본론만 말해라."

그것은 그 나름대로의 재촉이었다. 티모라의 이야기에 관심을 가지기 시작한 것이다.

레오의 그런 태도는 티모라가 속으로 그에 대해 더 많은 욕을 하게 만들었다.

'저 멍청하고 힘만 센 멍청이가 어쩌다가 아티팩트 갑옷까지 얻어서 나를 이렇게 열받게 하는 거지? 야, 임마! 갑옷만 없었어도 넌 벌써 내 충실한 데스 나이트가 되어 있을 운명이야!'

슬프게도 퍼붓고 싶은 말을 지금 할 수는 없었다. 현실은 냉혹하다. 티모라는 패했고, 레오는 이겼다.

'참자, 한 살이라도 더 먹은 내가 참아야지.'

티모라는 가까스로 마음을 진정시키고 말을 계속하기 시작했다.

"레오 경도 어느 정도 짐작하고 계시겠지만, 미노 왕국은 대륙 곳곳에 수많은 첩자들을 보내 왕국들이 일정 이상 강해지지 못하도록 암중으로 제어를 하고 있어요. 이미 삼십 년도 더 전부터 그런 일을 했다고 하더군요."

“그런가? 그럴 수도 있겠군.”

레오는 부정도 긍정도 하지 않았다. 그런 정보를 들은 적이 있다. 그러나 확실한 증거는 없었다.

“슈란 왕국이 대륙의 남동부를 장악하지 못하도록 발도어 왕국을 움직인 것도 그들이에요. 애슐론 왕국을 지원해서 슈란 왕국의 침략에 버틸 힘을 준 것도 마찬가지로 그들이지요.”

“그래서?”

“이번 전쟁도 미노 왕국의 공작에 의해 일어났어요. 가장 중요한 것은 슈란 왕국 내에도 그들의 손길이 뻗쳐 있다는 사실이에요.”

레오의 눈이 더없이 차갑게 변했다.

슈란 왕국 내에 미노 왕국의 손길이 닿아 있다! 그것은 예상하지 못한 일이다. 이런 전략적인 음모를 치밀하게 생각하는 것은 그에게는 불가능했다.

지금까지는 도둑 길드의 정보로 어느 정도 뒷사정을 미리 알았기에 어떻게든 대비할 수 있었다. 당연히 도둑 길드도 알지 못하는 극비의 음모는 레오로서는 절대 알아차릴 수 없는 것이었다.

그런데 눈앞의 마녀 티모라가 그런 극비의 정보를 언급했다.

“어떻게 그것을 알았지?”

“어머, 나름대로 저에게 정보를 가져다주는 수하가 있어요. 이래 봬도 레오 경이 태어나기 전부터 전 세계 최강의 마법사였거든요. 상급 마법 중에는 의외로 훌륭한 정보 탐색 능력이 있는 것들이 많아요. 아무리 훈련을 받은 첩자라도 아는 것을 모두 털어놓게 하고, 또 자신이 비밀을 말했다는 것을 모르게 할 수 있지요.”

“그런가? 유스는 그런 마법에 대해 한 번도 말한 적이 없다.”

"유스? 그 영지의 마법사 말인가요?"

영지의 애송이 마법사를 떠올린 티모라는 속으로 코웃음을 치며 되물었다. 레오가 그 질문에 부정하지 않자 더욱 기세가 등등해진 그녀는 자긍심에 찬 어조로 말을 이었다.

"제가 말하는 것은 8서클의 기억 탐색 마법과 기억 조작 마법이에요. 현재 그걸 쓸 수 있는 마법사는 저밖에 없거든요. 그런 마법이 존재한다는 것을 알 만한 사람도 거의 대부분 오십 년 전에 제가 다 제거했지요."

티모라는 턱을 약간 치켜올리며 당당하게 말했다. 말을 하면서 생각해 보니 자신은 어디까지나 세계 최강의 마법사다. 레오의 앞에서 기죽을 필요가 전혀 없었다.

정작 레오는 그런 그녀를 전혀 대단하게 보지 않았다. 솔직히 세계 최강의 마법사라는 것이 얼마나 대단한지 잘 이해할 수 없었다.

중요한 것은 단 하나, 그녀가 자신에게 도전했다가 깨졌다는 것이다. 마녀 티모라도 자신을 위협할 수 없다.

"슈란 왕국의 첩자는 누구지?"

레오는 가장 중요한 사실을 물었다. 하지만 티모라도 그건 알 수 없었는지 곧바로 고개를 저으며 대답했다.

"그 부분은 저도 몰라요. 첩자도 상대가 누군지 모르더군요. 황제의 기억을 파헤쳐 보면 알 수 있겠지만, 그건 좀 무리예요."

"그런가?"

레오는 잠시 생각에 잠겼다. 이 슈란 왕국 내에 미노 쪽의 첩자가 있다는 것은 정말 심각한 문제다.

그러고 보니 이번 전쟁이 발발한 이후, 연속적으로 터진 일들 중에는 의문이 가는 점이 많았다.

타카 2세가 갑자기 쓰러진 것도 그렇고, 적의 별동대가 아무런 저항 없이 국경의 반대편에 위치한 가이안 영지에까지 들어온 것도 말이 안 되는 얘기이다.

이대로 수도로 가서 첩자의 정체를 모른 채 지내는 것은 확실히 위험한 일일 수 있었다.

티모라는 레오가 생각할 시간을 잠시 준 후 차분하게 덧붙였다.

"저도 같이 수도에 가지요. 제가 가면 아마 첩자가 누군지 찾을 수 있을 겁니다."

"그대가? 날 도울 생각인가?"

"그래요. 어차피 미노 왕국에 계약은 무효라고 말해 뒀으니 그쪽하고는 더 이상 관계가 없어요. 떠날 마음은 없으니 기왕이면 그대를 돕는 것이 좋겠지요."

레오가 도움을 거절하지 않을 거라고 판단한 티모라는 생긋 웃으며 애교스럽게 부탁했다.

"그런데 제가 계속 고양이로 있는 것은 너무하잖아요. 그냥 본래의 모습으로 있게 해줘요."

드디어 말했다!

이것을 위해 티모라는 레오가 놀랄 만한 카드를 내민 것이다. 한 왕국의 미래를 좌지우지할 만한 카드였지만, 그녀에게는 슈란 왕국의 미래보다 자신이 본래 모습으로 지내는 것이 더 중요했다.

레오는 가볍게 인상을 찡그리며 말했다.

"이미 나는 말했다, 떠나지 않으려면 고양이로 있으라고."

잠시의 주저함도 없는 대답에 티모라는 기가 막혔지만 포기할 생각은 없었다.

"이봐요! 그래도 그건 너무하잖아요. 난 고양이가 아니라 하프 엘프 마법사라고요!"

양손을 허리에 대고 최대한 매력적인 포즈를 취한 티모라는 부드러운 어조로 따지듯이 말했다. 그 모습은 마치 연인에게 투정을 하는 듯이 보였으나 속마음은 전혀 달랐다.

'멀쩡한 여자보고 고양이로 지내라고 하다니, 너 변태지?'

티모라는 속으로 이를 갈며 욕을 하면서도 겉으로는 낙심한 표정을 지어 보였다.

흰 목을 돋보이게 하는 자세로 고개를 살짝 숙인 그녀의 모습은 남자라면 누구나 보호 본능을 일으킬 만큼 가련해 보였다.

땅이 꺼질 듯 처량하게 한숨을 내쉰 그녀는 고개를 번쩍 들고 결연한 표정으로 레오를 향해 말했다. 목소리가 떨려 나오는 것만큼은 절대 의도한 바가 아니었다.

"좋아요. 그대가 원한다면 애인이 되어줄 수도 있어요."

티모라가 내민 최후의 카드에 레오는 생각할 것도 없다는 듯 냉정하게 고개를 저었다.

"난 애인은 필요없다. 지난 십 년간 내가 여자를 원했다면 얻지 못했을 것 같은가?"

"으윽."

레오의 말이 맞다. 티모라가 조사한 바로는, 흑사자가 세상을 돌아다닐 때 여자를 탐했다는 소문은 한 번도 없었다.

'이제 보니 불능이었나? 미치겠네.'

모처럼 크게 결심을 했지만 전혀 효과가 없었다. 물론 최소한 자신이 매력이 없어서 레오가 무시하는 것이 아니라는 생각이 들자 어떤 면으로는 화가 풀렸다.

'이자는 불능이다!'

그녀가 속으로 그렇게 결론을 내리며 초조하게 다른 수단을 강구하고 있을 때 레오가 다시 못을 박듯 말했다.

"그대가 나를 돕겠다면 그것은 좋다. 하지만 나는 한 번 말한 것을 철회할 생각이 없다. 다시 내 앞에서 인간의 모습을 보이려면 떠나라."

부드득.

티모라는 속으로 이를 갈았다.

'떠날 수 있을 리가 없잖아! 너랑 네 갑옷 같은 연구 대상을 놔두고 내가 어딜 간다는 거지? 난 마법사야!'

속으로 그렇게 외쳤지만 그 소리는 입 밖으로 나오지 않았다.

'그 말을 지켜야 하겠다 이거지?'

입 밖으로 나간 말에 대해 한결같은 태도를 취한다는 건 물론 바람직한 일이다. 하지만 지금 이 남자는 단지 그 말 한마디를 지키겠다고 멀쩡한 사람을 고양이로 있게 하겠다는 것이다.

티모라는 치미는 화를 억제하면서 레오가 한 말을 다시 떠올렸다.

"그렇다면 그대가 없을 때에는 본래의 모습으로 돌아가도 된다는 거지요?"

과연 좌절하는 가운데서도 빈틈없이 말속의 허점을 파고드는 티모라였다.

레오는 잠시 자신이 한 말을 머리 속으로 되새김질해 보고는 그건 별로 막을 필요가 없다고 생각했다.

"그건 마음대로 해라."

"휴, 다행이군요. 그래도 그대가 날 일부러 괴롭히려는 것은 아니었 네요."

티모라는 나름대로 한껏 가시를 담아 말했지만, 레오는 당연하다는 듯 곧바로 대답했다.

"난 이유없이 사람을 괴롭히거나 죽이지 않는다."

"그러시겠죠."

이쯤 되면 티모라도 힘이 빠질 수밖에 없었다. 그러거나 말거나 레 오로서는 관심 둘 일이 없었다.

"이야기가 끝났으면 고양이로 되돌아가도록."

"알았어요."

그래도 약간이나마 협상의 수확이 있었다. 티모라는 일단 그것으로 만족하기로 하고 순순히 네로의 모습으로 돌아갔다.

니야옹—

일단 네로가 되자 티모라는 능숙하게 고양이로서 움직이기 시작했 다. 바로 레오에게 다가가 그의 발목에 몸을 부비며 더할 나위 없이 고 양이다운 애교를 부렸다.

레오는 그런 고양이가 귀엽다는 듯 손으로 머리를 두어 번 쓰다듬어 주고는 바로 밖으로 나갔다. 거실에서 자신을 기다리고 있을 로엔과 함께 식사를 할 시간이었던 것이다.

"오늘은 늦게 일어나셨네요, 삼촌."

"응, 일어나니 네로가 귀찮게 하더구나. 어서 식사를 하자. 배가 고 프면 일을 못하지."

"예, 벌써 식당에 준비가 다 되었을 거예요."

레오는 자신의 뒤를 졸졸 따르는 네로를 가볍게 안아 들고 로엔과 함께 식당으로 갔다.

식탁 위에는 영주와 후계자를 위한 식사가 성대하게 차려져 있었다. 그리고 식탁 밑에는 마찬가지로 영주의 고양이를 위한 식사가 성대하게 준비되어 있었다.

두 사람과 고양이는 별다른 말 없이 먹는 데 집중했다. 레오의 경우 식사 중에는 별다른 말을 하지 않는다.

식사가 끝나고 하녀가 디저트로 차와 아이스크림을 내오자 비로소 로엔은 레오에게 물었다.

"오늘부터 삼촌은 회의에 참석하지 않으실 거지요? 계속 집에 계실 건가요?"

로엔은 오늘도 회의에 참석해야 한다.

영지 업무의 세밀한 예산 책정이나, 이번 전쟁에서 망가진 성 외부의 논과 밭을 복구하는 것에 대해서도 논의해야 하기 때문이다.

물론 이런 것들은 레오와는 하등의 연관이 없는 정책이라고 할 수 있다.

레오는 문득 오늘부터 수도로 떠나는 날까지는 자신이 할 일이 없다는 것을 깨달았다. 사실 로엔이 묻지 않았다면 그냥 소파에 누워 빈둥거렸을 가능성이 높다.

막상 조카가 저렇게 물어보니 집에 처박혀 있겠다고 말하기가 좀 껄끄러웠다. 레오가 나름대로 의식하는 몇 안 되는 대상 중의 하나가 바로 로엔이다.

"음, 그렇구나. 하루종일 집 안에 있으면 심심하겠지?"

"그렇지요. 기사들은 삼촌이 훈련장으로 나와 검법 시범을 보이기를 희망하더라고요."

"그건 무리다. 난 시범을 보일 줄을 몰라. 그냥 상대가 있으면 겨룰 수는 있지만. 음, 모처럼 사냥이나 나가야겠군."

"사냥이요?"

"그래, 저녁이 될 때까지 숲에서 사냥을 하고, 저녁이 되면 잡은 고기와 함께 술을 마시며 노는 거다. 말 나온 김에 식사가 끝나면 바로 가야겠군."

"와아! 그거 재미있겠네요. 저녁에 저도 가도 되나요?"

"오려무나. 술은 안 되지만 고기는 먹을 수 있겠지. 하하하!"

로엔은 올해로 14세가 된다. 물론 레오는 12세 때부터 영지의 건달들과 어울려 다녔지만 조카에게 말할 이유가 없었다.

즉흥적인 결심을 한 레오는 하인에게 일러 휴케바인에게 사냥 준비를 하라고 전하게 했다.

그 후 그는 곧바로 이층 침실로 올라가 갑옷을 입고 활을 어깨에 멨다. 다음으로 물 주머니와 술 주머니를 하나씩 허리에 차니 사냥 준비가 끝났다.

로엔과 네로는 현관 앞까지 나와 레오를 배웅했다.

"저녁에 갈게요, 삼촌."

야옹!

"그래, 암사슴을 한 마리 잡아놓지. 사슴 고기는 연하니까 먹을 만할 거다."

레오는 그렇게 말하며 저택 밖으로 나갔다.

야옹(갔군)!

네로는 기쁨의 환성을 질렀다.

슈욱——

그녀는 즉시 변신을 풀었다. 일단 허락을 받은 이상, 이제부터는 자신만의 시간이다.

"헉!"

옆에 서 있던 로엔이 놀라 숨을 들이켰다. 눈앞에서 고양이가 여자로 변했으니 너무나 당연한 반응이었다.

로엔은 갑자기 나타난 여성에게서 눈을 떼지 못했다. 변신도 변신이려니와 생전 보지 못한 아름다운 모습에 반쯤 홀린 표정이었다.

티모라는 꿈을 꾸는 듯한 로엔의 표정을 재빨리 읽어내고는 내심 흐뭇해졌다. 레오로 인해 땅을 치던 여성으로서의 자신감이 순식간에 되살아났다.

'역시 저자는 불능이었어!'

단지 아름다움에 대한 호감으로 가득한 로엔의 표정을 보며 티모라는 다시 한 번 되새겼다.

로엔은 티모라의 귀에 시선이 이르자 더욱 놀란 표정을 지었다. 인간이 아니다. 혹시 엘프?

온갖 상상을 하며 한동안 뚫어지게 티모라를 바라보던 로엔은 그녀가 자신을 보며 미소 짓는 것을 깨닫고 얼굴을 붉혔다. 로엔의 상식으로는 처음 만난 여성을 이처럼 주시하는 것은 예의에 어긋났던 것이다.

"저, 누구세요?"

방금까지 네로로 있었으니 자신을 소개하는 것도 이상하다고 생각한 로엔의 첫마디였다.

"호호호, 로엔 공자님, 저는 티모라라고 합니다. 레오님의 친구지요. 앞으로 그가 외출했을 때에 자주 보게 될 터이니 친하게 지내요."

모처럼 기분이 좋아진 티모라는 소리를 내어 활짝 웃었다. 그녀의 맑은 웃음소리가 저택 내에 울려 퍼졌다.

"그러니까 레이디 티모라는 하프 엘프라고요? 전 엘프를 처음 봐요."

티모라의 소개에 로엔은 신이 나서 재잘거렸다.

평소 어른스럽게 행동하기는 해도 아직은 소년이다. 환상처럼 나타난 아름다운 티모라가 자신을 하프 엘프라고 밝히자 평소의 조심스러움보다는 흥분이 앞섰다.

"그래요. 그래서 제 귀가 이런 모양인 거죠."

"그런데 왜 고양이 모습으로 계셨던 거예요?"

"그건 레오님의 옆에 마법사이자 정령사인 제가 있다는 걸 알리지 않는 게 낫다고 판단했기 때문이에요."

티모라의 말은 실로 교묘했다. 로엔은 티모라가 삼촌과 특별한 사이인데, 암중에서 그를 지키고 있다고 생각해 버린 것이다. 나름대로 티모라의 위치를 짐작해 버린 로엔은 곧바로 다른 쪽에 관심을 나타냈다.

"마법사세요? 정령도 쓴다고요? 와아!"

나이보다 조숙하다고 해도 로엔은 외곽 영지에서 자란 소년일 뿐이었다. 자신에게 호감을 보이는 삼촌의 특별한 친구를 만나게 되자 엄격한 예의보다는 호기심이 앞섰다.

티모라는 쏟아지는 로엔의 질문에 자상하게 일일이 대답해 주었다. 뿐만 아니라 하급 정령을 소환해 보이거나 마법으로 나비를 소환해 보이기도 했다.

레오의 유일한 친족이다.

티모라는 흑사자라는 무정한 존재가 누구에게도 일정 이상 거리를 두는 냉정한 구석이 있다는 것을 눈치챘다. 하지만 그나마 조카인 로엔에게만큼은 마음의 일부분을 허용하고 있는 것이 보였다.

당연한 얘기다. 어쨌든 간에 레오도 인간인 이상 혈육에 대한 정은 있을 것이다. 실제로 그동안 조사한 바에 의하면, 그는 자신의 부친과 형을 좋아했다고 한다.

로엔은 아름다운 데다가 상냥하고 친절한 티모라에게 금방 호감을 가지게 되었다. 어려서 모친을 잃고 그 자리를 차지하던 아버지까지 잃은 로엔이다. 평소 전혀 표시가 나지 않았지만 그만큼 모정에 굶주려 있었다.

티모라도 비록 목적을 위해 접근하기는 했지만 내심 로엔이 싫지 않았다.

사실 자식을 가질 수 없는 하프 엘프인 그녀는 평소 아이들을 좋아했다. 순진하면서도 예의 바른 태도를 지키려고 애쓰는 로엔이 티모라의 마음에 꼭 들었다.

의도적이든 아니든 간에 실질적으로 서로에게 호감을 가지게 된 둘은 시간 가는 줄 모르고 이런 저런 이야기를 나누었다. 한없이 이어지던 둘의 대화는 로엔의 회의 참석 시간이 되어서야 아쉽게 끝났다.

로엔을 배웅한 티모라는 곧장 주방으로 향했다. 주방장과 몇몇 사람들은 반쯤 홀린 얼굴로 티모라를 보았다. 그들은 티모라의 미모에 정신을 빼앗기면서도 그녀가 마법사이자 전날의 그 공포의 검은 고양이라는 사실에 두려워하며 벌벌 떨고 있었다.

탁!

티모라는 한 장의 종이를 주방장에게 내밀었다.

“여기 내가 좋아하는 음식 품목이 있다. 적어도 주 요리는 열흘 동안 같은 것이 올라와서는 안 된다. 디저트는 꽤 훌륭하더군. 나는 절대로 살이 안 찌니 더욱 단것을 내도록. 알았지?”

다짜고짜 들이닥친 외부인임에도 티모라가 명령을 내리는 태도는 너무나 자연스러웠다. 모르는 사람이 보면 저택의 안주인이 주방장에게 주의를 주는 것으로 알았을 것이다.

“네? 넷!”

주방장은 차려 자세로 씩씩하게 대답했다. 티모라는 그런 주방장을 보며 매혹적인 미소를 던져 주고는 주방을 나왔다.

그날 저녁에는 그녀의 주문대로 한층 더 훌륭한 식사가 나왔다. 이곳에 온 후 처음으로 고양이가 아닌 하프 엘프의 모습으로 하는 식사였다.

로엔도 회의를 끝내고 돌아와 티모라와 같이 식사를 했다.

“로엔 공자님은 더 안 드세요?”

그녀는 로엔이 간단한 수프와 샐러드만으로 식사를 끝내는 것에 걱정스러운 표정으로 물었다. 한창 자라는 나이가 아닌가?

“오늘밤에 삼촌이 잡은 고기를 먹어야 하거든요.”

로엔은 그런 티모라의 관심이 기쁜 듯 수줍게 웃으면서 변명 아닌 변명을 했다. 소년의 말에 곧바로 걱정스럽던 티모라의 표정이 풀어졌다.

“아, 그렇군요. 로엔 공자님도 사냥에 참가하시면 좋을 텐데요.”

“저는 사냥은 별로 안 좋아해요. 도망가는 표적을 쫓는 것에 익숙하지 않아서요.”

“호호호, 자상한 성품이시군요.”

티모라는 더 더욱 로엔이 마음에 들었다.

사실 그녀는 아버지의 복수를 하는 과정에서 수많은 마법사를 죽이며 성격이 거칠어졌지만, 원래는 엘프의 마을에서 엘프 엄마와 같이 자랐다. 동물을 죽이거나 식물을 함부로 훼손하는 것을 싫어했다.

로엔은 유순해 보이는 겉모습과는 달리 검술에도 상당한 재능이 있다. 그런데도 그가 사냥을 싫어하는 것은 상당히 특이한 일이었다.

티모라는 그 이유가 로엔의 성품 때문이라고 보았다.

"그런데 레이디 티모라는 삼촌과 정확하게 무슨 관계인가요? 고양이로 변해 삼촌과 같이 있는 것이 힘들지는 않나요?"

로엔이 조심스러운 태도로 물었다.

"글쎄요. 별로 힘들지는 않아요. 단지 제가 하프 엘프라서 그가 저를 받아들이기 힘들까 걱정이군요."

티모라는 처연한 표정을 지었다. 모르는 사람이 보면 그야말로 청순가련 형의 여인이 금단의 사랑에 가슴을 불태우는 것처럼 보였다. 그리고 로엔은 바로 그 모르는 사람에 속했다.

"절대로 그럴 리 없어요! 레이디 티모라는 제가 지금까지 본 사람 중 가장 아름다운걸요! 삼촌과 너무 잘 어울려요!"

로엔은 열렬한 어조로 힘을 주어 말했다.

"어머, 그렇게까지 말씀해 주시니 기분이 좋아지네요. 참, 이제 시간이 다 되지 않았나요?"

"벌써 해가 졌나요?"

로엔은 상반된 감정을 느끼며 아쉬운 듯 물었다. 모처럼 삼촌과 정한 약속이니 나가고 싶기도 했지만, 그만큼 티모라와 함께 있고 싶었기 때문이다.

때마침 문밖에서 휴케바인이 부르는 소리가 들렸다.

"로엔 공자님! 마중 나왔습니다. 영주님이 슬슬 숲으로 오시랍니다."

레오가 사냥을 가면 휴케바인이 저녁에 술통을 들고 참가하는 것은 오래전부터의 관례다. 그는 훈련을 끝내자마자 가장 커다란 술통 두 개를 들고 숲으로 갔다가 레오의 명으로 로엔을 데리러 온 것이다.

"저는 그럼 나가보겠습니다."

로엔은 식탁 의자에서 일어나 티모라에게 정중하게 인사를 했다. 티모라는 부드럽게 웃으며 그에게 다녀오라고 말했다.

로엔마저 저택을 나서자 티모라를 막을 수 있는 사람은 아무도 없게 되었다.

"하나씩 순서대로 교육을 시켜야겠지? 일단 저택 안의 하녀들과 하인들부터 시작해야지."

티모라는 공간 주머니에서 몇 가지 교육을 위한 마법 도구들을 꺼내며 중얼거렸다. 그리고는 뒤쪽에서 불안한 눈으로 자신을 보고 있는 하녀들을 웃으며 돌아보았다. 그것은 바로 마녀의 미소였다.

그날 레오의 집에 또 하나의 독재자가 나타났다.

한번 놀기 시작한 레오는 다음날도 점심 밥을 먹자마자 또 나가 버렸다. 수도에 가면 자신의 마음대로 움직이기 힘들다는 생각에 마음먹고 놀기로 작정한 것 같았다.

레오가 떠난 지 얼마 안 있어 그를 찾는 손님이 왔다. 마법사 유스가 그 손님을 저택으로 데려왔는데, 그는 다름 아닌 대륙 상회의 킬번이었다.

"영주님 계십니까? 킬번님이 긴급한 정보를 가져왔습니다."

애써 침착하게 말하면서도 유스는 초조감을 완전히 숨기지 못했다. 킬번으로부터 미리 간단한 사정을 들었기에 그의 심장은 불안으로 인해 끊임없이 뛰고 있었다.

"삼촌께서는 변장을 하고 마을로 나가셨어요. 곤란하네요. 연락할 방법이 없는데……."

"마을로 나가셨다고요?"

유스의 안색이 더욱 어두워졌다. 같이 온 킬번도 걱정스럽게 한숨을 쉬며 불안한 감정을 숨김없이 표출했다.

"무슨 일인가요?"

마법사 유스가 저 정도로 동요하다니? 로엔은 일이 심상치 않다는 것을 깨닫고 그에게 물었다.

킬번은 어찌할지 판단이 서지 않아 유스를 돌아보았다. 이러한 문제에 관해서 직접 결정할 수는 없었다.

유스는 잠시 망설이는 듯하더니 무겁게 고개를 끄덕였다. 어차피 이 일은 로엔도 알고 다 함께 대처해야 할 일이었다.

"일단 앉도록 하지요. 킬번님이 자세한 이야기를 해주실 겁니다."

거실로 자리를 옮긴 후 킬번은 극히 나직한 목소리로 로엔에게 말했다.

"미노 왕국에서 마녀에게 영주님의 암살을 의뢰했다고 합니다."

"네? 암살 의뢰요? 하지만 삼촌에게 암살은 전혀 소용없잖아요."

로엔은 의아함을 얼굴 가득히 드러내며 되물었다. 그런 일로 수선을 피우는 두 사람을 이해할 수 없었다.

물론 암살은 심각한 일이다.

그러나 상대는 레오가 아닌가? 로엔은 흑사자에게는 어떤 암살도 통하지 않는다는 것을 익히 들은 바 있었다. 그것이 아니더라도 레오가 직접 말해 준 몇 가지 사건만 생각해 보아도 암살은 삼촌에게 위협이 될 수 없었다.

킬번은 답답하다는 표정으로 다시 말했다.

"상대는 마녀입니다! 로엔 공자님께서는 모르시겠지만, 마녀 티모라라고 하면 오십 년 전에 이미 세상에서 가장 무서운 마법사로 알려진 존재입니다. 아시겠습니까? 지금의 흑사자님과 같은 명성을 이미 오십 년 전에 얻었습니다."

"마녀 티모라?"

로엔은 너무 놀라 무의식 중에 목소리를 높였다. 킬번은 급히 손으로 로엔의 입을 막았다.

"그 이름을 크게 부르지 마십시오. 저주를 받습니다."

킬번은 심각한 표정으로 누가 들을까 무섭다는 듯이 말했다. 유스도 킬번의 무례한 행위를 말리려 하지 않았다.

마녀 티모라! 그녀가 누구인가?

현자의 탑의 파괴자이자 마법사의 학살자가 아닌가!

티모라가 처음 세상에 모습을 드러낸 것은 백 년 전이라고 한다. 당시엔 아무도 그녀가 하프 엘프라는 것을 알지 못했다.

티모라는 감쪽같이 인간 소녀로 변장을 하고 현자의 탑에 들어갔다. 그리고 곧 풍부한 마법적인 재능으로 다른 마법사들의 인정을 받게 되었다.

그 후 이십 년이 지났을 때 현자의 탑에서 의문의 사건이 일어났다.

마법사들이 하나둘씩 죽어나가기 시작한 것이다.

처음에는 사고사나 개인적인 원한에 의한 살인인 줄 알았지만 피해자가 늘어나면서 누군가가 현자의 탑의 마법사들을 노리고 있다는 것이 밝혀졌다.

3대 제국 중 신성 교국인 할트 제국이 무너지면서 라시아 대륙에서 신성력의 힘은 급격히 약해졌다. 그야말로 마법사의 시대가 되었다고 할 수 있었다.

그런데 그 마법사들의 성지인 현자의 탑의 마법사들에게 도전을 한 자가 있다니?

탑의 원로 격인 열세 명의 대마법사는 크게 분노하며 복수를 다짐했다.

그러나 그들의 분노는 곧 공포로 바뀌었다. 처음 생각과 달리 아무리 방비를 해도 암살자를 막을 수가 없었다.

마침내 현자의 탑의 당대 수장이 죽었다.

대륙 최고위의 마법사도 암살자의 손을 피하지 못했다!

그 뒤로 남은 열두 명의 대마법사는 탑을 벗어나 각각 흩어져 대륙의 왕국들에 몸을 의탁했다.

현자의 탑이 더 이상 안전한 장소가 아닌 것을 안 이상, 기사들의 보호를 받을 수 있는 왕국에 소속되는 것이 안전하다는 판단을 했기 때문이다.

티모라의 정체가 밝혀진 것은 바로 그때였다. 그녀는 당당하게 각 왕국으로 서신을 보내 일의 자초지종을 설명했다.

알고 보니 죽은 현자의 탑의 수장과 몇몇 대마법사들이 티모라의 아버지를 암살하고, 그의 마법서를 빼앗았다는 것이다.

　세상에 현존하는 가장 뛰어난 흑마법서인 루벤트의 마법서! 서른여섯 개의 모든 룬어에 대한 해설과 9서클까지의 마법이 적혀 있는 마법서이다.

　현자의 탑의 수장은 같이 공모한 동료들과 마법서를 공유하였고, 그 동료들이라는 것이 바로 열두 명의 대마법사 전원이었다.

　아버지의 마법서를 조금이라도 익힌 자는 모두 복수의 대상입니다.

　수십 년 동안 조사를 했으니 실수란 있을 수 없어요.

　마법사들의 보호를 포기하고 왕국 밖으로 추방하세요.

　그렇지 않을 경우, 피해가 확산되어도 어쩔 수 없으니 이해를 바랍니다.

　티모라의 편지에는 그렇게 적혀 있었다.

　왕국들은 스스로 걸어 들어온 대마법사를 놓치기 싫었다.

　결국 라시아 대륙 전역에 걸쳐 거의 모든 왕국이 티모라를 범죄자로 선포하고 수배했다. 그녀의 목에는 막대한 현상금이 걸렸다.

　수많은 강자들이 상금을 노리고, 혹은 대마법사와의 교분 때문에 티모라를 추적했다.

　그러나 티모라는 잡히지 않았다. 오히려 그녀가 선언한 대로 대륙 곳곳으로 퍼진 대마법사들을 하나하나 처리했다.

　오십 년 전, 티모라는 세상에 자신의 원수가 모두 죽었음을 알렸다. 결국 대륙 전체와의 싸움에서 승리한 것이다.

　그녀는 마지막으로 현자의 탑에 걸린 각종 마법 방어 장치를 모두 해제하고, 최강의 9서클 마법이라는 메테오를 소환해 현자의 탑 자체를 파괴해 버렸다.

더 이상 자신을 쫓는 것은 결코 바람직한 일이 아니라는 것을 알리는 퍼포먼스였다.

9서클 마법을 사용할 수 있는 대마법사!

그것이 바로 마녀 티모라의 실력이었다.

유스는 그녀가 과거 활동할 때의 기록을 생각하며 자신도 모르게 몸을 부르르 떨었다.

오십 년이 지난 지금도 세상에는 6서클 이상의 마법을 익힌 대마법사가 세네 명밖에 없다. 그 자신도 5서클 마법사이다.

마녀 티모라에 의해 현자의 탑이 파괴된 이후, 고위 마법사가 되는 것이 몇 배나 힘들어졌기 때문이다.

마법사의 융성 시대는 그렇게 한 명의 하프 엘프에 의해 급격히 끝났다. 세상의 흐름이 단 한 명의 힘에 의해 바뀐, 아주 보기 드문 대사건이었다.

킬번은 여전히 로엔의 입에서 손을 떼지 않은 채 진지하게 말했다.

"알겠습니까? 그녀는 정말 악마 같은 존재입니다. 마녀라는 별명이 괜히 붙은 것이 아니지요. 소문에 의하면 수많은 사람을 죽이며, 마법적인 의식으로 뱀파이어가 되었다고 합니다. 그러니 절대 그녀의 이름을 큰 소리로 부르지 마십시오."

"읍, 읍."

로엔은 입이 막혀 답답한 듯 고개를 저으려 했다. 그러나 킬번은 아직 안심이 안 되는 듯 손에 더욱 힘을 주며 다짐하듯 강조했다.

“어르신의 실력을 의심하는 것은 아니지만 전문가들의 냉정한 판단에 의하면, 흑사자보다 마녀가 조금 더 강하다는 평입니다. 어르신은 검사로서 극에 달한 분이지만, 반대로 마법의 극에 달한 마녀가 그분을 노리면 방어하기가 거의 불가능하단 말입니다!”

킬번은 자신이 말해 놓고도 불안한 듯 고개를 저으며 비로소 로엔의 입을 막고 있던 손을 놓았다.

로엔은 급히 숨을 몰아쉬며 소리쳤다.

“레이디 티모라가 마녀라고요?”

“아니, 그렇게 말씀드렸는데 또 마녀의 이름을!”

킬번은 대경실색하며 자연스럽게 로엔의 입으로 손을 뻗다가 멈칫했다. 호칭은 물론이고, 로엔의 어조는 마치 아는 사람을 언급하는 듯했기 때문이다.

“레이디 티모라라니요?”

유스도 같은 생각을 했는지 미심쩍은 표정으로 물었다.

바로 그때 식당 쪽에서 여성의 아름답고 맑은 목소리가 들려왔다.

“저를 말하는 거예요.”

설마 하는 심정으로 일어서서 입구 쪽을 돌아본 킬번의 시야에 거실로 들어서는 티모라의 모습이 들어왔다. 길드에 극비로 전해지는 마녀의 모습이 바로 거기 있었다. 킬번은 놀라 부릅뜬 눈으로 숨을 들이켰다.

“허억! 커커컥, 마마마, 합!”

반사적으로 비명을 지르려던 킬번은 급히 두 손으로 자신의 입을 막았다. 티모라는 그런 킬번 쪽을 향해 살짝 웃어 보였지만 정작 눈빛은 차갑기 그지없었다.

'이미 늦었어. 네 말은 이미 다 들었으니, 이젠 내 차례지? 호오, 살기를 느끼는 건가?'

티모라는 부들부들 떨기 시작한 킬번을 보며 속으로 생각하고는 로엔을 향해 웃으면서 말했다.

"로엔 공자님, 제가 이 두 분의 오해를 풀어드리고 싶은데 잠시 안에서 기다리시겠어요?"

그녀의 말에는 거절하기 어려운 힘이 들어 있었다. 로엔은 왠지 모르게 몸이 부르르 떨리는 것이 느껴졌지만, 순순히 티모라의 요청을 받아들였다.

"그럼 전 제 방에서 잠시 기다릴게요. 레이디 티모라, 두 분이 오해하지 않도록 잘 말씀하세요."

이 순진한 소년이 생각하기에 티모라는 삼촌의 친구이자 연모의 정을 품은 아름다운 여인이었다. 이미 티모라에게 끌리기 시작한 로엔으로서는 가능하다면 그녀가 삼촌의 부인이 되어 자신의 숙모가 되었으면 하는 바람이 있었다.

'아마 레이디 티모라는 이분들이 오해하는 부분에 대해 설명하시려는 걸 거야. 레오 삼촌과의 관계는 아무래도 남녀 관계니까 아직 성인이 아닌 내 앞에서 이야기하지 않으시려는 거겠지.'

분위기가 이상했지만 로엔은 그렇게 믿었다. 아니, 그렇게 믿기로 했다. 로엔은 레이디에 대한 예를 정중하게 표하곤 몸을 돌려 거실 밖으로 향했다.

'가지 마!'

킬번은 로엔의 등을 보며 간절하게 외쳤다. 그러나 기이하게 그의 외침은 목구멍 밖으로 나오지 않았다. 이미 그의 몸은 그의 의지의 지배를 벗어나 티모라의 얼음 같은 눈빛에 사로잡혀 있었다.

유스는 이 황당한 상황에 믿을 수 없다는 듯 로엔과 킬번, 티모라 세 사람을 번갈아 보며 어리둥절해 있었다. 그사이 로엔은 인사를 하고 거실에서 나가 버렸다.

탁.

거실 문이 닫혔다. 이제 거실에는 세 사람만이 남았다. 정확하게는 전신을 떨고 있는 두 명의 남자와 한 명의 냉기를 풍기고 있는 하프 엘프 여성이 남았다.

"착한 공자님이야. 그렇지?"

티모라는 미소를 지으며 두 사람에게 그렇게 말했다.

"으어어어."

킬번은 도망가고 싶었다.

'일단 어떻게든 이 자리를 벗어나야 해! 가서 어르신의 다리를 부둥켜 안고 애걸해서라도 마녀에게서 지켜달라고 하는 거야.'

그러나 모든 것은 머리 속에서만 맴도는 생각일 뿐, 그의 다리는 조금도 움직이지 않았다. 비명을 지르고 싶은데, 그것조차 불가능했다. 마치 자신의 육체가 스스로의 제어를 벗어난 것 같았다.

부욱―

티모라가 한 장의 스크롤을 찢자 주변에 옅은 막이 쳐졌다.

은신의 결계, 이제 외부에서는 안쪽이 보이지 않게 되었다.

뿐만 아니라 소리도, 마나의 흐름도 완전히 차단시켜 주기에 안에서 파이어 볼이 터져도 바깥쪽의 사람들은 태연하게 차를 마시거나 낮잠을 잘 수 있다.

"킬번이라고 했지? 넌 참 나를 원색적으로 잘 평가하더구나. 하지만 직접 경험해 보지 않아서 목소리에 절박함이 덜했어."

티모라는 평가하듯 말하며 드레스의 소매에서 길이 30㎝ 정도 되는 작은 막대기를 꺼냈다.

어제 저택의 하인들을 교육시키려고 준비한 도구 중 하나지만 그들이 고분고분 따랐기에 쓸 필요가 없었다. 굳이 공포 분위기를 조성하는 것은 좋지 않다고 판단하여 사용하지 않은 마법의 완드(Wand)였다.

"하압!"

과연 킬번은 자신의 생명에 대한 애착이 강했다. 그는 위기를 느끼자 티모라의 눈빛 마력을 이겨내고 몸을 움직여 전력으로 뒤를 향해 달렸다.

그러면서 뒤쪽으로는 마법을 막아주는 작은 금속 종이 조각을 뿌려 혹시라도 있을 공격을 막으려 했다.

쿵!

"크윽!"

그러나 그의 반응은 어디까지나 일반적인 마법사를 상대로 몸을 피하는 방법이었다. 이렇게 결계까지 쳐진 상황에서 티모라의 손아귀를 빠져나갈 수 있을 리가 없다.

"포스 케이지(Force Cage)라고 하지. 아아, 또 고위 스크롤 한 장을 써버렸네. 이것도 다 네가 쓸데없는 저항을 했기 때문이야."

티모라는 눈에 보이지 않는 새장과도 같은 감옥 속에 갇힌 킬번을 보며 한탄하듯 말했다.

사실 그녀는 스스로의 힘으로는 마법을 사용할 수 없다. 그래서 모든 마법을 마법 무구나 스크롤로 사용하는데, 포스 케이지는 약한 것은

6서클, 강한 것은 7서클 마법이다.

털썩.

옆에 서 있던 유스는 그녀가 킬번의 반응보다 빠르게 스크롤을 사용하는 것을 보고 절망적인 표정으로 바닥에 털썩 주저앉았다. 도둑보다 반응이 빠르다니? 이렇게 빠르게 마법을 쓸 수 있다는 것을 그는 상상조차 해본 적이 없다.

"위대하신 대마법사 티모라시여! 제가 죽을죄를 졌습니다. 부디 저의 주군인 흑사자 레오님의 체면을 봐서라도 한 번만 봐주십시오!"

킬번은 포기하지 않고 즉시 무릎을 꿇고 사정하기 시작했다. 그러면서 유일하게 그녀가 무시할 수 없으리라 생각하는 흑사자의 이름을 팔았다.

그것은 결정적인 실수였다. 티모라는 레오의 이름이 나오자 그녀의 깨끗한 이마에 주름을 지었다.

"알았다. 그를 대신해서 너를 교육시켜 주지. 염려 마, 네 말대로 흑사자의 체면을 봐서 절대로 죽이지는 않을 테니."

티모라는 그렇게 말하며 완드로 킬번의 어깨를 살짝 두드렸다. 상급 도둑인 킬번이 미처 피하지 못할 정도로 상큼하고 깔끔한 움직임이었다.

팍, 스르르륵—

완드에 닿은 킬번의 왼쪽 팔이 어깨 아래쪽부터 완전히 변했다. 팔이 마치 바람 빠진 풍선처럼 오그라들더니 다른 이상한 물체로 변했다.

"아아아아악!"

개구리 다리, 그것은 개구리 다리였다. 킬번은 비명을 지르며 팔을 휘저었다. 그러자 그 조그만 개구리 다리가 이리저리 움직였다. 자신의 팔이 틀림없었다. 감각도 느껴졌다.

"프로그 스틱(Frog Stick)이라는 거야. 내가 너같이 무례한 놈을 교육시키기 위해 특별히 다년간 연구해서 만든 마법 막대기지."

"어흐흐흑!"

킬번은 이미 완벽하게 공포에 질려 자신의 팔을 보며 울고 있었다.

"팔이나 다리를 두드리면 그 부분만 개구리 다리로 변하고, 몸이나 머리를 두드리면 완전히 개구리가 되거든. 해제 마법으로 해제가 되기는 해. 물론 최소한 나 정도의 마법사가 해제를 한다는 전제 하에서지. 그나마 그것도 변화한 뒤 한 달 동안은 거의 해제가 안 되거든. 안 그랬다간 내가 변덕스럽게 화가 풀려서 상대를 금방 용서할 수도 있으니까."

"하, 한 달. 커흐흑!"

"최소 한 달이지. 암, 그야말로 최소야. 자, 그럼 분위기가 조성됐으니 이제 본격적으로 교육을 시작해 볼까?"

이렇게 해놓으면 도망도 못 간다. 티모라는 이제부터 무엇을 할까 상상하며 미소를 지었다.

그녀의 아버지는 가문 대대로 대륙의 평화를 지키기 위해 암중에서 활약했다고 한다. 물론 그것은 거의 형식적인 말이고, 사실 대륙에 존재하는 수많은 보물을 조사하고 수집하는 것이 주요 목적이었다고 티모라는 생각하였다.

문제는 그 가문에 수많은 수련법이 존재한다는 것이다. 말이 수련법이지, 그것들은 하나같이 극한의 고문과도 같은 악질적인 내용으로 가득 차 있었다.

'아아, 교육시킬 방법이 너무 많아서 선택이 곤란해.'

그녀는 머리가 복잡해지는 것을 느끼며 한숨을 쉬었다.

잠시 후, 킬번은 바닥에 머리를 박고 한쪽 다리를 든 채 성한 팔로 반성문을 쓰게 되었다.

정신적으로 너무 몰아붙이면 발광한다는 것을 아는 티모라는 우선 가벼운 것부터 시작해 그의 불안감을 어느 정도 풀어주려는 배려였다.

그녀의 이러한 성의에도 불구하고 킬번은 결코 가벼운 기합이라고 생각하지 않는 듯했다. 그의 두 눈에서는 끊임없이 눈물이 흘러 볼을 타고 땅에 떨어지고 있었다.

"글씨가 흐트러지거나 내용이 시원찮으면 다시 써야 한다. 한 자 한 자 정성스럽게 쓰며 반성하는 것이 좋을 거야."

티모라는 킬번의 머리 앞에 쪼그리고 앉아 그가 쓰는 반성문의 서두를 읽어보고는 자상한 목소리로 충고했다. 킬번이 흘리는 참회의 눈물에 마음이 움직인 것 같았다.

그리고는 서서히 몸을 일으켜 시종일관 주저앉아 떨고 있는 유스를 보았다.

찌릿.

"허헉!"

유스는 자신의 몸을 관통하는 것과 같은 티모라의 눈빛에 기겁을 했다. 티모라는 유스를 어떻게 처리할까 잠시 고민하는 듯하다가 손가락을 까닥여 그를 불렀다.

"유스… 너 마법사지? 이리 와."

티모라는 차가운 목소리로 말했다.

"예, 옛!"

벌떡.

유스는 그야말로 일급 기사와도 같은 몸놀림으로 즉시 자리에서 일어나 티모라의 앞까지 와 차려 자세를 취했다. 신기하게 전신의 떨림이 멎었다. 아직 다리 쪽이 후들후들 떨리기는 했지만 그래도 꼿꼿하게 서 있을 수는 있었다.

"두려워할 것 없어. 넌 이놈과는 조금 다르니까. 어디까지나 영지의 마법사는 당당해야 하는 거야. 그렇지?"

"예, 옛!"

마치 기다렸다는 듯이 긍정의 대답만 하는 것이 지금의 유스가 할 수 있는 한계였다.

티모라는 그런 유스를 보며 가볍게 한숨을 쉬었다.

'마법사라는 놈이 저렇게 배짱이 없어서야… 지금 상태로는 1서클의 마법조차 사용할 수 없을 테지.'

극한에 다다른 어떤 상황에서든 정신력으로 이성을 유지해야 제 힘을 발휘할 수 있는 것이 바로 마법사라는 직업의 기본이 아닌가?

'그래도 최소한 쓸 만한 마법사가 되도록 도와주어야겠군.'

티모라는 그렇게 생각했다. 물론 그것은 자신의 양심을 속이기 위해 그럴듯한 핑계를 대는 것에 불과했지만, 그녀 스스로는 정말로 그렇게 믿었다.

"받아 적어라."

휘익, 턱.

티모라는 한 장의 백지와 펜을 유스에게 내밀었다. 그리고는 얼떨결에 그것을 받아 든 유스가 미처 준비를 하기도 전에 말하기 시작했다.

"브라우니 소환 열 장, 하급 환상 조정 다섯 장, 동물 성장 세 장, 파이어 볼 세 장, 아이언 월……"

그녀가 부르는 것은 마법의 이름이었다. 그런데 그 뒤쪽에 몇 장이라는 수식어가 붙어 있었다.

유스는 급히 그녀가 부르는 것을 받아 적다가 겨우 이성을 회복하여 그에 대한 의문점을 느껴 질문했다.

"이건 마법의 이름이군요? 그런데 이 열 장이니 세 장이니 하는 것은 무엇입니까?"

티모라는 그것도 모르냐는 표정으로 간단하게 대답했다.

"스크롤의 장수다. 한 달 내로 구해와라."

"네에?"

"상인이나 도둑은 팔다리 한두 개 없어도 충분히 쓸모가 있지만, 한쪽 팔이 사라진 마법사는 그야말로 폐품과도 같지. 그러니 넌 벌금형으로 대체한다."

"벌금형!"

"아니면 애처럼 몸으로 때울래?"

티모라는 손가락으로 킬번을 가리켰다. 유스는 핏기가 가신 얼굴을 굳히며 다급하게 대답했다.

"아닙니다! 꼭 기한 내에 스크롤을 구해오겠습니다!"

"호, 좋은 마음가짐이야. 미리 말했듯이 기한은 한 달이다."

티모라는 거래가 성립된 것을 기뻐하며 못 박듯 말했다. 자신은 약속 시간을 어기는 것을 무지 싫어하기 때문에 기한이 늦을 경우 오히려 지금 몸으로 때우는 것보다도 좋지 않은 결과가 있을 수 있다고 충고하는 것도 잊지 않았다.

유스는 거의 울 것같이 눈물이 그렁그렁 맺힌 눈으로 고개를 끄덕일 수밖에 없었다.

다른 스크롤은 몰라도 5서클 스크롤은 쉽게 구할 수 없으니 자신이 직접 제작해야 한다.

5서클 스크롤을 제작하려면 매일 정성을 들여도 꼬박 오 주가 걸리는데, 한 달은 오 주가 채 안 되기 때문에 여러 가지 무리한 수법을 사용해야 한다.

티모라의 주문은 다른 의미에서는 혹독한 기합이자 훈련이라고 할 수 있었다. 무엇보다 좋은 것은 그녀 자신에게 이익이 온다는 것이다.

"저, 저도 스크롤을 구할 수 있습니다!"

둘 사이의 대화를 열심히 듣던 킬번이 돌연 외쳤다. 티모라는 힐끗 그쪽을 보더니 곧장 대답했다.

"넌 몸으로 때워."

그녀의 말은 킬번에게 있어서 헤어날 수 없는 절망의 구렁텅이에 빠뜨리는 악마의 선언이었다.

❖ Chap 6 ❖
수도의 그림자

수도의 그림자

레오와 그의 부하들이 수도로 출발하기 전까지 티모라는 자신이 생활하기에 가장 쾌적한 환경을 구축하는 데 성공했다.

그녀가 사용할 마법 스크롤은 억지로 제자 비슷한 신세가 된 마법사 유스가 조달하였고, 그 이외의 잡다한 물건들은 스스로를 만물상이라고 울면서 주장하는 킬번의 담당이 되었다.

로엔과의 뒤늦은 대화로 유스와 킬번은 티모라를 레오의 애인이라고 판단했다. 때문에 둘은 이런 그녀의 횡포를 감내할 수밖에 없었다.

티모라는 오랜 경험에서 오는 감각에 의해 유스와 킬번 이외의 레오의 부하들에게는 거의 손을 대지 않았다. 그녀는 교묘한 방법으로 존재를 나타내면서도 다른 이들에게는 단지 인지될 정도만큼만 행동했을 뿐이다.

티모라는 유스와 킬번, 그들 둘이 절대로 레오에게 항의를 할 수 있는 성격이 아니라는 것을 꿰뚫어 본 것이다.

사실 저택의 하인들이나 하녀들에게도 거의 협박 수준으로 겁만 주었을 뿐 폭력을 동원하지는 않았다. 유일한 예외라면 주방장뿐인데, 음식에 대해 까다로운 티모라였기에 그것만큼은 어쩔 수 없었다. 그녀역시 수십 년 동안 세상에 적수가 없는 존재였기에 성격에 안하무인적인 요소가 많았다.

사실 그녀는 정말로 레오를 적극적으로 돕거나 자신의 존재를 세상에 널리 알리려는 생각이 없었기 때문에 외부인이 있는 장소에서는 대부분 고양이로 지냈다.

그래도 역시 레오와 가까운 기사들 몇 명은 자연스럽게 그녀의 정체를 알게 되었다.

기사들 중 가장 먼저 티모라의 정체를 알게 된 사람은 발렌과 휴케바인이었다.

휴케바인은 유스에게서 그 이야기를 들었을 때 무릎을 탁 하고 치며말했다.

"과연 영주님이야! 흑사자에게 어울리는 여자는 마녀밖에 없지."

그는 티모라가 흑사자의 강함에 반했다고 굳게 믿었다. 그리고 고양이에게 할퀴어져 생긴 자신의 얼굴 흉터를 더 이상 부끄럽게 생각하지않게 되었다.

강자와 맞서다 생긴 상처는 명예로운 것이다.

그 후로 휴케바인은 자신의 흉터에 대해 묻는 자에게 당당하게 말했다.

"이 흉터는 저 티모라라는 여마법사에 의해 생긴 것이지. 왜 있잖아? 그 마녀 티모라로 알려진……."

비로소 상대가 두려운 표정을 지으면 그는 과장되게 얼굴의 흉터를 쓰다듬으며 덧붙이곤 했다.

"휴우, 정말 무서운 공격이었어. 나의 한계를 느끼게 할 정도로 말이야."

그것으로 그는 족했다.

휴케바인은 티모라가 본신의 모습으로 있을 때에는 애교 넘치는 미소를 지으며 형수님이라고 불렀다. 티모라도 덩치가 오우거에 필적할 만한 이 거인 동생을 귀여워했다.

발렌은 또 달랐다. 그는 마녀라는 별명을 가진 티모라를 믿지 않았다. 이것은 단순한 일이 아니다! 그는 그렇게 생각을 하고는 레오에게 가서 그 특유의 굳은 얼굴로 물었다.

"영주님께서는 마녀와 같이 지내신다고 들었습니다."

"마녀?"

"고양이로 변해 있는 그 하프 엘프 여자 말입니다."

"아, 네로 말이군. 그녀를 마녀라고 부르는가 보군."

레오는 그때야 마녀가 누군지를 깨달았다. 티모라라는 이름도 잘 기억하려 하지 않는 그였기에 듣지도 않은 그녀의 과거는 전혀 알 수 없었다.

'심각하다! 역시 영주님은 아무런 생각도 없이 마녀와 동거를 시작한 것이다.'

발렌은 레오의 반응에서 예상한 대로 레오가 일의 심각성을 전혀 모른다고 느꼈다.

"영주님, 마녀 티모라는 세상에 원수가 많습니다. 결코 평판이 좋다고는 말할 수 없지요. 그런 그녀가 영주님과 같이 있다면, 사람들은 별로 좋게 생각하지 않을 것입니다.”

그녀는 결국 암살자다. 수많은 마법사들을 학살하여 대륙 전체에 커다란 피해를 입힌 존재이고, 아직도 수십 개의 왕국에서 수배를 한 상태이다.

물론 그 수배는 형식적인 것이기는 해도, 일단 그녀가 모습을 드러내면 많은 적이 나타날 것은 의심할 여지가 없다.

발렌은 이런 사실을 아주 자세하게 설명했다.

사실 발렌의 마음속에는 마녀를 영주의 부인으로 모시고 싶지 않다는 생각이 들어 있었다.

백 번 양보해서 그녀를 인정한다고 해도 하프 엘프인 그녀로서는 후대를 생산할 수 없다. 반면 마녀인 그녀가 레오의 옆에 있으면 다른 여자는 얼씬도 못하게 할 것이 틀림없다.

레오에게는 현숙하고 순종적인 귀족의 부인이 필요하다! 그래서 그의 파격적인 성격을 조금이라도 부드럽게 감싸주고, 정상적인 훌륭한 영주가 되도록 내조를 해야 한다.

영주와 마녀라니? 상상을 초월하는 비상식적인 일을 아무 거리낌 없이 행할 것 같은 커플이 아닌가?

발렌의 본능은 그런 미래를 두려워하고 있었다.

정작 레오는 발렌의 충고에 조금도 귀를 기울이지 않았다.

이미 티모라와는 이야기가 끝났다. 레오는 그것을 이 꼬장꼬장한 기사단장에게 설명하기로 했다.

“네로가 말이야.”

“네?”

“자신이 있는 동안에는 이 일대에서 어떤 암살 사건도 일어나지 않게 하겠다고 장담하더군.”

“아!”

“내가 보기엔 그녀라면 그게 가능해 보여. 발렌 경은 그렇게 생각하지 않는가?”

사실 흑사자는 원수도 많다. 앙심을 품은 자가 조카인 로엔을 노릴 수도 있다.

발렌은 잠시 머뭇거리다 진지한 목소리로 대답했다. 마음에 들지는 않아도 거짓을 말할 수는 없었다.

“확실히 그녀라면 모든 암살을 저지할 수 있을 겁니다.”

“그럼 됐어. 일부러 네로의 정체를 밝힐 필요는 없어. 그녀가 이곳에 머무는 이유는 내 갑옷을 연구하기 위해서니까.”

레오는 여기까지 말하고는 아직 인상을 풀지 못하는 발렌에게 인심이라도 쓰듯이 덧붙였다.

“신경 쓰지 말고 그냥 고양이라고 생각하게, 발렌 경.”

“고, 고양이라고…….”

말이 이어지지 않았다. 그게 말처럼 간단히 되면 애초에 신경을 안 썼을 것이다. 그러나 주군인 레오가 그렇게 명한 이상, 발렌은 잠자코 고개를 숙여 복명할 수밖에 없었다.

네로에 대한 사태가 어느 정도 진정되고 드디어 레오는 수하 기사들과 수도를 향해 떠났다.

관례에 의해 대부분의 병사들을 영지에 놔두고 이십 명의 기사와 팔십 명의 병사만 대동시켰다. 그나마 수도 주변의 방위 성채에 기사 열 명과 병사 육십 명을 대기시키고, 수도 내에는 총 삼십 명의 수하만을 데리고 들어가게 된다.

그 외에는 하인 십여 명이 짐마차를 끌고 동행한다. 가넨이 준비한 두카 공작에게 보내는 보상금과 레오 일행이 수도에서 지내는 동안 쓸 자금이 짐마차에 실려 있었다.

이번에 로엔은 영지에 남기로 했다. 영지의 문제가 산처럼 남아 있는데, 가넨은 이 기회에 로엔에게 실습을 시켜야 한다고 주장했다.

"저도 남아서 영지의 일을 돕겠습니다."

유스가 기다렸다는 듯이 나섰지만 곧바로 발렌의 반대에 부딪쳤다.

"그건 안 되네. 나 혼자 기사들 모두를 총괄하기는 힘들지 않겠나? 실수를 줄이기 위해서라도 자네는 동행하는 것이 좋겠네."

유스는 울상이 되어 무어라 더 말하려 했지만 로엔까지 나서는 통에 미처 말을 꺼내지도 못했다.

"너무 걱정하지 마세요. 가넨 경께서 도와주시니 별로 힘들지 않을 거예요."

이것으로 티모라와 잠시라도 떨어지고 싶었던 유스의 강력한 바람은 완전히 무산되었다.

레오의 어깨에 몸을 걸치고 있던 네로는 이 모양을 보고는 가소롭다는 듯 하품을 했다.

냐아앙.

그녀의 울음소리는 유스에게는 포기하고 따라오라는 강력한 협박으로 들렸다.

레오 일행은 가이안 영지를 떠난 지 꼭 보름 만에 수도에 도착했다.

수도는 승전으로 인한 기쁨과 쓰러진 타카 2세에 대한 걱정스러움이 뒤섞여 상당히 복잡한 감정의 소용돌이에 휘말려 있었다.

"과연 폐하께서는 훌륭한 분입니다. 시민들의 근심하는 얼굴에서 그것을 느낄 수 있군요."

발렌이 감탄한 얼굴로 말했다.

수도에 도착한 후 병사들을 풀어 조사한 것과 자신이 직접 본 결과, 왕에 대한 시민들의 감정을 강하게 느낄 수 있었다.

"어련하겠어요? 폐하께서 건강을 되찾으시면 영주님과 함께 애슐론 왕국을 치실 거라고요. 그때에는 제가 선봉에 설 겁니다!"

"휴케바인 경, 그대의 용기에는 항상 감탄하지만 문제는 폐하께서 깨어나지 못하고 계시다는 것일세."

마법사 유스의 말은 주변의 공기를 서늘하게 만들 정도로 냉정했다. 휴케바인은 김이 빠지는 듯 고개를 돌려 유스를 보았다.

"깨어나지 못하실까요?"

"그렇게 말하면 불경이 되겠지만, 우리끼리 있는 자리니 냉정하게 판단해야겠지."

"유스 경, 그대는 폐하께서 두 번 다시 깨어나지 못하리라 생각하는가?"

레오도 의외라는 듯 유스에게 물었다. 자신의 주군이다. 레오는 진지한 표정으로 네로의 목을 쓰다듬었다.

지난번에 타카 2세를 보았을 때 그가 이렇게 허무하게 쓰러질 정도로 허약해 보이지는 않았다.

부상을 입은 것은 알았지만, 고통을 견디고 있는 것으로 보아 회복될 것이라고 레오는 생각했다.

일국의 왕이다. 전장에서 생긴 부상이 아무리 심해도 회복 마법을 사용할 수 있는 신관도 동원할 수 있는 지위이니만큼 일단 깨어난 상태라면 완전히 회복하거나, 최소한 그 이상 악화는 되지 않아야 한다.

그런데 전쟁이 벌어지자마자 미리 약속을 한 것처럼 타카 2세의 상처가 악화되었다.

티모라의 말대로 왕궁에 첩자가 있고, 또 그 첩자가 손을 쓴 것이라고밖에 생각할 수 없었다.

유스는 차분하게 설명을 했다.

"폐하께서 쓰러지신 지 한 달이 넘었습니다. 그런데 한 번도 깨어나지 않으셨다고 합니다. 신관들이 있는데 이렇게 되는 것은 드문 일입니다."

"그렇다면?"

"아마 신관들은 폐하의 생명을 유지시키고 있을 것입니다. 그것이 정말이라고 한다면, 폐하께서 회복되실 가능성은 없습니다. 신관이 치료를 중지하는 순간 서거하시겠지요."

"그렇군. 그렇다면 결국 다음 왕위는 두카 공작에게 이어지는 건가?"

레오는 좀처럼 보기 힘든 무거운 표정을 지었다. 두카 공작, 특별히 싫지는 않은 자이다. 하지만 충성을 맹세하고 싶은 상대는 아니다.

"나쁘진 않군요. 두카 공작께서는 영주님께 딸인 샤를로트 양과의 혼사를 제안하셨다고 들었습니다."

부마가 되는 것이다. 후작의 작위는 당연하고, 흑사자의 명성에 걸맞는 왕국의 권력과 영지가 손에 들어온다.

나앙?

네로는 반쯤 졸다가 발렌의 말에 놀라 고개를 들어 레오를 보았다. 결혼을 하는 것인가? 이 남자가? 그런데 레오는 발렌의 말에 가볍게 고개를 흔들어 부정했다.

"두카 공작의 딸과는 결혼하지 않겠다. 아니, 당분간 결혼을 할 마음은 없다."

"영주님!"

발렌이 놀란 목소리로 레오를 부르는 것과 네로가 그것 보라는 듯 고개를 돌려 다시 웅크리는 것은 거의 동시였다.

발렌은 침을 한 번 삼키고 레오에게 말했다. 아무리 마녀가 듣고 있다고 해도 할 말은 해야 한다. 그것이 바로 자신의 역할이 아닌가?

"왕의 딸의 청혼을 거절하는 것은 왕에 대한 커다란 모욕입니다. 무엇보다 샤를로트 양이 아니더라도 영주님께서는 어서 성혼을 하셔서 후계자를 보셔야 하지 않습니까?"

인간과 엘프 사이에서 태어난 하프 엘프는 남자든 여자든 아이를 낳을 수 없다. 그렇기 때문에 만약 레오가 마녀 티모라와 연인 관계라고 해도 정식으로 결혼을 해서는 안 된다.

영주의 의무 중에는 후계자를 낳아 기르는 것도 있으니까.

발렌은 그렇게 말하고 싶었다. 마녀가 자신을 저주한다고 해도, 아무도 모르게 암살당한다고 해도 레오에게 이 말을 하지 않을 수는 없다고 생각했다. 그는 목숨을 걸었다.

마법사 유스와 휴케바인은 등에서 식은땀을 흘리며 레오와 네로의 눈치를 보았다. 설마 발렌 경이 그녀의 눈앞에서 대놓고 레오에게 다른 여자에게 장가가라고 말을 하다니!

앞날을 이성적으로 생각해서는 절대로 할 수 없는 충언이다.

휴케바인은 발렌이 갑자기 자신을 닮아 앞뒤 가리지 않는 성격이 되었나 하고 놀랄 정도였다.

정작 네로는 그런 발렌을 보며 속으로 코웃음을 치고 있었다.

'괜찮은 놈이군. 흑사자의 수하다운 배짱이야. 내가 정말 저 남자의 애인이었다면 넌 죽었다. 하지만…….'

네로는 슬쩍 눈을 돌려 레오를 보았다. 수하들의 오해로 인한 목숨을 건 충언을 이자가 알아들었을까? 그것이 궁금했다.

레오는 여전히 얼굴 표정 하나 변하지 않고 네로의 등을 쓰다듬고 있었다. 적어도 수하들이 무엇 때문에 이렇게 심각한 표정을 짓고 있는지 전혀 모르고 있는 것이 틀림없다.

'정말 이놈은 날 애완동물로밖에 생각하지 않는군.'

한숨이 나왔지만 어쩔 수 없다.

그때 레오가 발렌을 보며 나름대로 진지하게 대답을 해주었다. 발렌은 항상 진지하기 때문에 레오도 적당히 상대하기가 힘들다.

"난 인간의 여자에게 관심이 가지 않는다. 일부러 관심을 가지려면 가능하겠지만, 적어도 아직은 결혼을 하고 싶지 않군."

사실 레오는 정말로 인간의 여자에게 이성으로서의 관심이 느껴지지 않았다.

본인도 이상하게 생각하고 있지만, 지금까지 그 어떤 미인을 보아도 그녀를 가지고 싶다는 생각이 들지 않았다.

이유가 무엇일까? 레오는 한때 그것에 대해 심각하게 고민했었다. 그러나 지금은 어렴풋이 느낄 수 있었다.

과연 자신의 강함의 이유는 무엇 때문인가? 그것을 생각하면 모든 욕망이 사라진다. 왜냐하면 자신이 인간인지 아닌지 스스로도 확신할 수 없기 때문이다.

갑자기 하늘에서 드래곤이 날아와 넌 원래 드래곤인데 저주를 받아서 인간이 된 거야라고 말한다면 믿을지도 모른다.

하지만 분명히 자신에게는 부모와 형제가 존재한다. 적어도 양자가 아니라는 것만큼은 확실하다.

어쩌면 그 종족적인 의혹에 대한 생각이 이성에의 욕망을 막고 있는 것 같았다. 단순히 그렇게 생각하기에는 너무 철저하게 이성에 매력을 못 느끼지만, 그것 이외에는 별로 생각나는 것이 없었다.

"으윽, 역시!"

레오의 솔직한 대답은 더 많은 오해를 불러일으켰다. 발렌과 휴케바인, 그리고 유스는 결국 참지 못하고 신음성을 흘렸다.

주군은 마녀에게 홀렸다! 유스와 발렌은 속으로 그렇게 생각했다.

여전히 화려한 모습이건만 왕궁 안의 분위기는 그다지 좋지 못했다. 쓰러진 타카 2세가 여전히 회복의 기미를 보이지 않고 있었기 때문이다.

그 한편으로는 새로운 왕이 될 두카 공작 일파의 세력 확장이 무서운 속도로 이루어져, 이미 사람들의 마음은 타카 2세의 죽음을 받아들이고 있다는 것을 알 수 있었다.

"어서 오게."

레오가 왕궁에 갔을 때 두카 공작은 왕권 대리인으로 태사의에 앉아 있었다. 그는 심중을 알 수 없는 복잡한 표정으로 레오의 예를 받았다.

삼십 명의 주요 귀족이 태사의를 중심으로 하여 좌우로 나열해 있었다. 그중 3분의 1 정도는 노여움에 불타는 눈으로 레오를 노려보았다.

동북부의 귀족들, 그들은 바로 발도어 왕국의 침략군으로부터 자신의 영지를 점령, 약탈당한 자들이었다.

그들 귀족들은 발도어 왕국군을 막아야 할 레오가 적을 방치하고 역격을 가했기에 자신의 영지가 당했다고 생각했다.

사실 레오가 순순히 발도어 왕국군을 막았다면 그들의 영지는 전장으로 변해 더욱 큰 피해를 입었을지도 모른다. 그리고 결국 레오의 덕으로 전쟁에서 승리를 했을 것이다.

하지만 동북부 귀족들이 막대한 피해를 본 것은 사실이고, 그들은 원망할 상대가 필요했다.

"폐하를 알현할 수 있습니까?"

레오는 주변의 분위기를 전혀 돌아보지 않고 두카에게 말했다. 그러자 두카의 눈썹이 미약하게 움직였다. 기분이 별로 좋지 않은 듯했다.

"폐하께서는 전혀 의식이 없으시네. 그러니 알현이 허락되는 것은 친동생인 나와 근위 기사단장이자 프라임 나이트인 바로크 백작뿐이지."

"그렇습니까?"

레오는 어쩔 수 없이 이렇게 말하고는 입을 다물었다.

알현은 왕의 허락이 있어야 가능하다는 건 국법으로 정해진 내용이다. 알현을 허락할 사람이 의식이 없는 처지이니 두카 공작의 말은 옳다고 봐야 한다.

알현이 허락되지 않음을 확인한 레오는 더 이상 말을 하지 않았고, 두카 공작 또한 아무 말 없이 침묵을 지켰다.

레오의 뒤에 서 있던 마법사 유스는 고개를 숙인 채 슬쩍 눈을 돌려 두카 공작의 표정을 살피며 속으로 생각했다.

'눈이 흔들리고 있군. 분노와 망설임, 그리고 안타까움인가?'

역시 어젯밤 사람을 보내 자신들이 준비한 막대한 보상금을 전한 것이 효력을 발휘하는 모양이었다.

이번에 발도어 왕국군에 의해 약탈당한 영지 중에는 두카 공작의 영지도 있었다.

수도에 바로 붙어 있는 영지이다. 조금만 더 늦었다면 수도도 공격당했을 것이다. 물론 수도에는 만약을 대비해 5천의 상비군이 대기하고 있기에 쉽게 함락되지는 않았겠지만, 일단 수도가 공격을 당했다는 것만으로도 왕국의 위신에 큰 손상이 가는 것이다.

영주의 경우, 자신의 영지가 한 번 적에게 점령당하면 그것은 쉽게 만회하기 어려운 수치로 남는다. 영지민들은 더 이상 영주를 자신들의 보호자로 믿지 않게 된다.

긍지 높은 무가의 가문은 적이 침략을 해왔을 경우 후계자만 대피시키고 본인은 끝까지 남아 싸우다 죽는 경우도 많았다.

그럴 경우 영지민들은 영주가 목숨을 바쳐 자신들을 보호하려 했다는 것을 이해한다. 그리고 그 정당한 후계자에게 절대적인 충성심을 보이게 되는 것이다.

결국 두카 공작과 동북부 귀족들은 물질적 손해와 함께 영주로서의 체면과 명예를 크게 훼손당한 셈이다.

물론 두카 공작의 경우 일단 왕이 되면 그 정도는 잊혀지겠지만, 그래도 기분이 나쁜 것은 어쩔 수 없을 것이다.

'그래도 결국 화를 풀 수밖에 없겠지. 이미 성의 표시를 했고, 전쟁

에 이긴 공도 있으니까. 이렇게 어려운 시기에 어떤 군주가 흑사자 같
은 존재를 적으로 돌리려 하겠어?'

두카 공작은 왕위를 이어받을 인물이다. 왕국을 발전시키기 위해서
는 흑사자의 힘이 절대적으로 필요하다. 여기까지 판단한 유스는 약간
여유로운 기분이 되었다.

그런데 그때 두카 공작이 말했다.

"이번 전투에서 레오 경의 투지와 용맹에 대한 찬사가 끊이지 않았
지. 9천의 직속군만을 이끌고 적국의 수도를 기습 공격하다니. 과연 흑
사자만이 할 수 있는 일이라고 모든 사람들이 말하더군."

"감사합니다."

"그러나!"

분위기가 일변했다. 두카 공작의 모습에서 레오의 공적을 칭찬하려
는 기운은 전혀 느껴지지 않았다.

두카 공작은 냉엄한 목소리로 레오를 추궁했다.

"레오 경은 국왕의 허락도 없이 동맹국의 영토를 침범했다. 매키아
왕국의 사자가 이미 왕궁에 와서 강력하게 항의했다는 것을 아는가?
그리고 나의 명에 따라 충실히 작전을 수행하지 않고 자신의 판단을
우선하여 적을 치는 데만 급급했다."

유스와 발렌은 당황했다. 충분히 만족할 만한 보상금을 전했는데?
아니, 그것을 차치하고라도 흑사자인 주군을 이렇게 대놓고 몰아붙일
수는 없다.

웅성웅성.

다른 귀족들이 의외라는 듯 옆 사람과 소곤거리기 시작했다. 심지어
는 레오를 원망하던 동북부 귀족들도 당황하는 기색이 역력했다.

“운이 좋아 승리를 했다고는 해도 수도의 바로 앞까지 적이 오는 것을 방치하다니. 그대는 왕성을 지키라는 나의 말을 무시했단 말인가? 만약 수도를 적에게 빼앗기기라도 했다면 어떻게 했을 것인가?”

좀처럼 화를 내지 않는 온화한 성격의 두카 공작이다. 그런 그가 일단 화를 내니 말을 하는 동안 더욱 그 감정이 증폭되어 스스로도 거두기 어려운 모양이었다.

다른 사람들도 그런 두카 공작의 말에 고개를 끄덕이며 수긍하기 시작했다.

수도가 함락되어 약탈을 당했다면 레오는 책임을 져야 했을 것이다. 지금 레오를 칭찬하면 그야말로 수도를 지키는 것보다 적을 쳐서 공을 세우는 것이 더 좋다고 허락하는 것과도 같다.

레오의 뒤에서 듣고 있던 발렌과 유스, 그리고 휴케바인은 솔직히 기가 막혔다.

주군을 모욕하다니? 주군의 전투에 대한 작전에 트집을 잡다니?

휴케바인은 원래 레오의 말이라면 무조건 진리라고 믿는 성격이지만, 발렌도 이번 전쟁에서 보인 레오의 작전은 그야말로 무서울 정도로 뛰어난 것이었다 인정하고 있었다.

레오가 앞을 막지 않았기에 그들의 진군 속도는 느려졌다.

틀림없이 나타나야 할 적이 보이지 않으면 불안감이 점점 증폭되어 절대 빠르게 움직일 수 없다는 레오의 말은 한 치의 어긋남도 없이 들어맞았지 않은가?

레오는 자신의 명성과 그 명성이 가지는 힘에 대해 잘 알고 있다. 그리고 그것을 이용한 전투에 익숙하다. 이미 몇 년 동안 대륙 최고의 강자로 군림하면서 얻은 것 중 가장 큰 부분이라고 그는 말했다.

갓 최강이 된 풋내기 제일인이 아니라 완숙의 경지에 다다른 베테랑 최강자인 것이다.

결국 그 바람에 거리적으로 훨씬 불리했던 자신들이 먼저 적의 심장부를 찌를 수 있었다.

그런데 아무것도 모르는 두카 공작과 귀족들은 레오를 아무 생각 없는 바보에, 공을 세우는 데 급급한 욕심쟁이로 몰아붙이고 있었다.

'그렇게 생각하는 것도 무리는 아니지만, 화가 나는군.'

발렌은 고개를 숙인 채 두카 공작과 주변의 귀족들에 대해 이를 갈았다.

전투에 있어서만은 주군은 신이다! 절대무적의 존재이고, 그 앞에 설 자를 용납하지 않는 독보적인 영웅이 아닌가!

발렌은 그렇게 믿었다. 진심으로 그렇게 믿었기에 그 외의 상황에서 레오가 어떻게 행동하든 모두 받아들이고 충성을 바칠 수 있었다.

"물러가게. 일단 근신을 명하겠네. 경에 대한 심판은 모험의 결과물에 불과한 승리에 가려지지 않고 엄정하게 책임을 가릴 것이네."

"알겠습니다."

뭐라고 말을 할 수 있겠는가? 레오는 정중하게 다시 기사의 예를 취했다.

두카 공작의 안색이 다시 험악하게 변했다.

처음에도 그랬지만 레오는 두카 공작에게 고개를 숙이지 않았다. 이미 대부분의 귀족들이 왕의 예우로 그를 대하고 있는 상황에서 레오만이 대등한 귀족이지만 상위 작위의 상대에게 하는 예만을 취한다.

이것은 레오가 자신에게 충성을 바칠 마음이 없다는 것이 아닐까?

'형은 되고 나는 안 된다는 것인가? 너는 영웅이지. 나는 무력도 마력도 약한 왕의 동생일 뿐이고. 하지만 혹사자, 나는 곧 왕이 된다. 그대는, 그대의 영지는 나의 것이다.'

그는 속으로 그렇게 생각하며 엄숙한 표정으로 레오가 퇴장하는 것을 지켜보았다. 그리고는 다른 귀족들에게 레오가 이번 전쟁에서 어긴 군의 규율에 대해 엄격하게 평가하라고 명을 내렸다.

레오는 근신 명을 받았기 때문에 또 다른 처분이 내려질 때까지 숙소를 나설 수 없게 되었다. 그들은 숙소로 돌아가는 마차에 올라탔다. 왕궁의 마차답게 성인 남자 네 명이 앉아도 충분한 크기였다.

"이해할 수가 없군요. 어째서 두카 공작이 주군을 책망하는 거지요?"

그들을 태운 마차가 왕궁을 나오자마자 휴케바인이 알 수 없다는 듯 물었다.

이겼다. 이기면 모든 것이 끝나는 것 아닌가? 상을 줄이는 것은 있어도 책망을 한다는 것은 있을 수 없다.

"휴케바인 경, 이기면 다 된다는 것은 좋지 않은 생각일 수 있네. 사실 주군께서 두카 공작의 작전에 따라 행동하지 않은 것은 사실이니까 말이야."

"으윽, 발렌 경, 어떻게 제가 그런 생각을 했다는 것을 아셨지요?"

"그야 자네와는 십 년이 넘게 같이 지냈으니까."

발렌은 희미한 미소를 지으며 대답했지만 곧 심각한 표정이 되어 말했다.

"그래도 이번 경우는 정말 이상하군. 평소의 두카 공작님과는 조금 달라."

그의 시선은 유스를 향하고 있었다. 마법사 유스, 그라면 다른 의견이 있을 수도 있다.

"확실히 평소의 두카 공작님은 부드럽고 자상한 성격이라 알고 있습니다. 하지만 오늘은 폐하와 비슷한 강함을 보여주시는군요. 왕이 되기 위해 스스로를 채찍질하고 계신 것이 아닌지……."

유스의 말에도 일리가 있다. 사람들은 그렇게 생각하며 과연 주군인 레오가 어떤 처분을 받을 것인가 고민했다. 그리고 주군은 그 처분을 순순히 따를 것인가.

정적의 시간이 흐른다. 숙소로 돌아가는 마차의 말발굽 소리와 바퀴 굴러가는 소리에 따라 흔들리는 진동이 느껴졌다.

그들은 서로 눈치를 보다가 한곳으로 시선을 모았다. 역시 이런 상황에서 나설 수 있는 적임자는 정해져 있다.

"저, 영주님, 왕궁에서 안 좋은 처분이 내려오면 따를 생각이십니까?"

휴케바인이 묻자 레오는 창밖을 보던 시선을 슬쩍 돌려 자신의 부하들을 보았다.

불안, 그들의 눈에서 노골적으로 느껴지는 감정이다. 무엇을 불안해하는가? 자신이 받을 처벌을? 아니면 자신이 그 처벌을 따르지 않고 왕명에 거역할까 봐?

레오는 말했다.

"두카 공작은 나를 질투하고 있다."

"예?"

"아!"

"그런?"

사람들은 의외의 말에 놀라 자신도 모르게 탄성을 질렀다. 뜬금없는 소리에 이해가 잘 안 된다는 눈으로 레오를 보았다.

오직 휴케바인만이 약간은 알겠다는 듯 손으로 무릎을 탁 하고 때렸다.

"그는 겉과 속이 다른 자다. 능력은 없지만 그것을 감추는 인내심이 있지. 역시 두카 공작은 나를 담을 수 있는 그릇이 못 된다."

레오는 그 말을 끝으로 다시 입을 다물고 창문 밖을 보았다.

'그럼 역시 왕명에 거역하겠다는 생각이신가?'

똑같은 생각을 떠올린 유스와 발렌은 더욱 불안한 표정으로 시선을 마주쳤다. 둘은 약속이나 한 듯 휴케바인에게 다시 한 번 무언의 압력을 가했지만 이번에는 소용이 없었다.

휴케바인은 입을 굳게 다문 채 창밖만 바라보는 레오의 모습을 확인하고는 조용히 고개를 저었다. 지금 묻는다 해도 대답이 돌아오지 않는다는 것을 그는 알고 있었다.

레오는 부하들의 불안한 모습에는 더 이상 신경 쓰지 않고 있었다. 그들에게는 그들의 고민이, 자신에게는 자신의 고민이 있다.

고민을 하는 것은 정말 싫지만, 이 경우는 어쩔 수 없다.

'타카 2세가 쓰러졌다. 나는 어떻게 할 것인가?'

레오는 심각하게 생각했다.

레오의 강함을 알게 된 자들이 그에게 느끼는 감정은 크게 세 가지로 나눌 수 있다. 공포와 경외, 동경과 존경, 그리고 질투!

두카 공작은 질투를 한다. 그는 형인 타카 2세에게도 질투를 하고 있다.

타카 2세를 만나고 싶다고 말했을 때 레오는 그것을 느꼈다.

‘떠날까?

영지를 놔두고 다시 홀로 대륙을 떠도는 것이 좋을까?

‘두카 공작을 제거할까?

그를 죽이고 자신이 왕권을 잡는다! 가능할까?

레오는 갈등을 느꼈다.

두카 공작이 자신의 목숨을 위협하지 않는 한 정식 왕위 후계자를 죽이는 것은 반역 행위가 된다.

일단 타카 2세에게 충성을 맹세한 이상, 반역자는 될 수 없다.

할 수 있어도 하면 안 된다. 신의를 지키는 것은 가장 중요한 것이고 목숨처럼 소중하다.

‘떠날 수도 없고 머물 수도 없는 상황인가?

쓴웃음이 나왔다. 혼자일 때는 모든 것이 편했지만, 왕국과 영지에 얽매이니 자신의 머리로는 판단할 수 없는 일들이 너무 많았다.

답답한 가슴속이 불처럼 타올라 그냥 모든 것을 다 부수고 싶다는 충동마저 들었다.

마차가 숙소에 도착할 무렵이 되자 레오는 될 대로 되라는 심정이 되어 일단 생각을 멈췄다.

그런 상황 속에서도 레오는 그냥 두카 공작에게 충성을 맹세하겠다는 생각은 한 번도 하지 않았다.

숙소로 돌아오니 다른 기사들이 레오 일행의 안색을 보고 의아한 표정으로 그들의 눈치를 보았다.

왕궁에 갔다 예정보다 빠르게 돌아온 주군의 일행들의 안색이 별로 좋지 못했기 때문이다.

야아옹.

거실의 소파 위에 있던 네로가 고개를 들어 어서 오라고 인사를 한다. 레오는 소파에 앉아 그녀를 안아 들었다.

발렌과 휴케바인, 그리고 유스는 맞은편에 앉아 레오가 뭐라고 말을 꺼내기를 기다렸다.

레오는 잠시 휴식을 취하듯 소파에 등을 기대고 천장을 바라보다가 이윽고 생각을 정리한 듯 입을 열었다.

"두카 공작이 왕위를 이으면 난 슈란 왕국에 있어서는 안 된다."

"넷? 그게 무슨 소리입니까?"

기사들은 하나같이 놀라며 물었다.

"역시 충성 서약을 하지 않을 생각이시군요!"

특히 휴케바인은 십 년 만에 돌아온 주군이 다시 떠날 것 같은 말을 하자 크게 흥분했다.

"이번에 떠나실 거면 저도 데려가셔야 합니다! 안 그러면 찾으러 다닐 겁니다. 이제는 절대 기다리지 않을 겁니다!"

사람들은 그의 말에 고개를 끄덕이며 자신들을 두고 갈 수 없다는 눈을 했다. 만약 레오가 이대로 떠난다면, 이번에는 평생 슈란 왕국으로 돌아오지 않을 것 같은 느낌이 들었기 때문이다.

"이유를 말씀해 주십시오. 두카 공작이 마음에 안 드십니까?"

발렌이 무거운 목소리로 물었다. 왕이 마음에 안 든다고 영지를 버리고 떠난다는 것은 말이 안 된다. 적어도 그가 보아온 레오는 그 정도까지 무책임하지는 않다.

다른 사람들은 동의하지 않을지 모르지만, 주군인 레오에게는 나름대로의 책임감이 있는 것이다.

레오는 그런 발렌의 눈빛을 보자 귀찮다는 생각을 했다.

차라리 배신감을 느끼면 좋으련만, 일일이 설명을 해줘야 한다니? 그러나 발렌에게는 그래야 한다. 그가 진지하게 물어볼 경우에는 존중을 하기로 결정했다.

"타카 2세와 나라면 주변 왕국 모두를 충분히 누르고 대륙의 강국이 될 수 있다. 하지만 두카 공작은 다르지. 그는 나를 두려워하고, 나에게 원한이 있는 여러 왕국들의 움직임을 막고 제압할 힘이 없다. 슈란 왕국은 끊임없는 전쟁에 휘말려 점점 그 힘을 잃게 될 것이다."

"그것은! 음……."

발렌은 반론을 펼치려다가 입을 다물었다.

생각해 보니 레오의 말이 맞을지도 모른다는 느낌이 들었다. 이번에도 그랬다. 두 왕국이 기습적으로 협공을 해서 왕국이 위기에 빠지지 않았던가?

결국 흑사자를 손에 넣은 왕국은 모든 왕국의 위에 서서 군림하든가, 아니면 흑사자의 이름과 명성에 짓눌려 망해가게 될 것이다.

"주군의 말씀은 알겠습니다."

발렌은 무겁게 말을 이었다. 주먹을 강하게 쥔 손이 경련을 일으키고 있었지만 그걸 느낄 여유는 없었다.

안타까움이 느껴졌다. 타카 2세와 주군이라면 틀림없이 대륙 전체에 슈란 왕국의 힘을 알릴 수 있었을 것이다!

그리고 한편으로는 감동을 느꼈다. 한 사람의 존재가 왕국을 살리고 죽일 수 있다니, 흑사자가 있는 것만으로 슈란 왕국이 망하게 된다니.

다른 기사들은 발렌처럼 생각이 미치지 못했는지 여전히 의아함을 감추지 못하는 얼굴이었다. 단지 기사단장인 발렌이 납득하자 복잡한 사정이 있구나 하고 억지로 이해할 뿐이었다.

니야아아옹!

네로가 주변 분위기가 너무 무거워 잠이 깬 것을 항의했다. 한 번 길게 울더니 벌떡 일어나 레오의 품에서 뛰어내렸다. 그리고는 한쪽에 놓여 있는 자신의 간식인 말린 과일을 물어 들고는 다시 레오에게 돌아왔다.

레오는 손을 들어 네로를 쓰다듬고는 말했다.

"모든 것은 삼 일 후에 결정한다. 아직 킬번에게도 정보를 얻지 못했으니 함부로 속단하는 것은 이르다."

"알겠습니다."

레오가 일어나자 네로는 다시 땅으로 뛰어내려 레오의 뒤를 따랐다. 기사들은 불안한 얼굴로 그의 뒷모습을 보고 있을 뿐이었다. 대륙 최강자를 주군으로 모실 수 있는 시간은 이제 얼마 남지 않았는지도 모른다. 결코 평온한 생활은 아니었지만 그래도 그들은 레오의 밑에 있는 것을 원했다.

탁.

레오가 자신의 방으로 들어갔다. 이제 내일 정오가 지나야 그를 다시 볼 수 있다.

발렌은 기사들을 향해 말했다.

"일단 앞으로 일어날 수 있는 모든 일을 논의해 놓는 것이 좋겠소. 그리고 신중하게 그 대책을 간구하는 것이오. 다행히 시간이 아주 없는 것은 아니니, 조금이라도 좋은 결론을 내도록 노력해 봅시다."

"발렌 경께서는 영주님께서 떠난 다음의 일을 상의하자는 것입니까? 그럴 수 있습니까?"

라이안이 물었다. 그는 만약 레오가 또 떠난다면 차라리 레오의 앞에서 자결을 하는 것이 낫다고 생각하였다.

발렌은 라이안을 보았다. 슬픈 눈이다. 왕이 자신의 왕국을 잃는 것, 영주가 영지를 잃는 것, 그리고 기사가 주군을 잃는 것은 그야말로 최악의 수치이다.

가슴 한쪽이 아려왔다. 기사들 중 일부는 레오에게 배신감과 비슷한 감정을 느낄 것이 틀림없다. 버림을 받는 자는 언제나 괴롭다.

격분한 기사들을 달래는 것이 나의 역할이었던가? 그렇게 속으로 생각하며 쓴웃음을 지었다. 하지만 누군가는 해야 한다.

발렌은 한숨을 쉬고는 부드러운 말로 라이안에게 말했다.

"라이안 경, 모든 것을 포기할 필요는 없네. 절대로 영주님은 우리를 버리고 떠날 수 없지. 내 검을 걸고 약속할 수 있네!"

"아!"

강력한 선언이다. 기사가 검을 거는 것은 목숨을 거는 것보다 우위에 있다.

라이안은, 아니, 다른 기사들 모두가 기쁨의 탄성을 발하며 발렌을 보았다. 절대로 떠나지 않는다! 발렌이 그렇게 확신하는 이유가 있을 것이다.

발렌은 기사들을 보며 차분한 목소리로 말했다. 평소와 다름없는 신뢰가 가는 음성이었다.

"단지 일시적으로 영주의 직위를 로엔 공자에게 맡기고 또 하나의 신분으로 바뀔 수는 있겠지. 마침 이 자리에 있는 자들은 모두 알고 있겠지만, 영주님이 지난 전쟁에서 새로 안배하신 것은 결코 작지 않네."

"그렇군요. 그럼 만약의 경우 영주님은 잠시 그쪽으로 신분을 옮기

시면 되는 거군요!"

휴케바인이 크게 감탄한 듯 손뼉을 탁 치며 말했다.

발도어 왕국의 수도를 털어서 나온 천문학적인 재물, 레오는 그 재물의 대부분을 킬번에게 주며 병력을 모으라고 하지 않았던가?

용병단, 그것도 철저하게 무장된 숙련 용병단을 몇 개는 굴릴 수 있다. 장기적으로 운영하는 것도 아니고 오 년 만에 그 자금을 모두 써버릴 생각으로 퍼붓는다면, 몇 명의 병사를 동원할 수 있을지는 상상하기 힘들다.

일개 상인인 킬번에게 그런 힘이 있을까? 사람들은 그렇게 의심하겠지만, 휴케바인은 그가 수도의 도둑 길드장이라는 것을 알고 있었다. 그리고 흑사자인 주군에게는 전 대륙의 도둑 길드가 복종한다는 것도 안다.

휴케바인은 자못 기대된다는 듯 흥분한 목소리로 말했다.

"저는 체질적으로 기사보다는 용병이 좋습니다. 애들을 한 천 명 정도 데리고, 가자! 하고 외치며 돌격하는 게 어릴 적 꿈이었다니까요!"

그는 평민 출신이고 아버지는 원래 용병이었다. 기사는 어릴 때 꿈에 한 번도 없었다. 운명이 꼬여 이렇게 기사가 되기는 했지만, 이제 다시 원래대로 돌아가는 것이 아닌가 하는 생각에 가슴이 뛰었다.

발렌은 딱하다는 듯 휴케바인을 보며 고개를 저었다.

"자네가 따라다니면 영주님이 신분을 감추는 보람이 없어지지. 라이안 경이라면 몰라도 자네는 그냥 영지에 남아 기사를 하게."

"아니, 그게 무슨 소리입니까?"

"자넨 너무 눈에 띄어. 신분을 절대로 감출 수 없네."

"제가 어때서요? 용병계에 가면 이 정도 체격은 흔하단 말입니다!"

210cm의 거구가 억울하다는 듯 항의를 하자 긴장했던 다른 기사들이 쿡쿡거리기 시작했다.

발렌 경은 휴케바인의 등을 툭툭 두드리며 마음을 비우고 같이 영지에 남아 다른 신입 기사들을 교육시키자고 제안했다. 휴케바인은 슬픈 표정으로 고개를 숙이고 입을 다물 뿐이었다. 이 거인 기사는 정말로 상처받은 모양이다.

발렌은 주의를 환기시키려는 듯 다시 정색을 하고 말했다.

"중요한 것은 우리가 영주님께 충성을 맹세했다는 것이네. 영주님이 어떤 신분이 되더라도, 어느 곳에 계시더라도 우리는 그분의 수하로 남아야 하네."

그의 엄숙한 말은 마치 최면술사의 음성처럼 사람들의 가슴속으로 파고들었다. 이 트루 나이트(True Knghit) 발렌은 그들에게 있어서 또 하나의 정신적인 기둥이라고 할 수 있었다.

"물론입니다. 기사가 스스로 섬긴 주군이니, 이미 기사의 생명은 주군의 소유입니다."

라이안이 한쪽 무릎을 꿇으며 자신의 검을 뽑아 두 손으로 잡고 말했다. 다른 기사들도 그를 따라 모두 둥글게 원을 그리고 검을 뽑아 한군데로 모았다.

"그분에게 작위가 없더라도, 영지가 없더라도 레오 영주님은 우리의 주군입니다. 우리의 주군은 흑사자뿐입니다."

기사들은 마음을 굳히고 또다시 충성 서약을 했다. 충성의 대상인 레오는 자리에 없는 이번 서약은 그들 자신에게 하는 것이었다.

마법사 유스는 그런 기사들을 보며 비록 자신은 기사가 아니지만 영원히 레오의 마법사로 남겠다고 마음속으로 마법을 걸고 맹세했다.

숙소의 거실은 어느덧 사람들의 경건한 맹세의 열기로 가득 차 그들에게 평생 잊혀지지 않는 장소가 되었다.

새벽이다. 약속한 시간이고 이제 움직여야 한다.

툭, 툭.

네로는 앞발을 들어 레오의 얼굴을 몇 번 건드렸다.

물론 레오는 일어날 생각을 안 한다.

네로는 잠시 고민하다 발톱을 세웠다.

야옹!

이를 악물고 레오의 얼굴을 할퀴기 위해 전력으로 앞발을 휘둘렀다. 혹시라도 성공할 경우를 대비해 발톱에 최대한 힘을 주었다.

휘익, 탁.

"네로."

역시 결과는 예측한 대로이다.

레오가 어느새 손으로 네로의 앞발을 잡고 나지막한 목소리로 네로의 이름을 불렀다. 네로는 레오의 손이 어떻게 움직이는지도 느끼지 못했다.

쭈뼛!

등의 털을 곤두세우게 만드는 눈빛, 그야말로 성난 맹수의 눈빛이다. 그녀는 최대한 억울하다는 표정을 지으며 길게 울며 레오의 뺨에 몸을 부벼댔다.

냐아아앙(네가 깨우랬잖아)!

물론 레오가 고양이의 말을 알아들을 리가 없다. 단지 억울하다는 눈빛과 목소리가 전해졌을 따름이다. 어느 정도 정신이 든 레오는 어젯밤 잠들기 전에 네로에게 깨우라고 말한 것을 기억해 내었다.

휙.

덮고 있던 모포를 걷어 젖히고 힘있게 일어난 레오는 몸을 이리저리 몇 번 움직이더니 속옷과 바지를 입었다.

네로가 보고 있다는 것은 전혀 신경 쓰지 않았다.

'이놈은 불능이 아니야. 정말 여자에게 아예 관심이 없는 걸까?'

네로는 침대에 앉아 레오가 옷을 입는 모습을 유심히 살펴보며 그렇게 생각했다.

'설마? 아니면… 어쩌면 그런 건가? 어멋, 내가 무슨 상상을 하는 거지?'

여러 가지 경우를 모두 상정하고 상상하다 보니 마치 자신이 이상해지는 것 같았다. 그녀는 고개를 휙휙 저어 일단 머리 속에 떠오른 불결한 생각을 털어버렸다.

"가자."

어느새 옷을 다 입고 갑옷까지 걸친 레오는 전신을 두르는 검은 망토와 얼굴을 거의 덮는 검은 모자를 썼다.

'투구가 모자로도 변하네. 정말 저놈의 갑옷은 뭐지?'

네로는 레오의 어깨에 날렵하게 올라앉으면서 고개를 들어 모자를 보았다.

갑옷과 투구, 그리고 망토까지 한 세트인 이것은 정말 살아 있다고밖에 생각할 수 없다. 보통의 에고 아이템이 가지는 한계를 확실하게 벗어나 있었다.

하지만 네로가 아무리 궁리해도 레오의 갑옷에 대한 단서는 찾을 수 없었다. 심지어는 레오가 왜 이렇게 강한지조차 규명할 수 없었다.

‘천천히 생각하지 뭐.’

그녀는 레오가 움직이자 떨어지지 않게 그의 목에 매달리며 잡념을 지웠다.

휘익.

레오는 창문을 타고 건물 밖으로 나갔다. 수하들 몰래 가기로 한 이상 정문으로 나갈 수는 없다.

날이 밝기 전, 별빛마저 빛을 잃은 하늘은 어슴푸레하게 빛나고 있었다. 레오는 수도의 거리로 나와 달리기 시작했다. 그의 움직임은 검은 돌풍처럼 빨랐다.

스스스슥—

바람의 틈을 파고들어 달리는 것처럼 미약한 파공음이 발생했다. 하지만 갑옷이 부딪치는 소음은 거의 없었다. 평범한 금속의 전신 갑옷이라면 절그럭거리는 소리가 요란하게 울렸을 것이다.

“저곳이군.”

야옹.

그가 간 곳은 바로크 백작의 저택이다. 바로크 백작은 요즘 대부분의 시간을 정신을 잃은 타카 2세의 곁에서 지낸다고 했다. 하지만 이삼 일에 한 번씩 자신의 집에 들러 옷을 갈아입는다. 그때의 시기는 주로 새벽, 날이 완전히 밝기 바로 전의 시간이다.

왜냐하면 그때가 바로 왕궁이 가장 한가한 시간이라 다른 근위 기사들이 그 누구도 왕의 침실로 들어가지 못하도록 지키기 편하기 때문이다.

레오는 바로크 백작의 저택에 도착하자 기척을 죽이고 그가 도착하기를 기다렸다. 오늘일 것이라고 했다. 만약 오늘 그를 만나지 못하면 내일 다시 와야 한다.

'두 번이나 새벽잠을 설치기는 싫은데…….'

레오는 속으로 그렇게 중얼거리며 손을 들어 네로의 머리를 쓰다듬었다. 잠결에 그녀에게 살기를 내뿜은 것이 약간 미안한 느낌도 들었다. 물론 굳이 입으로 표현할 생각은 들지 않았다.

다각다각.

왔다. 바로크 백작이 탄 마차가 틀림없을 것이다.

레오는 기척을 완전히 죽인 채 마치 먹이를 노리는 맹수처럼 움직여 백작가의 담을 넘었다.

그리고는 멀리서 마차를 확인하며 따라갔다.

집 안에 있는 경비원들과 몇 가지 마법 함정들은 레오에게는 전혀 통하지 않는다.

레오는 땅을 밟지도 않고 한 번에 십여 미터씩 도약하여 나무 위로 움직였다. 신기하게도 가느다란 나뭇가지가 레오의 몸을 지탱하며 부러지기는커녕 거의 흔들리지도 않았다.

탁, 휘이익—

레오는 숨을 들이쉬고 가지를 박차 저택의 위층 창문 쪽으로 뛰었다. 새벽 하늘을 나는 검은 새와 같은 모습이었다.

단번에 20미터를 넘게 도약해서 그런지 나뭇가지에 매달려 있던 이파리 하나가 떨어졌다. 하지만 그걸로 레오의 존재를 눈치챌 사람은 없었다. 백작은 이미 저택 안으로 들어갔다.

팍—

레오는 자신의 왼손 손가락을 새의 발처럼 세우고 그대로 벽에 박아넣었다. 대리석으로 된 돌에 손가락이 파고들어 구멍이 뚫렸다. 그리고 그것에 의지하여 한쪽 발로 벽을 집고 매달렸다.

그릉그릉.

네로는 그걸 보고 숨을 가쁘게 몰아쉬었다. 목에 걸린 털들이 울려 기묘한 소리를 내었다.

'기공을 사용한 게 아니야! 무슨 인간이 그냥 힘으로 돌 벽에 손가락을 박아 넣는 거지?

생각해 보니 지금까지 저택 안으로 들어와서 나뭇가지 위를 뛰어다니면서도 기를 운용한 기색은 느껴지지 않았다. 어깨에 매달려 있어 몸속의 기의 흐름까지 느낄 수 있는데, 그의 몸에서는 기를 발산하고 있지 않았다.

다시 말해 레오는 자신의 근력으로 20미터를 뛰어넘은 것이다.

그때서야 네로는 왜 레오에게는 마법 함정이나 경비원들이 전혀 소용이 없는지 알 수 있었다.

기를 완전히 몸속에 가두고 있다! 마나의 흐름 사이를 움직인다!

그녀의 경우, 과거 현자의 탑의 고위 마법사들의 경계 마법에 걸리지 않기 위해 스스로 몸속의 마나를 모두 해제하였다. 일단 8서클 마법사가 된 이후 마법을 포기한 것이다.

그럼으로 인해 그 어떤 마법 탐지에도 그녀가 마법사라는 것이 나타나지 않게 되었다.

마법에 대한 깨달음은 극에 달했지만, 그 몸은 평범한 하프 엘프라 할 수 있다. 모든 마법은 마법진을 이용해 만든 스크롤이나 마법 아이템으로만 사용한다.

세상의 모든 사람들이 모르는 그녀만의 비밀이고, 최고의 무기이기도 하다.

감지가 안 되는 마법사이자 독에 관해서도 일인자이다. 최상급의 암살 기술을 지닌 궁극의 암살자가 바로 그녀의 정체인 것이다.

그런데 이 레오라는 자는 스스로의 의지로 모든 마나를 숨긴다.

'이자는 그랜드 마스터야!'

네로는 속으로 비명을 질렀다.

팍!

레오의 손이 창문의 바깥쪽을 두드리자 안쪽에 걸려 있던 자물쇠가 작은 소리를 내며 파괴되었다. 창문에는 조금도 손상이 가지 않았다.

레오는 창문을 열고 서슴없이 안으로 들어갔다. 그리고는 안에 잠들어 있는 하녀가 깨어나기 전에 가볍게 머리 옆쪽을 손가락으로 누르며 마나를 주입했다. 이렇게 하면 잠든 채 기절해서 몇 시간 동안은 절대 깨어나지 않는다.

그리고는 문을 살짝 열고 바깥쪽의 움직임을 살폈다.

"별일은 없었나?"

"예, 하인들에게는 바깥 출입을 금지시켰습니다."

"그렇군."

아래층에서 바로크 백작이 집사와 이야기하는 소리가 들려왔다. 그리고는 그가 곧 층계를 걸어 올라오는 것이 느껴졌다.

레오는 살짝 기를 발산했다. 부드러운 기, 그러면서도 거역하기 어려운 힘을 지닌 무거운 기였다.

"으음?"

바로크 백작은 우뚝 걸음을 멈췄다. 뒤에 따라오던 집사는 의아한 얼굴로 같이 멈춰 서서 그를 보았다.

바로크 백작은 극도로 긴장한 채 잠시 무엇인가를 생각하다가 걱정 스러운 얼굴로 자신을 바라보는 집사에게 말했다.

"아무것도 아니네. 잠시 생각난 것이 있었을 뿐이야. 이만 쉬도록 하게. 난 옷을 갈아입고 급한 서류만 처리한 후 왕궁으로 돌아가도록 하겠네."

"알겠습니다. 그럼 일이 끝나신 후 부르십시오."

노회한 집사는 정중하게 인사를 하고는 층계를 내려갔다. 무엇인가 이상했지만 주인이 명을 한 이상 의심을 접고 따르는 것이 집사로서의 행동이라고 생각했다.

바로크 백작은 그런 집사의 등을 보다가 천천히 3층으로 올라갔다. 그리고는 하녀들의 숙소로 사용되는 방 중 하나의 문을 열고 들어갔다. 레오가 있는 방이었다.

"역시 그대였군. 익숙한 기였기에 바로 알 수 있었소."

의외의 방문임에도 불구하고 바로크 백작의 말에서는 어쩐지 반기 는 느낌마저 전해지고 있었다.

"기억하고 있어서 다행이오."

레오는 무뚝뚝하게 말했지만 내심 다행이라고 생각하였다. 바로크 가 바로 알아챈 덕분에 번거로운 일이 생기지 않았으니 말이다.

'훗, 절대로 잊을 수 없는 느낌이었소. 그날의 대전사 결투는 내 평 생 가장 강렬한 자극이었다오.'

바로크 백작은 이렇게 생각하면서도 짐짓 담담한 어조로 직설적인 질문을 던졌다.

"무슨 일로 이렇게 비밀리에 본인을 찾아오셨소?"

"폐하를 뵙고 싶소. 왕궁의 지리와 폐하가 계신 곳의 위치를 알려주시오.”

“폐하의 위치를?”

상대의 의도는 아주 명확하다. 바로크 백작은 침을 꿀꺽 하고 삼키며 레오의 눈을 똑바로 바라보았다.

자신감, 당연함, 그런 감정이 느껴진다. 비장감은커녕 최소한의 긴장감 같은 것도 찾아볼 수 없다.

‘허, 참! 왕궁에 몰래 잠입하겠다고 말하는 자의 얼굴이 이렇게 평온하다니……’

바로크 백작은 피식 웃고는 곧바로 표정을 바꾸어 냉랭한 어조로 말했다.

“그대는 나보고 반역 행위를 하라고 하는군.”

“……”

반역이라는 말이 나왔음에도 레오의 태도에는 전혀 변화가 없었다. 그는 묵묵히 바로크 백작의 얼굴만 주시하고 있었다.

“폐하의 위치는 말할 수 없소. 그대가 이곳에 온 것은 비밀로 해줄 테니 이만 돌아가 주시오.”

바로크 백작은 짐짓 완곡한 거절의 말을 하고는 사족처럼 덧붙였다.

“경과하고 싶은 이야기도 있지만, 지금은 시간이 없소. 난 두 시간 후에 폐하에게 돌아가야 하오.”

레오는 그의 말에 두 눈을 빛냈다. 어깨에 매달려 있던 고양이도 마치 그 말을 알아들은 듯 일순 눈에 광채를 더했다.

‘아예 초대를 해라. 꽉 막힌 줄 알았더니 제법이잖아?’

네로는 새삼스럽게 바로크 백작을 살피듯 바라보다가 시선이 마주치자 태평하게 입을 크게 벌리고 하품을 했다.

"알겠소. 그럼 나중에 봅시다."

레오는 그렇게 말하고는 그대로 창문 밖으로 몸을 날려 나뭇가지를 밟으며 저택 밖으로 사라졌다.

'허! 과연 대단하군. 그야말로 사람인지 새인지 구별할 수 없을 정도니!'

창밖으로 사라지는 레오의 뒷모습을 본 바로크 백작은 자신도 모르게 입을 벌리고 감탄했다. 검은 그림자로 화한 레오는 순식간에 그의 시야에서 사라져 버렸다.

바로크 백작은 조용히 방 밖으로 나갔다. 그리고 아무 일도 없었던 것처럼 계단을 올라가 4층에 있는 자신의 방으로 갔다.

냥, 야아아앙.

네로는 몸을 비틀며 레오의 양쪽 어깨를 오가며 뒹굴었다. 심심한 모양이다. 하지만 레오는 조금도 움직이지 않은 채 바로크 백작가를 노려보았다.

이윽고 마차가 나왔다. 바로크 백작이 탄 마차이다.

휘익, 파파파팍—

레오는 달리기 시작했다. 그는 지붕 위를 소리없이 뛰어 날았다.

엄중한 경계가 펼쳐져 있는 왕궁 안쪽에 잠입하는 것은 매우 어려운 일이다. 하물며 마스터 급의 실력자를 암중에 미행하여 들어가는 것은 거의 불가능하다고 할 수 있다.

물론 이 불가능을 가능으로 바꾸는 것이 레오에게는 그리 어려운 일이 아니었다.

'적어도 바로크 백작의 감각을 피할 필요까지는 없으니 더욱 수월한

셈이지.'

　레오는 그렇게 생각하며 가볍게 미소를 지었다.

　날이 밝아서 사람들이 바쁘게 움직이기 시작했지만 아무도 레오를 발견하지 못했다.

　두 시간 후 레오는 그의 주군인 타카 2세가 있는 침실을 확인할 수 있었다.

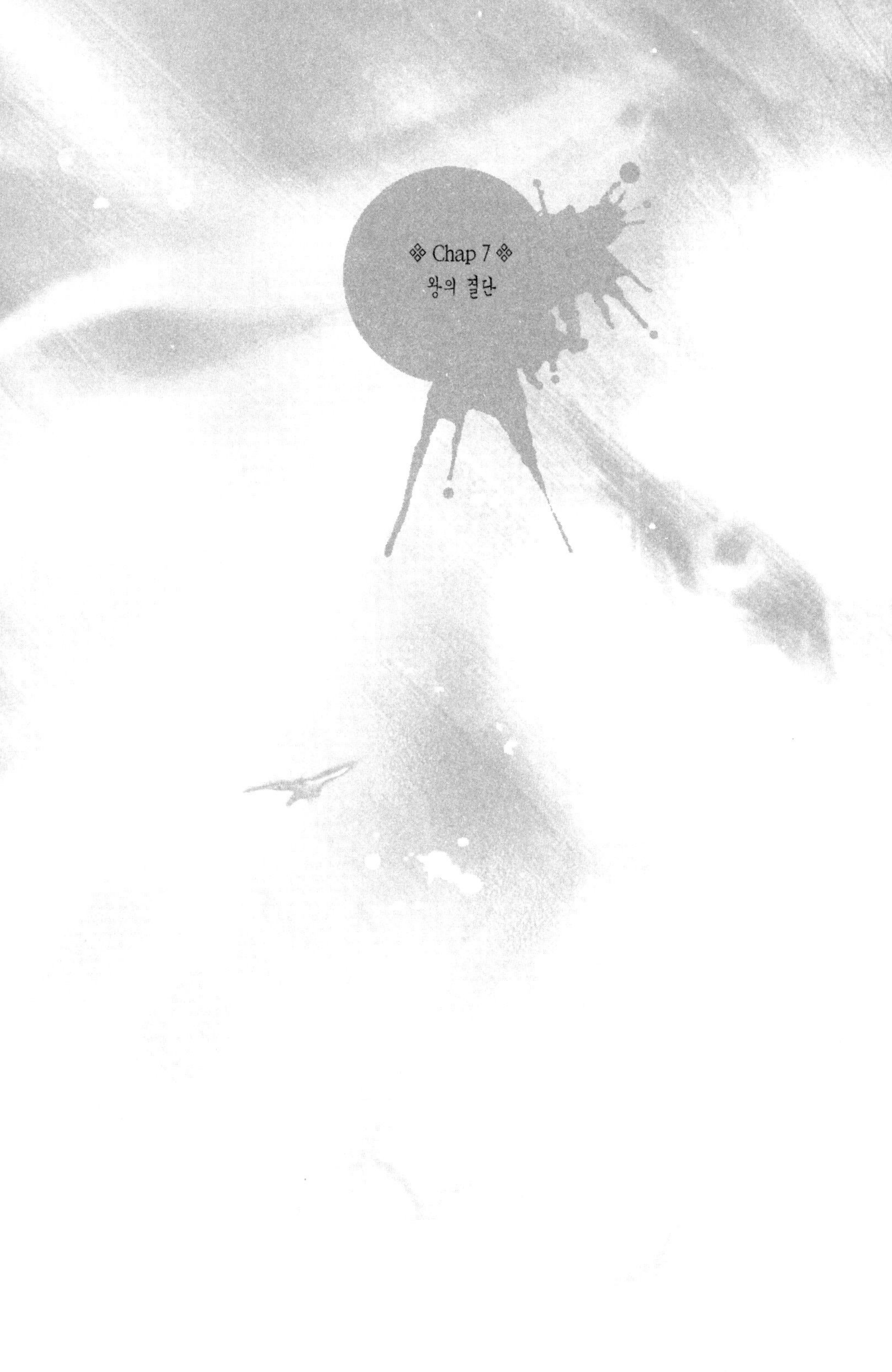
❖ Chap 7 ❖
왕의 결단

바로크 백작이 들어간 침실 입구에는 근위 기사 둘이 경계를 서고 있었다. 레오는 일단 그 옆방으로 숨어들어 갔다. 침실에 직접 들어가려면 아무래도 근위 기사에게 손을 대야 하는데, 아직은 그럴 시기가 아니라고 판단했다.

왕의 신변을 보호하기 위함인지 옆 침실은 비어 있었다. 방 안을 둘러본 레오는 곧바로 옆방과 이어지는 벽에 손가락을 가져가 구멍을 냈다. 두꺼운 벽이 소리도 없이 파여 레오는 그 안에서 들려오는 목소리를 들을 수 있었다.

"폐하께서는?"

바로크 백작의 목소리.

"깨어나지 않으셨습니다."

늙은 노인의 목소리가 대답했다. 아마 왕궁의 의사이거나 신관일 수도 있다.

그 외에 말은 안 하지만 네 명의 인기척이 더 느껴졌다.

'한 명은 여자군. 시녀인가? 다른 셋은 근위 기사들인 것 같군.'

레오는 잠시 기다렸다. 호위 책임자라고 할 수 있는 바로크 백작이 돌아왔으니 교대가 이루어질지도 모른다.

아니나 다를까, 노인은 바로크 백작에게 말했다.

"그럼 저는 시만 경이 오는 대로 돌아가서 쉬겠습니다."

"그러도록 하시오. 오늘도 폐하를 돌보느라 수고하셨소."

의사가 교대하는 모양이다. 하루종일 혼자서 붙어 있을 수는 없으니 최소 세 명은 필요하다.

레오는 준비를 하고 교대할 인력이 오기를 기다렸다. 과연 복도 끝에서부터 한 노인이 걸어오는 것이 느껴졌다.

"시만 경, 어서 들어가시지요."

침실 앞을 경비하는 두 명의 근위 기사는 그에게 예를 취하며 문을 열어주었다.

그 순간, 레오는 문을 열고 바람처럼 옆방인 왕의 침실로 뛰었다.

파파팍—

그가 휘두른 손에서 무음, 무형의 오러탄이 나가 그들의 급소를 공격했다. 그들이 반응할 수 있을 리가 없다.

레오가 방문에 도착하기도 전에 근위 기사들과 시만 경은 정신을 잃었다.

처척, 쿵!

레오는 쓰러지려는 그들을 붙잡으며 문 안으로 들어갔다. 그리고는 바로 안에서 문을 닫았다.

"누구냐?"

근위 기사들은 기겁해서 외치며 경계 태세를 취했다. 그리고 그중 한 명이 몸을 날려 침대 옆에 있는 비상종을 치려 했다.

휘익, 턱!

"헛! 어느새?"

비상종의 줄을 잡으려던 손은 어느새 레오에게 잡혀 있었다. 그는 레오가 어떻게 몸을 움직여 일순간에 문 앞에서 방 반대편에 있는 침대의 머리 쪽으로 왔는지 보지도 못했다.

"소란 피울 것 없다. 폐하를 뵈러 왔을 뿐이다."

레오는 나지막한 목소리로 말했다. 전혀 서두르거나 강하지 않은 목소리, 그러나 그 목소리를 들은 근위 기사는 자신도 모르게 검을 잡아 뽑으려던 손에 힘을 뺐다.

"과연 레오 경다운 움직임이오."

바로크 백작은 감탄했다. 손을 저어 근위병들에게 신호를 보냈다.

저런 빠르기라면 근위 기사들로서는 별 반응도 못해보고 당할 것이 뻔했다. 적어도 미리 검을 뽑아 들고 집중해서 상대해야 겨우 일격이나 이격을 막을 수 있을 것이다.

침실은 상당히 화려하고 넓었다.

벽은 모두 하얀 대리석으로 되어 있고, 바닥에는 초록색의 카펫이 깔려 있었다. 사방의 모서리 부분에는 구체를 든 천사의 동상이 세워져 있었는데, 그 구체에서는 마법의 빛이 흘러나와 방을 밝혔다.

창은 없다. 단지 통풍을 위한 작은 구멍들이 천장 구석구석에 뚫려 있을 뿐이다.

그 구멍에는 마법의 감지 장치가 설치되어 있어 무엇인가 인체에 해로운 기체가 안으로 스며들어 오는 것을 막아준다.

방 안을 한 바퀴 둘러본 레오는 별다른 문제가 없다는 것을 확인했다.

"폐하를 깨우겠소."

마치 단순히 잠들어 있는 사람을 깨우겠다는 듯 담담한 어조였다. 하나 그 말이 가져온 여파는 상당했다. 바로크 백작 또한 놀란 감정을 숨기지 않았다.

"그건 불가능합니다. 모든 방법을 총동원해 봤지만, 지금으로서는 저렇게 숨을 쉬시는 것도 유지하기 힘듭니다."

의사로 보이는 노인은 말도 안 된다는 듯 고개를 설레설레 저으며 떼를 쓰는 아이를 설득하듯이 설명했다.

레오는 그쪽은 보지도 않고 바로크 백작 쪽에 무언의 시선을 던졌다.

이제 근위 기사들은 완전히 전투 태세를 풀었다.

상대는 흑사자, 자신들이 감당할 수 없다는 것을 깨달았다. 그래도 바로크 백작이 있으니 만약의 사태에 대비할 수 있을 것이다.

"좋소. 일단 폐하께서 깨어나시면 그대의 무례를 용서할지 결정하실 수 있겠지."

바로크 백작도 순순히 허락하며 마음대로 하라는 의사 표시를 했다. 일단 중요한 것은 타카 2세가 정신을 차리는 것이고, 레오가 그것이 가능하다고 하니 말릴 이유가 없다.

바로크 백작은 침착한 표정으로 근위 기사 중 두 명에게 명했다.

"경들은 쓰러진 자들을 대신해서 침실 밖을 경호하게."

“알겠습니다.”

쿵.

문이 닫히고 이제 방 안에는 레오 이외에 깨어 있는 사람이 넷이었다. 남은 근위 기사 한 명과 시녀, 그리고 의사인 보드겔 자작은 긴장한 얼굴로 레오를 지켜볼 뿐이었다.

“그럼.”

레오는 시작하겠다는 듯 고개를 끄덕이더니 갑자기 침대가 아닌 벽쪽으로 몸을 돌렸다. 마치 일부러 보지 않으려는 것처럼 타카 2세가 누워 있는 쪽을 등지고 섰다.

“레오 경.”

바로크 백작은 이 엉뚱한 행동에 무의식적으로 소리 내어 레오를 불렀다. 다른 사람들도 의아한 표정을 드러내며 레오의 등을 주시했다.

다음 순간 레오의 어깨에 메달려 있던 검은 고양이가 훌쩍 뛰어 가볍게 바닥에 내려섰다. 검은 옷에 가려 거의 보이지 않던 고양이는 꼬리를 꼿꼿하게 세우더니 살짝 흔들었다.

스스스슥—

“아!”

별안간 나타난 고양이의 모습이 점점 커지더니 어느새 한 명의 여인으로 변하자 숨죽인 경탄성이 누군가의 입에서 터져 나왔다.

마법사 모자를 깊게 눌러써서 얼굴을 알아볼 수 없는 여성. 검은 드레스에 녹색의 머리카락을 길게 늘어뜨린 그녀는 여성스러운 굴곡이 무척 매력적인 몸매를 가지고 있었다.

흑사자는 혼자 온 것이 아니었던가? 바로크 백작은 침을 꿀꺽 삼키며 고양이에서 갑자기 사람이 된 이 여마법사를 보았다.

변신을 푼 티모라는 레오의 등을 한 번 돌아보았다.

'기가 막혀! 이런 상황에도 날 보지 않겠다 그거지?

실망과 동시에 알 수 없는 원망스러운 감정까지 생겨났다. 정말로 고양이의 모습으로만 그의 앞에서 존재해야 하는 것일까?

갑작스럽게 나타난 여성은 잠시 레오 쪽을 보는가 싶더니 곧바로 왕이 누워 있는 침대 쪽으로 고개를 돌렸다. 침대 바로 앞까지 다가간 그녀는 품 안에서 무언가를 꺼냈다. 그것은 주먹만한 구슬이었고, 곧바로 타카 2세의 배 위에 올려졌다.

우우우웅―

구슬이 마치 살아 있는 것처럼 빛을 발하기 시작했다. 광체 안에서 움직이는 무엇인가가 보였다. 문양, 그것은 여러 가지 색으로 나타나는 몇 개의 문양이었다. 구슬 안의 형이상학적인 문양은 시간이 흐름에 따라 일정한 움직임을 보였다.

이 신기한 모습에 바로크 백작을 비롯한 사람들은 무의식 중에 기대하는 눈빛으로 티모라를 주시했다. 한동안 이어진 숨죽인 적막을 깨뜨린 것은 다름 아닌 구슬의 주인이었다.

"아!"

티모라는 가볍게 한탄을 하며 길게 한숨을 내쉬었다.

"어렵겠소?"

바로크 백작은 긴장된 얼굴로 물었다. 기대감과 초조함이 그의 얼굴에 나타나 있었다.

바로크 백작은 마법사가 아니기에 그녀가 무엇을 하는지 알 수가 없었다. 하지만 그 모습이 심상치 않은 것이, 보통 능력을 가진 마법사는 아니라고 생각되었다.

어쩌면 폐하를 고칠 수 있을지 모른다는 희망이 생기자 평정심이 깨질 정도로 조바심이 생겼다.

자신을 향한 기대 어린 눈빛과 마주친 티모라는 고개를 저었다. 순간적으로 안타까운 감정이 그녀의 눈에 나타났다가 바로 사라졌다. 그녀는 말없이 타카 2세가 덮고 있던 모포를 들쳐 냈다.

팍.

"으음!"

근위 기사는 타카 2세의 모습에 자신도 모르게 신음성을 내었다. 바로크 백작과 의사인 보드겔 자작, 그리고 간호하는 하녀는 이미 타카 2세의 몸 상태를 알고 있었기에 상관없지만 근위 기사는 처음 보았다.

미이라, 타카 2세의 팔과 다리는 거의 미이라처럼 완벽하게 말라붙어 있었다. 얼굴과 몸은 그나마 괜찮은 상태였지만 이미 팔과 다리는 점점 몸통 쪽으로 파고들 듯 퍼지고 있는 것 같았다.

부욱.

티모라는 거칠게 타카 2세가 입고 있는 상의를 찢어 그의 가슴을 확인했다. 왕의 가슴에는 신성 마법진이 새겨져 있었는데, 그 중앙에 위치한 문양이 지워져 있었다.

"아니? 폐하의 몸에 마법진이!"

신성 마법진은 한 번도 본 적이 없는 것이다. 그런데 왜 갑자기 생겨났을까? 의사와 바로크 백작은 크게 놀랐다.

"이분은 이미 수십 년 전부터 지속적으로 독을 먹고 저주를 받았습니다. 몸의 생기를 없애고 살아 있는 채 미이라가 되는 악독한 흑마법의 저주이지요."

"뭐라고?"

믿을 수 없는 일이다. 어떻게 수십 년 동안 그런 악독한 저주에 당하면서 본인이 느낄 수 없었단 말인가?

티모라는 바로크 백작을 보았다. 티모라의 눈을 마주 본 바로크 백작의 몸이 굳었다.

진실이다. 말을 하지도 않았는데, 그녀의 감정이 바로크 백작의 가슴속으로 흘러들어 왔다.

티모라는 엘프인 어머니로부터 물려받은 특유의 맑은 목소리로 설명을 계속했다.

"단지 지금 저의 마법으로 모습을 드러낸 이 신성 마법진에 의해 생긴 생기의 고갈과 고통을 막고 있을 뿐입니다. 이렇게 되면 안쪽부터 서서히 말라 들어가게 되는데, 겉으로는 아무 이상이 없어 그저 조금 빨리 늙는 것처럼 보이지요."

"으으, 그런 악독한!"

바로크 백작이 이를 갈며 자신도 모르게 외쳤다. 벽을 향해 서 있던 레오의 등이 살짝 떨렸지만 누구도 그것을 눈치채지 못했다.

"조금이라도 부상을 당하면 그 상처의 회복이 늦어집니다. 이미 신성 마법의 힘이 극도로 발휘된 상태이기 때문에 보통의 치료 마법은 거의 소용이 없지요."

"그래서 폐하의 부상이 회복되지 않은 거였군. 어떻게 그런 신성 마법진이 있을 수가 있지?"

기가 막혔다. 더할 나위 없는 분노에 저도 모르게 이가 갈렸다. 바로크 백작은 이를 악물고 살기 띤 눈을 돌려 의사인 보드겔 자작을 노려보았다.

보드겔 자작은 기겁해서 두 손을 들어 필사적으로 흔들며 자신은 아니라고 부정했다. 사실 그도 이상하다고는 생각했지만 이런 악독한 저주가 있는 줄은 몰랐다.

"일단 이분을 깨우도록 하지요."

티모라는 그렇게 말하고는 자신의 공간 주머니를 열어 안에서 병 하나를 꺼냈다. 투명한 수정 유리 병에 담겨 있는 약물, 그것에 붙어 있는 은색의 표식으로 보아 회복 포션이 틀림없었다.

"회복 포션?"

그녀 스스로 회복 마법이 거의 듣지 않는다고 말했다. 그런데 회복 마법의 힘이 담긴 포션이 무슨 소용이 있을까?

다른 사람들이 이상하게 생각하든 말든 티모라는 그것을 타카 2세의 전신에 골고루 부었다.

주르르륵, 후우우우욱.

포션의 액체는 타카 2세의 살에 닿자마자 마치 뜨겁게 가열된 돌덩이 위에 부어진 것처럼 하얀 증기로 변했다.

그 증기는 공기 중으로 퍼져 사라지지 않고 계속해서 타카 2세의 몸 주변에 머물렀다.

다른 사람들은 미처 모르고 있지만, 이것은 성녀의 힘이 담긴 회복 포션이었다. 성녀는 삼백 년 전에 천신의 의지에 의해 그 존재가 물질계에서 사라졌다. 때문에 성녀가 직접 만든 회복 포션은 전설처럼 소수에게만 알려졌을 뿐이다. 그야말로 웬만한 사람은 그런 게 있는지조차 알지 못한다.

팔다리가 잘려도 다시 자라날 정도의 재생력과 치유력을 가진 것으로, 저주의 힘이라고 해도 쉽게 그것을 막을 수는 없다.

"베라, 칸, 토스, 레오……."

그녀는 펜을 하나 꺼내 주문을 외우며 타카 2세의 가슴 가운데에 새겨진 마법진의 중앙 부분에 다시 뭐라고 룬어를 새기기 시작했다. 그녀가 새기는 것은 일반 마법의 룬어였는데, 신성 마법진에 그것을 새겨 넣는 것이다.

신기하게도 그녀가 룬어를 다 새겨 넣자마자 신성 마법진이 스르륵, 타카 2세의 가슴속으로 빨려들듯 사라졌다.

그 순간 타카 2세 주변의 하얀 증기가 그의 피부 속으로 스며들었다. 말라비틀어진 그의 몸이 부풀어 오르며 약간이나마 살아 있는 사람처럼 변했다.

"됐어요. 이제 곧 깨어날 거예요. 단, 깨어나면 고통도 심해지기 때문에 오래 버틸 수는 없어요. 얼마 안 있어 다시 잠들어야 해요."

말을 마친 티모라는 조용히 걸어서 방 한쪽 구석으로 가 섰다.

티모라가 침대 앞에서 물러나자 내내 등을 돌리고 서 있던 레오가 비로소 몸을 돌렸다. 그는 천천히 침대 앞으로 걸어가 타카 2세가 깨어나는 모습을 지켜보았다.

"으으으."

타카 2세는 지독한 통증을 느끼며 잠에서 깨어났다. 온몸의 단 한 곳도 빠짐없이 아픔만이 느껴졌다.

'내가 살아 있는 것인가?'

그는 고통을 참으며 억지로 눈꺼풀을 들어올렸다.

"폐하!"

누군가 감격에 찬 어조로 자신을 부르고 있었다. 아주 익숙하고 친근한, 목숨을 맡길 만큼 신뢰하는 자의 목소리.

'바로크 백작인가?'

억지로 시선을 돌려보니 침대 옆에 무릎을 꿇고 있는 바로크 백작의 모습이 보였다.

'내가 쓰러진 지 얼마나 되었지? 아! 전쟁, 전쟁은 어떻게 되었지?'

쓰러질 때의 상황이 떠오른 타카 2세는 온 힘을 다해 겨우 입을 열 수 있었다.

"저, 전쟁은?"

쥐어짜듯이 나온 소리지만 그 뜻은 명확하게 전달되었다.

"여기 있는 레오 경의 활약으로 적을 물리칠 수 있었습니다. 지금 왕국은 안전합니다."

순간적으로 안도감이 찾아오며 다시 정신이 흐려지려 했으나 타카 2세는 혼신의 힘을 다해 이성을 유지하려고 애썼다.

'레오 경. 흑사자! 그가 있었지. 이곳에 있다고 했나?'

잘 가누어지지 않는 목을 힘겹게 움직여 보니 군은 표정의 레오가 보였다. 타카 2세와 시선이 마주친 레오는 곧바로 정중히 한쪽 무릎을 꿇고 고개를 숙였다. 왕에게 대하는 신하의 예였다.

타카 2세는 힘겹게 미소 지으며 레오에게 고개를 살짝 끄덕여 보이고는 바로크 백작을 향해 말했다.

"짐은 어떤 상태인가?"

말하는 도중 자신도 모르게 가쁜 숨이 쉬어졌다. 단지 몇 마디를 하는 것조차 전신의 힘을 모아 집중해야 했다.

아무리 생각해 보아도 지금 자신의 상태는 단지 부상이 도진 것이라 생각할 수 없었다. 무엇보다 억지로 참고는 있지만, 차라리 정신을 잃고 싶을 만큼의 통증이 온몸을 휘감아 흔들고 있었다.

"크흑, 폐하께서는……."

바로크 백작은 괴로운 얼굴로 티모라가 설명한 저주에 대해 말했다. 타카 2세는 다시 레오의 뒤에 서 있는 티모라를 보았다.

'여마법사?'

고통 속에서도 타카 2세는 왕으로서 할 일을 잊지 않았다. 그는 아름다운 여마법사를 향해 간신히 미소를 지으며 사의를 표했다.

"마법사여, 그대가 나를 깨웠군. 고맙네."

티모라는 현재 왕이 느끼는 고통에 대해 누구보다 잘 알고 있었다. 왕의 사례를 받은 그녀의 눈에 한순간 이채가 돌았다.

"아니요. 제 할 일을 한 것뿐입니다. 레오 경의 부탁으로 온 것뿐이니 개의치 마십시오, 폐하."

그녀는 드레스 자락을 양손으로 잡고 우아하게 허리를 굽혀 사양의 뜻을 밝혔다. 고개를 든 그녀는 아직도 묻는 듯한 시선이 자신에게서 떠나지 않았음을 깨닫고 상세한 설명을 하기 시작했다.

"폐하께서 갑자기 쓰러지신 것은 흉수가 손을 써서 폐하의 몸을 보호하던 신성 마법진을 파괴했기 때문입니다."

전쟁이 발발한 시점에서 그 일을 행할 수 있다는 것은 그 흉수가 바로 왕의 측근임을 의미한다. 실제로 그 마법진 중앙이 훼손된 사실을 목격한 다른 이들도 온갖 가능성을 떠올리기 시작했다.

"그렇군."

이제 어느 정도 통증에 적응이 된 타카 2세는 평온한 목소리를 내고 있었다. 그렇다고 해서 그가 느끼는 고통이 줄어든 것은 아니다. 단지 그는 엄청난 정신력으로 이 끔찍한 아픔에 나름대로 적응하고 있었다.

왕의 상태를 잘 알고 있는 티모라는 곧바로 핵심을 거론했다.

"그 이전에 독과 저주를 사용하고, 폐하의 몸에 신성 마법진을 그려 넣은 것도 그 흉수일 겁니다.”

티모라의 말이 끝나기 무섭게 타카 2세는 탄식에 가까운 어조로 말했다.

“도대체 누가 나도 모르는 사이에 내 몸에 그런 짓을 할 수 있단 말인가!”

힘은 없지만 분노에 찬 목소리였다.

십여 년 동안 왕이 되어 왕국을 발전시키기 위해 노력해 왔다. 야망을 가지고 그것을 실현시키기 위해 호의호식도 마다하고 전력을 다해 질주한 삶이다. 그런데 자신의 몸에 그 이전부터 저주가 깃들어 있었다니…….

생명을 담보로 한 타카 2세의 분노는 곧바로 방 안에 전염되듯 퍼졌다. 한 나라의 왕으로서 그는 일신을 바쳐 최선을 다했다. 단지 주군과 신하로서가 아닌 객관적인 관점에서 본다고 해도 이 점만은 부인할 수 없었다.

한 시대를 풍미할 만한 인물이 비겁한 술수로 인해 스러져 가고 있었다. 이는 음모에 당한 당사자뿐만 아니라 다른 이들에게도 분노의 감정을 일깨우기에 충분했다.

티모라는 분노와 복수심으로 일그러진 주변 공기를 감지하고 속으로 숨을 삼켰다. 왕의 심정은 이해할 수 있지만 지금은 그럴 때가 아니다.

“그것은 폐하께서 판단하셔야 합니다. 쓰러지기 전에 폐하와 같이 있던 인물일 겁니다.”

담담한 목소리, 냉정하다기보다는 상대의 감정을 삭이기 위해 일부러 감정을 억누르는 듯한 느낌이었다.

티모라의 목소리에는 그 어떤 마성이 있었다. 타카 2세는 분노로 불타던 마음을 진정시키며 기억을 더듬기 시작했다.

'내가 쓰러진 시점에 내 옆에 있던 자. 그전에 내 몸에 마법진을 새길 수 있을 만큼 가까운 자……?!'

모든 조건에 부합하는 자는 단 한 명뿐. 그 얼굴을 떠올린 타카 2세는 몇 차례 세차게 고개를 저으며 부인하려고 애썼으나 소용이 없었다.

억지로 억눌렀던 육신의 고통과 이제 막 깨달은 마음의 고통이 만나 온몸을 휘둘렀다. 타카 2세는 몸과 마음을 사로잡은 고통에 못 이겨 온몸을 부들부들 떨기 시작했다.

불신과 경악의 감정은 생각을 넘어 눈빛과 표정을 통해 드러났다. 마침내 넘치는 감정을 주체하지 못한 그의 입이 열렸다. 물 위에 건져진 물고기처럼 한동안 입만 빠끔거리던 그의 목 깊숙한 곳에서 분노와 슬픔, 엄청난 고통으로 갈라진 음성이 터져 나왔다.

"두카!"

세상에 단 하나뿐인 혈육. 왕위 계승 서열 1위이자 일인지하 만인지상의 존재. 진심으로 아껴 마지않던, 비록 능력은 출중하지 않아도 인덕은 뛰어나다고 속으로 생각하며 뿌듯해하던 핏줄이다.

'설마? 왜?'

스스로 내뱉은 그 이름이 믿어지지 않았다. 아직도 왕은 경악과 불신의 표정을 지우지 못하고 있었다. 믿을 수 없다. 믿고 싶지 않았다.

'하지만…….'

그가 쓰러진 것은 바로 다즈 성의 방에서 동생인 두카와 단둘이 필승을 다짐하는 건배를 나눈 직후였다. 그것이 우연이라고 해도 마법진을 직접 몸에 새길 정도로 가까이 한 사람은 왕비나 후궁들 외에는 동생인 두카 공작이 유일했다.

스스로의 입에서 나온 이름!

그 이름의 소유자가 원흉임을 부인할 수 없다는 것을 깨달은 타카 2세는 육신의 고통을 잊었다. 지금 그를 괴롭히는 것은 존재의 근원인 영혼을 흔드는 아픔이었다.

타카 2세는 핏발이 선 눈을 부릅떴다. 평생을 다져 온 인내심으로 간신히 흐느끼는 것만을 면할 뿐, 그의 눈에서는 눈물이 흘러내리고 있었다.

누구보다 믿었던 동생의 배신! 그로 인한 충격과 슬픔으로 그의 눈물샘은 정신의 제어를 벗어나 물꼬를 터뜨렸다. 일국의 정점에 서서 고통과 죽음 앞에서 담대했던 그조차도 혈육의 배신에는 너무나 무력했다.

무겁게 가라앉은 왕의 침실은 배신당한 형의 슬픔으로 가득 차 있는 듯했다. 그의 슬픔과 충격은 마치 음습한 공기처럼 방 안의 사람들 모두에게 전염되었다.

타카 2세는 충격에서 벗어나기 힘든 듯 좀처럼 감정을 추스르지 못했다. 감정의 격한 흔들림에 몸의 고통이 더욱 심해지는 듯 끊임없이 온몸을 떨고 있었다.

이미 상당한 시간이 흘렀지만 타카 2세의 슬픔은 조금도 줄어들지 않았다. 정신적인 슬픔과 고통은 몸 상태를 악화시켰고, 이는 더욱 정신을 갉아먹는 악순환이 계속되었다. 그것이 정점에 닿는 순간 침묵이 깨졌다.

"큭, 쿨럭, 쿨럭."

타카 2세가 격한 기침과 함께 갑자기 피를 토했다. 피의 색은 아주

선명한 붉은색이었다. 어떻게 보면 분홍색처럼 보일 정도였다.

"폐하!"

"폐하!"

굳어 있던 바로크 백작과 보드겔 자작이 동시에 소리쳤다.

티모라는 그것을 보고 급히 품속에서 회복 포션을 꺼내 타카 2세에게 마시게 했다. 성녀의 회복 포션은 아닐지라도 가장 뛰어난 상급품이었기에 내상의 치료에는 도움이 될 터였다.

"심장의 피가 역류해서 폐에 침입했어요. 얼마 남지 않은 피가 사라지면 즉시 죽습니다. 감정을 가라앉히고 왕으로서의 일을 하세요."

그녀는 부드러운 목소리로, 그러나 잔혹한 내용의 충고를 했다.

바로크 백작이 놀라 말했다.

"폐하를 살려주시오! 그대라면 저주를 풀고 폐하를 정상으로 되돌릴 수 있을 것이오."

그는 느끼고 있었다. 눈앞의 여자가 보통의 존재가 아님을, 어쩌면 이 여자야말로 슈란 왕국을 위기에서 구하기 위해 하늘에서 내려 보낸 천신의 사자일지도 모른다.

바로크 백작은 고개를 돌려 레오를 보았다. 그는 침대로부터 몸을 반쯤 돌리고 서 있었다. 마치 여마법사를 보지 않으려는 것 같았다.

'무엇을 생각하고 있을까? 어쩌면 여마법사에게 부탁을 할 수 있는 사람은 레오 경 이외에는 없을지도 모른다.'

거기까지 생각이 미친 바로크 백작은 절실한 표정으로 레오를 불렀다.

"레오 경!"

"소용없어요."

티모라는 고개를 저었다. 레오가 말을 하기 전에 애기를 해두는 것
이 좋을 거란 생각이 들었다.

"아무리 저라고 해도 이미 죽은 사람은 살리지 못합니다."

"이미 죽은 사람!"

"몸은 이미 죽어 있어요. 영혼이 아직 몸을 떠나지 못하고 있을 뿐
이죠. 이대로 유지하는 방법은 오직 하나, 언데드로 만드는 것뿐입니
다. 그러나 그렇게 하면 그 순간부터 폐하는 폐하가 아닌 존재가 되는
겁니다."

"크윽, 그럴 수가!"

바로크 백작은 충격을 이길 수 없는 듯 그대로 털썩 주저앉았다. 믿
을 수 없는 일이다. 이미 죽어 있다니!

티모라는 냉정했다. 인간의 생과 사는 이미 그녀의 마음속에 어떤
영향도 미칠 수 없었다. 단지 레오의 반응이 궁금했고, 또 사태가 안
좋은 쪽으로 가는 것을 원하지 않았다.

그녀는 다시 타카 2세를 보며 나직한 목소리로 말했다.

"폐하, 시간이 없습니다."

맑고 투명한 목소리. 엘프의 마력이 담긴 목소리였기에 상대의 머리
속에 파고드는 힘이 있었다.

눈의 초점을 잃고 멍하게 있던 타카 2세는 그 목소리에 비로소 정신
이 든 듯 티모라를 바라보며 말했다.

"시간이… 없다?"

"당신의 영혼이 몸을 떠나는 것을 막을 수 있는 시간은 약 한 달, 그
것도 삼 일이나 사 일에 한 번씩 겨우 의식이 돌아오게 될 겁니다. 지
금 의식을 잃으면 최소한 사흘 후에야 깨어날 수 있습니다. 그러니 할

일을 하세요. 왕으로서 명을 내리세요."

"왕, 왕이라……."

혈육의 잔인한 배신을 알게 되고, 곧바로 이미 죽었어야 하는 몸임을 선언받은 후다. 이러한 때 왕으로서 움직이라는 티모라의 말은 참으로 냉혹한 충고였다.

하지만 지금의 타카 2세에게는 가장 필요한 말이기도 했다. 얼마 남지 않은 시간 동안 왕으로서 후회없는 결말을 지을 기회가 주어진 셈이므로.

"그렇군. 짐은 왕이었어."

타카 2세는 티모라의 말에 정신을 찾았다. 그리고는 자조적인 웃음을 지었다.

"야망을 가졌다. 보통 왕이 아닌 위대한 왕이 되고 싶었다. 자신도 있었다. 하지만 짐은 동생인 두카에게는 왕이 되지 못했군. 빈틈을 보였군."

어렸을 때부터 무척이나 자신을 따르던 동생이었다. 그런데 지금 생각하니 그는 그때부터 자신을 경쟁자로 생각한 모양이다. 형이 아닌 원수라고 결정하고 마음속에 비수를 품고 때를 기다린 모양이다.

타카 2세는 고개를 들어 티모라에게 말했다.

"그가 짐을 해한 것은 확실한 것 같군. 하지만 이해할 수가 없다. 어떻게 그런 독과 저주에 신성 마법진까지 얻을 수 있었지? 이런 수법은 짐도 처음 보는 것이다."

일단 제정신을 차린 타카 2세는 차분하게 하나씩 인과관계를 따졌다. 언제 정신을 잃을지 모르는 상황에서도 서두르지 않고 빈틈없이 모든 것을 판단한다.

이런 그가 두카에게 당한 것이 신기할 정도다. 굳게 믿고 있던 혈육, 친동생이 아니라면 결코 있을 수 없는 일이었을 것이다.

티모라는 내심 감탄하며 공손한 태도로 질문에 답했다.

"신성 마법진은 과거 할트 제국의 고위 사제들만이 알고 있는 비술입니다. 할트 제국이 무너진 후 그 기술의 일부가 숨겨져 있었는데, 그걸 찾아내서 연구한 왕국이 있습니다. 바로 미노 왕국이지요."

"미노 왕국!"

계획의 규모나 시간으로 보아 타국의 개입이 있다고 해도 크게 놀랄 일은 아니었다. 하지만 인접국도 아닌 미노 왕국의 이름이 거론되자 다들 의외라는 기색을 역력히 드러냈다.

티모라는 이런 반응에도 아랑곳없이 설명을 계속했다.

"저주나 독도 역시 마찬가지로, 그곳에는 이런 암살 기술을 연구하는 기관이 있습니다."

"그럴 수가! 무엇 때문에? 그들이 나와 무슨 원한이 있기에 그런 음모를 꾸민단 말인가?"

되묻는 타카 2세의 말에는 기막혀 하는 어조가 역력했다.

오래전부터 저주에 걸려 있었다고 한다. 자신이 왕이 되기 전부터 당한 거란다. 대륙의 정반대 지역에 있는 미노 왕국이 무엇 때문에 이런 악독한 저주를 자신에게 가한단 말인가?

"그들은 오래전부터 제국을 세우고 대륙을 통일할 계획을 세우고 있었습니다. 그 계획의 일환으로 대륙에 존재하는 각 왕국의 왕들 중 뛰어난 자들이나 후계자들을 제거하는 것이지요. 그걸 위한 연구 기관이 있는데, 그곳의 암살 기술은 제가 감탄할 정도입니다."

티모라는 조용히 설명했다. 물론 그 연구 기관이 설립된 당시부터 자신의 제자가 침투해 암살 기술을 빼돌리고 있다고는 밝히지 않았다.

"강력한 수법들이 많이 개발되었습니다. 폐하께서 당한 수법은 가장 은밀하고 악독한 방법 중 하나이기 때문에 왕국의 마법사나 의사, 그리고 신관이 알아볼 수 없었던 것입니다."

"크흐흐, 그랬었군. 제국이라? 과연 대단해, 대단해!"

타카 2세는 웃었다. 모든 것이 이해가 되자 오히려 웃음이 나왔다. 감정이 역류해서 분노인지 쾌락인지 모를 기분이 들었다.

모포를 잡고 있는 손에 힘이 들어갔다. 조금 전까지만 해도 전혀 움직일 수 없었는데, 아직 약간은 의지대로 움직일 수 있는 모양이다. 어쩌면 극도의 분노가 몸을 조종하고 있는 것일지도 모른다.

타카 2세는 생각했다. 필사적으로 생각했다. 이제 어떻게 할 것인가? 두카, 유일한 친동생이다. 자식도 없는 타카 2세였기에 일단 죽으면 그가 왕위를 계승하게 된다.

현재 슈란 왕국의 직계 왕족은 자신과 동생인 두카, 그리고 두카의 외동딸인 샤를로트밖에 없는 것이다. 슈란이란 성을 사용하는 자는 딱 세 명이 남았을 뿐이다.

'왕가를 보존해야 한다. 그를 제거하면 슈란 왕조는 사라지게 된다. 으으으, 내 개인적인 원한은 씻을 길이 없구나!

기가 막혔다. 어떻게 해야 하는가? 하지만 타카 2세는 왕가의 존속을 무엇보다 우선해야 한다는 선조의 가르침을 머리 속에 떠올렸다. 그는 이 순간에도 개인적인 원한보다 왕국과 가문에 대한 의무감을 먼저 생각하고 있었다.

"하아, 결국……."

한참을 망설이던 그는 한숨을 쉬며 바로크 백작을 향해 말하려 했다. 복수를 포기한다고, 빈틈을 보이고 당했으니 두카에게 왕위를 넘기고 자신은 이대로 사라져 가겠다고 선언하려 했다.

심장이 급격히 뛰었다. 그의 본능이, 그의 감정이 격한 반항을 했다. 고통이 몇 배로 심해지고, 입을 열어도 말이 나오지를 않았다.

'짐은 왕이다!'

타카 2세는 속으로 그렇게 외치고는 눈을 부릅떴다. 마지막 힘을 쥐어짜 육체를 정신의 제어 아래 두려 했다. 바로 그 순간, 그의 머리 속에 폭죽처럼 터지는 하나의 생각이 있었다.

'소용없구나! 그는 이미 왕이 아니다. 미노 왕국은 두카를 꼭두각시로 조종할 수 있다. 슈란 왕국은 미노 왕국의 앞잡이가 되어 그들이 이 대륙의 동남쪽으로 진군하는 안내자가 될 뿐이다!'

왜 그가 조금 더 인내심을 발휘해서 자신이 자연스럽게 죽는 것을 기다리지 않고 급하게 손을 썼을까? 그것도 전쟁이 발발한 시점에서? 미노 왕국이 지시했을 것이다. 흑사자에게 원한이 있는 그들은 두카를 움직여 무리수를 두게 한 것이다.

왕조의 존속, 그러나 그보다 더 중요한 것은 왕국의 존속이다. 미노 왕국에 슈란 왕국을 통째로 넘길 수는 없다!

그의 눈에서 피가 흐르기 시작했다. 타카 2세는 이를 악물고 밀려오는 고통을 참았다.

"아! 마음을 안정시키세요. 폐하의 피는 그야말로 조금밖에 남아 있지 않아요. 자꾸 역류시키면 생명을 연장시킬 수도 없게 됩니다."

티모라가 그렇게 말하며 얼른 회복 포션을 꺼내 피눈물을 흘리기 시작한 타카 2세에게 먹이려 했다.

그러나 타카 2세는 조용히 손을 들어올려 티모라를 막았다. 육체를 움직이는 것이 거의 불가능한 그가 몸을 움직여 거부의 의사 표시를 했다. 그는 놀라 하는 티모라를 보며 말했다.

"마법사여, 잠시만 기다려 주게."

육체적, 정신적 고통이 극에 달한 것으로는 보이지 않는 담담한 어조였다. 티모라를 제지한 타카 2세는 시선을 돌려 바로크 백작 쪽을 향해 말했다.

"바로크 백작, 두카는 이미 내 동생이 아니다. 그는 미노 왕국의 꼭두각시가 되었다. 왕의 자격이 없다. 이제 슈란 왕조는 끝난 것이다."

"폐하!"

바로크 백작은 놀라서 외쳤다. 왕이 자신의 가문의 절멸을 선언하다니!

타카 2세에게는 시간이 없었다. 그는 눈동자를 돌려 아래쪽에 서 있는 레오를 불렀다.

"레오 경."

"네, 폐하, 명하십시오."

레오는 가라앉은 목소리로 대답했다. 그의 음성에는 그 어떤 명이라도 실현해 낼 듯한 의지가 들어 있었다.

사실 그는 지금 주군인 왕의 상태를 고려하여 치미는 살기를 억누르고 있었다. 두카의 이름이 거론된 순간부터 레오의 분노는 목표를 찾은 셈이었다.

그가 평생 자신의 윗사람으로 인정한 존재는 단 네 명뿐이다.

'어머니는 기억에도 없을 만큼 일찍 돌아가셨지. 아버님 때는 영주의 지위를 형님께 드리기 위해 가지 못했고, 형님이 돌아가신 것은 뒤

늦게 알게 되었다.'

이제 마지막으로 남았던 존재가 눈앞에서 죽어가고 있다. 그것도 기사로서 주군으로 인정한 단 한 사람이다. 먼저 죽어간 이들과는 달리 레오에게는 그를 지켜야 할 사명이 있었다.

지금 레오가 느끼는 것은 형이 죽었을 때의 그 폭발적인 슬픔과는 또 다른 감정이었다.

타카 2세는 결연한 눈빛으로 그에게 충성을 맹세한 대륙 최강의 남자에게 말했다.

"그대에게 명하겠다. 두카의 목을 나에게 가져와라! 이젠 그대가 왕이다!"

레오는 왕의 말이 떨어지자마자 휙 소리가 날 정도로 몸을 돌렸다. 티모라는 흠칫 놀라며 얼른 뒤로 한 걸음 물러나려 했다. 그러나 그녀는 곧 레오가 자신을 똑바로 바라보고 있다는 것을 깨달았다.

그가? 수많은 사람을 보고 겪어온 티모라였기에 그녀는 레오 같은 자의 성격을 알 수 있다. 한 번 말하면 절대로 지키는 자! 그런데 그가 스스로의 말을 어기고 먼저 자신의 모습을 보다니?

레오는 그녀에게 강한 어조로 말했다.

"폐하를 살려내라! 그러면 나와의 약속을 무효로 해주겠다."

"그건……."

억지다! 티모라는 속으로 그렇게 생각했다. 하지만 입을 열어 그런 불만을 말하지는 못했다. 약속을 무효로 한다. 한마디로 본래의 모습으로 그의 주위에 있어도 된다는 소리이다.

이게 한 사람의 목숨을 구하는 대가로 정당한지는 둘째치고 적어도 그녀가 느끼기에 레오에게는 정말로 힘든 선언인 것으로 보였다.

레오의 눈은 불타듯 이글거리고 있었다. 이를 악물고 무엇인가를 참고 있는 듯했다.

티모라는 전신에서 힘이 빠지는 것을 느꼈다. 저런 눈빛은 처음 본다. 어떻게 인간이 저런 눈빛을 할 수 있을까?

그녀는 한숨을 쉬며 대답했다.

"제 목숨과 바꿔도 불가능한 일입니다. 제가 아니라 드래곤, 아니, 천신이나 마신이라 해도 죽은 자를 살릴 수는 없어요. 그것이 세계의 법칙입니다."

쿠쿵, 레오의 머리 속에 거대한 굉음이 울려 퍼졌다. 순간 그의 안색이 급변했다. 전신에서는 무서운 기세가 뿜어져 나왔다. 오러가 아닌 순수한 분노의 기세. 그것은 인간이라고 생각하기 힘들 정도의 것이었다.

의사인 돌룬 자작은 거의 숨도 쉴 수 없게 되어 얼굴이 파랗게 변한 채 부들부들 떨었다.

'이런!'

바로크 백작은 레오의 기세를 받을 왕을 염려하며 돌아보았으나 그럴 필요는 없었다. 어찌 된 것인지 유독 타카 2세만은 레오의 분노의 기세를 느끼지 못하는 듯했다.

'저런 분노를 내뿜으면서도 폐하를 걱정하고 있구나!'

바로크 백작은 그 이유를 깨닫고 속으로 감탄했다.

레오는 잠시 그 상태로 티모라를 노려보다가 그녀의 눈빛이 조금도 흔들리지 않고 자신을 직시하자, 이윽고 몸을 돌려 타카 2세를 향해 한쪽 무릎을 꿇었다. 그리고는 이를 악 문 목소리로 대답했다.

"폐하의 명을 시행하겠습니다."

거기까지가 타카 2세의 한계였다. 레오의 대답을 들은 왕은 곧바로 다시 정신을 잃었다. 티모라는 며칠 후에야 왕이 깨어날 수 있다고 설명했다.

벌떡, 휙—

그 말을 끝으로 레오는 일어나 몸을 돌려 문 쪽으로 걸어갔다. 어느새 검을 뽑아 손에 들고 있었다.

침실의 문까지는 몇 미터가 되지 않지만 그사이 수많은 생각이 떠올랐다.

아버지나 형의 죽음은 슬펐지만 남을 원망하는 생각은 들지 않았다. 그들의 죽음은 스스로 선택한 것이었다. 단지 그때 옆에 있지 못했던 스스로가 원망스러울 뿐이다. 그것이 레오의 가슴 깊은 곳에 커다란 상처로 남아 있다.

그런데 이제 타카 2세가 죽음을 선고받았다. 결코 원하지 않은 죽음! 다른 사람의 간악한 음모에 의한 죽음이다.

레오의 가슴속에 불길이 타올랐다. 풀 수 없는 다른 두 사람에 대한 슬픔이 그 분노의 불길을 더욱 거세게 만들었다!

'나는 주군을 잃은 기사다!'

이제 레오의 머리 위에 설 자가 사라졌다. 두카는 세상에 유일하게 존재하던 흑사자의 고삐를 끊은 셈이었다. 그는 대가를 치러야만 할 것이다.

쾅!

문을 거칠게 여는 것과 동시에 레오는 생각을 멈췄다. 이제 그의 머리 속에는 자신의 표적에 대한 것으로 가득 찼다.

"앗! 누구냐?"

바깥쪽에 있던 근위 기사들 중 몇 명이 외쳤다. 방 바로 바깥쪽의 기사는 레오의 존재를 알고 있었지만 복도 저쪽에 있던 자들은 갑자기 누군가 소동을 피우자 크게 놀라서 검을 뽑아 들고 달려왔다.

“비켜라!”

위이잉, 콰콰쾅!

레오가 검을 뉘어 크게 옆으로 휘두르자 엄청난 기의 파도가 앞을 가로막은 기사들을 덮쳤다.

“아아악!”

쿠쿵!

그들은 그 기의 파도에 튕겨 한쪽 벽에 거세게 부딪쳤다. 대리석 벽에는 금이 가고, 전신 갑옷이 우그러졌다. 극도로 단련된 근위 기사들이 입에서 피를 토하며 비명을 질렀다.

“그를 막지 마라!”

뒤쪽에서 바로크 백작이 따라 뛰어나오며 외쳤다.

레오는 그런 바로크 백작을 돌아보지 않았다. 앞을 가로막는 자들이 없어지자 내궁의 바깥쪽까지 뛰어나갔다. 그리고는 그대로 왕궁을 벗어났다.

레오는 눈 한 번 돌리지 않고 앞만 보고 전력으로 달렸다. 그가 가는 방향의 앞쪽에는 두카 공작의 저택이 있었다.

새벽이 지나고 아침이 밝아 귀족들이 서서히 눈을 뜨고 활동할 무렵, 사자의 목에 걸린 마지막 굴레가 풀려 버렸다.

❖ Chap 8 ❖
사자왕

사자왕

타타타탁—

레오는 뛰었다. 그의 등에 있는 망토가 공중으로 떠 세차게 휘날리고 있었다.

왕궁에서 두카 공작의 저택은 그다지 멀지 않은 곳에 있었다. 레오의 걸음으로는 한달음에 불과했다.

저택의 정문은 높이가 거의 5미터나 되었다. 담장도 그 정도의 높이다. 정문에는 할버드를 든 두 사람의 위병이 서 있었다. 그들은 거리 끝에서 나타나 빠른 속도로 접근하는 레오를 보고 놀랐다. 검을 뽑아 든 경비병들은 즉시 할버드를 겨누며 레오를 향해 외쳤다.

"누구냐!"

레오는 대답은커녕 그들을 보지도 않았다. 그냥 검을 들어 위병과 문을 향해 좌에서 우로 크게 그었을 뿐이다.

촤촤창—

거대한 강철의 문, 그것도 보호 마법이 걸려 있는 문이 단번에 둘로 갈라졌다.

위병들은 놀라 비명도 지르지 못했다. 그러나 곧 그들은 뭔가 이상함을 느꼈다.

"으흑!"

몸이, 허리가 둘로 갈라져 버렸다. 고통도 느끼지 못했다. 그들은 그대로 죽었다.

타타탁.

"적이다!"

정문에서 요란한 소리가 나자 안쪽의 위병들이 고개를 돌려 그쪽을 봤다. 그리고 그들은 놀라 소리쳤다.

뎅,뎅,뎅,뎅!

비상종이 울렸다. 새벽 훈련을 하던 기사들과 병사들이 뛰쳐나왔다.

"아침부터 무슨 일이냐?"

현관문이 열리며 상급 기사 한 명이 나와 외쳤다. 그 순간 그의 눈에 검은 덩어리가 급속도로 접근하는 것이 느껴졌다.

쾅!

"커헉!"

검은 덩어리는 그 기사를 그대로 들이받았다. 검을 휘두를 필요도 없었다. 그는 걸어서 나왔다가 현관문과 함께 부서져 저택 안으로 팅겨 들어갔다.

"까아아아!"

하녀 한 명이 안에서 비명을 질렀다.

레오는 주변을 돌아보고는 그대로 층계를 뛰어올랐다.

바깥쪽이 소란스러워도 안쪽은 아직 대응이 되지 않은 것 같았다.

정문에서 뛰어들어 오는 데 걸린 시간은 약 5분. 공작의 작위에 걸맞는 정말로 넓은 저택이었지만, 일단 안으로 들어온 이상 외부의 병력은 아무런 소용이 없다.

콰당.

"적을 막아랏!"

2층과 3층의 방에서 문이 거칠게 열리며 기사와 병사들이 뛰어나왔다. 의외로 그들은 제법 무장을 하고 있었다.

병사들은 조직적으로 층계 위쪽에 버티고 서서 밑에서부터 걸어 올라오는 레오를 상대하려 했다. 위치적으로 상당히 유리하니 침입자를 막기에는 가장 좋은 장소이다.

그러나 그것은 일반적인 침입자에게나 통하는 것일 뿐.

위이이잉, 촤아악!

기묘한 소리다. 사람이 갑옷을 입은 채 머리 위부터 발끝까지 둘로 갈라지는 소리는 아무도 경험해 본 적이 없었다.

레오는 정면의 기사를 그렇게 만든 후 둘로 갈라진 상대의 몸 사이를 건너뛰었다. 양쪽의 갈라진 몸에서 피가 쏟아져 레오의 전신을 물들였지만 그는 전혀 개의치 않았다.

그리고는 몸을 돌리며 그 회전력을 이용해 이제는 뒤쪽에 몰려 있는 병사들에게 검을 휘둘렀다.

파파파팍!

"끄으으!"

단번에 세 병사의 허리가 갈라졌다. 옆쪽에 서 있던 자들은 그때서야 화들짝 놀라 사방으로 물러섰다. 어떤 병사는 다리가 풀렸는지 바닥에 주저앉아 본능적으로 뒤로 기어서 레오로부터 물러서려 했다.

그러나 레오는 그들을 용서하지 않았다. 일체의 자비를 베풀지 않았다. 검이 휘둘러지고 걸리는 것은 모두 둘로 갈라졌다. 사람이든, 갑옷이든, 무기든!

병사들은 곧 상대의 공격이 막을 수 있는 성격의 것이 아님을 알고 공포에 질렸다.

"흐, 흐, 흑사자다!"

3층에서 그 모습을 본 기사 중 한 명이 외쳤다. 저택 안에 있던 모든 병사들이 그 소리를 듣고 안색이 변했다.

과연 전신에 검은 갑옷을 입고 그에 어울리는 검은 비로드 망토를 휘날리는 검사가 2층의 기사와 병사들을 학살하고 있었다.

휘익.

"허억!"

그가 2층의 모든 병사를 죽이고 고개를 돌려 3층을 노려보았다. 3층의 기사 중 가장 높은 지휘의 상급 기사는 헛바람을 삼키며 자신도 모르게 뒤로 한 걸음 물러섰다.

두두두두

원형으로 이어진 층계를 뛰어올라 오는 흑사자는 빨랐다. 정말로 야생의 검은 사자가 송곳니를 드러내며 먹이를 노리고 달려오는 것처럼 느껴졌다.

"막아랏!"

상급 기사는 절규하듯 외치고 정작 자신은 뒤로 한 걸음 물러섰다. 하지만 명을 받아 층계를 봉쇄해야 할 다른 병사들도 앞으로 나가지 않았다.

그들 모두는 앞으로 나가는 순간 죽는다는 것을 아는 것 같았다. 애초에 일반 병사에게 흑사자를 막으라고 한 것이 잘못일지도 모른다.

팍!

그 순간 층계 아래쪽으로부터 뛰어올라 온 흑사자가 그대로 날아올랐다.

빡, 빠빡!

"아악!"

"……!"

거의 천장에 붙을 정도로 뛰어오른 레오는 병사들의 머리 위에서 몸을 회전시키며 검으로 투구와 머리를 동시에 둘로 갈랐다. 그리고 발로 병사의 머리를 차 목을 부러뜨렸다.

한 번 떠서 바닥에 착지하기 전까지 여섯 명의 병사를 즉사시킬 수 있었다.

"으으으, 어떻게 이럴 수가!"

그들은 흑사자의 명성은 알았지만, 그것을 실감하지는 못했다. 그러나 이렇게 직접 그 광경을 보니 공포로 몸이 움직여지지 않을 정도였다.

레오는 바닥에 착지해 질린 얼굴로 자신을 보는 기사와 병사들을 보고 있었다.

무심한 눈, 그것은 살인을 한 자의 눈이 아니다.

단지 전문가 한 사람이 숙련된 일에 몰두할 때의 그것처럼 맑게 가라앉은 눈, 잔잔하고도 차가운 불꽃이 담긴 눈이다.

"으으으으!"

상급 기사는 주춤주춤 뒤로 물러났다. 기사로서의 명예도, 자존심도 생각할 여유가 없었다.

눈앞의 상대가 가장 잘하는 것은 사람을 죽이는 것이다. 상대는 대륙 최고의 살인 전문가다!

그는 그것을 느낄 수 있었다. 사람을 죽이기 위해 태어난 자, 인간이지만 인간이 아닌 맹수다.

전신으로 감당할 수 없는 살기가 스며들어 와 몸을 굳어지게 만들었다. 처음 진검을 들고 상대와 싸웠을 때의 긴장과 공포와는 또 다른 절대적인 압박감이었다.

그때 레오가 그에게 물었다.

"두카 공작은?"

나직하고 무거운 목소리, 감정이 담기지 않은 목소리였다.

상급 기사는 자신도 모르게 손가락을 들어 위층을 가리켰다.

"5층에……."

위잉, 팍!

그의 목이 날아갔다.

팍, 팍, 팍!

주변 병사들의 목도 날아갔다. 공포에 질려 도망가는 것조차 잊어버린 자들에게는 죽음밖에 남지 않았다.

레오는 크게 심호흡을 했다. 기를 집중하여 전신에서 마나를 발산했다. 감각이 극히 예민해져 4층과 5층의 모든 방 안의 움직임까지 어느 정도 느껴졌다.

레오는 준비가 끝나자 크게 외쳤다.

"두카 공작! 폐하의 명으로 너를 참하러 왔다!"

그가 왔다!

저택 전체가 울렸다. 모든 사람들이 그 말을 들었다. 레오를 향해 다가오는 자들은 없었다.

4층과 5층의 호위 기사들과 병사들은 안색이 변한 채 흔들리는 눈으로 3층에서 병사들의 시체 사이에 당당히 서 있는 레오를 보고만 있었다.

레오는 계속해서 기를 집중했다.

5층, 사람들의 움직임이 느껴졌다. 아직도 싸울 준비를 하는 자, 침대 이불을 뒤집어쓰고 흐느끼는 여자, 그런 여자를 놔두고 침대 밑으로 숨는 사람, 그리고 아래층으로 급격히 움직이는 자!

"저기군!"

레오는 그렇게 중얼거리고는 다시 계단을 뛰어오르기 시작했다. 방에서 계단이 아닌 곳을 통해 바로 아래로 피하는 자는 틀림없이 공작일 것이다. 자신이 온 것을 알고는 비상 통로로 몸을 빼는 것이리라.

"화살 준비! 흑사자라고 해도 맞으면 죽는다!"

5층에서 누군가가 외쳤다. 고개를 들어 보니 전에 대전사 결투에 나온다던 기사였다. 몬순 자작, 스팔시온 후작이 죽고 나서 이쪽으로 붙은 모양이다.

하지만 그런 것은 레오에게는 아무런 상관이 없다.

그는 사실 거의 생각을 멈추고 본능적으로 움직이고 있었다. 조금 더 고급의 검법을 써서 적을 치려는 생각은 하지 않았다. 오직 보이는 대로 베고 찔렀다.

5층의 병사들은 서둘러 강궁을 준비했다. 원래 적이 침입하면 1, 2, 3층에서 적을 막는 동안 4, 5층의 병사들이 강궁으로 공격을 하게 되어 있다. 그래서 층계가 건물 전체를 두르듯 둥글게 되어 있고, 각 층의 복도는 1층의 거실까지 천장 없이 뚫려 있는 것이다.

"쏴라!"

몬순 자작이 외쳤다. 4층의 병사들이 레오와 싸우고 있는 곳을 손가락으로 가리켰다.

슈슈슈슉—

병사들은 반사적으로 화살을 날렸다.

레오의 주변에 아군이 있다는 것은 무시했다. 지금 그들의 눈에는 오직 레오만이 보일 뿐이었다.

타타탁, 투두두둑—

"아아악!"

"저럴 수가!"

몬순 자작은 입을 벌리고 목에서부터 긁어 올라오는 목소리로 외쳤다.

강궁이다. 전신 갑옷도 정확히 맞으면 뚫린다. 그리고 만약을 대비해 병사들에게는 미스릴로 된 마법 화살이 한 발씩 지급되었다. 그들이 지금 그 화살을 놔두고 보통 철시를 썼다고는 생각되지 않는다.

그런데 레오의 몸에 맞은 수십 발의 화살은 전혀 그의 몸에 해를 끼치지 못했다. 갑옷에 튕겨 맥없이 바닥으로 떨어지거나 비껴 나가 대리석 벽에 깊숙이 박힐 뿐이었다.

스윽.

레오가 고개를 돌려 몬순 자작을 보았다. 몬순 자작은 이를 악물고 그를 노려보았다.

다다다닥—

레오가 달렸다. 병사들은 불안한 눈으로 몬순 자작을 보았다.

걸리는 것은 모두 베고, 강궁과 마법 화살도 소용없는 상대, 도망을 가지 않는 것만으로도 5층의 병사들 모두가 최정예급의 훈련을 받은 자들이란 증거라 할 수 있다.

몬순 자작은 층계의 입구를 막고 버티고 섰다.

마치 자신이 흑사자와 겨루어보겠다는 듯이! 병사들에게는 아무런 명령도 내리지 않았다.

2층과 3층, 4층의 병력이 모두 당하는 데에는 시간이 별로 걸리지 않았다. 오십 명의 호위 병력 중 남은 것은 5층의 열 명뿐, 검을 몇 번 휘두르면 모두 쓰러질 것이 뻔하다. 생각 같아서는 도망가라 하고 싶었지만, 그건 불가능하니 그냥 저대로 놔두는 것이 좋을 것 같았다.

그러나 그는 최후의 희망을 버리지 않았다.

레오가 층계 중앙 부분까지 왔을 때, 몬순 자작은 자신의 옆에 있는 기둥에 장치된 스위치를 눌렀다.

덜컹, 파파파팍, 푸슉―

4층에서 5층 사이의 층계 계단이 모두 열리며 그 안에서 투창과 화살이 튀어나왔다. 그리고 다시 사람을 단숨에 마비시킬 수 있는 맹독 가스가 뿜어져 나왔다. 기관으로 인해 발사된 투창과 화살이다.

철판을 찢고 안의 사람을 관통한다. 설령 갑옷이 정말로 훌륭하다고 해도 투창에 적중되면 충격에 내부가 부서진다.

독은 피부로 침투한다. 들이마시면 그대로 굳어버리지만, 숨을 멈춰도 점점 동작이 느려진다.

정말 막을 수 없는 자들이 침범해 왔을 때, 공작이 빠져나갈 시간을 벌기 위해 마련한 기관이다.

그런데 그 순간, 정확하게는 몬순 자작이 손을 들어 기둥의 스위치를 누르려 하는 순간, 레오는 층계 옆으로 몸을 날렸다.

한쪽이 막혀 있지만 다른 한쪽은 1층까지 뚫려 있었다. 레오가 몸을 날린 곳은 1층까지 뚫린 곳인데, 그는 허공에 몸을 띄워 모든 공격을 단번에 피해냈다.

휘익—

허공을 날듯이 움직인다. 그러나 새가 아닌 인간이 영원히 떠 있을 수는 없다. 자유롭게 움직일 수도 없다. 몬순 자작은 즉시 자신의 검을 들어 레오에게로 던졌다.

쐐엑—

그의 전력이 실린 검이 무서운 기세로 레오의 가슴을 향해 날아갔다.

"흥!"

레오는 차갑게 웃으며 왼손으로 자신의 망토를 잡았다. 그리고는 그 망토를 크게 움직여 허공 중에 채찍처럼 휘둘렀다.

휘릭, 펑!

북이 터지는 소리와 함께 레오의 몸이 갑자기 1미터쯤 공중으로 솟구쳐 올랐다. 몬순 자작의 검이 레오의 발밑을 지나가려 했다.

"타핫!"

기합 소리와 함께 레오는 정확하게 몬순 자작의 검을 발로 차고 날아올랐다. 레오를 죽이려던 검이 오히려 그에게 지짐대가 된 것이다.

"어헉!"

몬순 자작은 자신을 향해 날아오는 레오의 모습에 기겁하며 반사적으로 뒤로 몸을 날리려 했다. 그러나 이미 레오는 두 손으로 검을 치켜

들고 몬순 자작의 바로 앞까지 다가서고 있었다.

부웅, 촤아악!

레오는 그대로 검을 내려쳤다. 검의 궤적은 몬순 자작의 머리 위로 부터 가슴 아래쪽까지 거침없이 지나갔다. 동시에 그는 발로 몬순 자작의 가슴을 차 그의 시체를 벽 쪽으로 박아 넣고, 그 반동으로 몸을 옆으로 날렸다. 복도를 따라 강궁을 들고 있는 병사들이 보였다.

휘익, 팍, 푹—

용서없이 걸리는 자들을 처리했다. 그러면서도 달리는 속도는 전혀 줄지 않았다. 레오는 곧 자신이 감지한 후작의 방까지 도착할 수 있었다.

레오는 방문을 발로 찼다. 강철로 된 문이라 해도 열리리라.

쾅, 콰르르릉!

문이 폭발했다. 강제로 열면 폭발하는 마법 함정이 걸려 있었던 모양이다. 그리고 방 안쪽에서 세 줄기의 뇌전이 뿜어져 나왔다.

"됐다!"

병사들은 기뻐 환호했다. 마법의 함정이다. 이걸 맞고 버틸 수는 없다.

그런데 이상했다. 레오의 시체가 보이지 않았다. 폭발의 충격에 바깥쪽으로 튕겨 나와야 한다. 시꺼멓게 탄 형체를 알아보기 어려울 정도의 덩어리가 복도를 구르고 있어야 한다.

그런데 없었다. 마치 사라진 것처럼 보이지 않았다.

콰쾅!

방 안에서 다시 폭발음이 들렸다.

레오는 이미 폭발을 무시하고 방 안으로 들어가 후작이 빠져나간 비밀 문의 입구를 부수고 있었다.

침대 밑으로 나 있는 구멍은 아래가 잘 보이지 않을 정도로 깊었다. 지하까지 뻗어 있는 것일까?

구멍의 중앙에는 봉이 있었다. 아마 그 봉에는 손잡이 같은 것이 달려 있어 공작은 그것을 잡고 가속력을 줄이며 아래쪽까지 단번에 떨어져 내렸을 것이다.

레오는 그대로 뛰어내렸다. 봉을 잡으려 하지도 않고, 오히려 자살 희망자가 절벽에서 몸을 던지듯 머리를 아래로 한 채였다.

슈우우욱—

봉의 중간중간에는 여러 가지 장난이 되어 있다. 만약 봉을 잡고 내려가려 하다가는 칼날이나 독침에 죽음을 경험할 것이다.

그렇다고 레오처럼 그냥 뛰어내리면 무사한 것은 아니었다. 일단 5층에서 지하로 그냥 뛰어내리는 셈이다.

또한 통로의 중간중간에도 상당한 장치가 설치되어 있었다. 공작처럼 미리 정해진 손잡이로 봉에 숨어 있는 스위치를 건드려야 통과할 수 있다.

레오는 검을 들어 앞으로 뻗었다.

카카카캉!

통로 중앙에는 눈에 거의 보이지 않는 거미줄 같은 것이 쳐져 있었다. 칼날처럼 날카로운 마법의 금속 선, 그냥 뛰어내렸다가는 갈기갈기 찢겨 고깃덩어리가 되었을 것이다.

바닥이 보였다. 그런데 그 바닥이 이상하다. 두꺼운 철판, 그 위에는 날카로운 창이 박혀 있다.

레오의 눈이 빛났다. 떨어져 내린 거리가 다르다. 아직 지하까지 떨어지지도 않았다.

"타핫!"

우우우웅―

그의 검에 무서운 기운이 서리기 시작했다. 평소에 검의 외부로는 오러를 발하지 않는 레오였지만, 일단 결심을 하자 그의 검에서 나오는 기운이 점점 커져 레오의 전신을 덮었다.

보이지 않는 빛, 무광의 오러. 그것은 가장 순수하고 강력한 마나의 집합체였다.

쾅!

레오의 몸이 철판 바닥을 그대로 뚫고 그 밑으로 떨어졌다. 역시 아래쪽으로 한층 더 뚫려 있었다.

휘익, 탁.

몸을 한 바퀴 회전시키며 바닥으로 떨어져 내린 레오는 사방을 둘러보았다. 옆으로 통로가 뻗어 있다. 그리고 보니 스팔시온 후작가의 비밀 탈출구처럼 외길의 탈출로이다. 약간 함정이 많고 작은 것을 빼면 비슷하다고 할 수 있다.

과거 레오가 활동할 무렵, 정확하게는 미노 왕국에서의 참사를 벌인 뒤부터 각 왕국과 귀족들은 자신들의 저택에 탈출 장치에 대한 연구를 거듭했다.

그들은 기본적으로 탈출이 불가능할 때를 대비해서 마법으로 보호되는 은신처를 마련하고, 탈출 자체도 여러 방향을 선택할 수 있게 해 놓았다.

기존의 탈출로에 비해 몇 배나 더 많은 자금이 소요되었지만, 목숨

값보다는 싸다고 여겼다.

흑사자의 활동이 대륙의 비상 탈출구 수준을 일거에 발전시킨 셈이다.

하지만 슈란 왕국은 예전과 거의 변함이 없었다. 마치 규격화된 탈출로처럼 외길로 되어 있다.

레오는 통로를 따라 뛰었다. 한편으로는 품속에서 돈주머니를 꺼내 금화를 사방의 벽에 던졌다.

팍, 팍, 팍, 팍!

날아간 금화는 돌로 된 벽에 푹푹 박혔다.

옆으로 빠지는 비밀 통로가 있을지도 모른다. 만약 뒤에 공간이 있다면 다른 감각이 느껴질 것이다. 그러나 역시 슈란 왕국의 탈출로는 외길이다. 변화가 없다.

그렇게 뛰어가자 앞에 물이 나타났다. 레오는 뛰는 것을 멈췄다. 통로는 막혀 있고 아래쪽으로는 물이 가득 차 있었다.

그래도 조금은 생각있게 만들어놓은 것 같았다. 다만 이렇게 물로 막아놓으면 공작 본인도 헤엄을 쳐야 한다. 웬만한 귀족은 하지 않는 짓이다.

휘익, 풍덩.

레오는 주저하지 않고 몸을 날려 물속으로 뛰어들었다. 시간이 없다. 공작이 도망간 뒤에 많이 지체했으니 잘못하면 두카 공작은 외부로 빠져나가 버릴 것이다.

이런 비밀 통로가 사용되는 때는 보통 저택 주변이 완전히 포위된 경우가 대부분이기 때문에 비밀 통로는 상당히 길게 이어져 있다. 방향으로 보아 동쪽의 숲 쪽까지 뻗어 있는 것 같았다. 그래서 레오는 일부러 공작에게 도망갈 시간적 여유를 주었다. 통로를 벗어나기 전에 따라잡아 처리할 생각이었던 것이다.

슈우우우우─

레오는 지하 수로를 따라 계속 헤엄쳐 갔다. 물속에서도 계속 금화를 날려 옆으로 빠지는 길이 있는가를 확인했다. 그는 상어처럼 능숙하게 앞으로 헤엄쳐 나갔고, 잠시도 멈추지 않았다.

그런데 어느 순간 수로 주변에서 검은 액체가 뿜어져 나오기 시작했다. 그리고 정면 쪽에서 털컹 하는 소리가 들리며 작은 물고기 떼가 몰려 왔다.

독액과 식인어들! 독액에 닿은 식인어들은 죽을 때까지 미쳐 날뛰며 살아 있는 모든 것을 갉아먹을 것이다. 물속에서 이런 함정에 당하면 도망가지도 못하고 죽게 된다.

그러나 레오는 계속 나아갔다. 물이 검게 변해 앞을 볼 수가 없었지만, 마치 원래부터 이 길을 알고 있는 사람처럼 속도를 줄이지 않았다.

슈루루루, 팍,팍,팍,팍!

검게 물든 물속에서 금화가 벽에 박히는 소리만이 계속해서 울려 퍼졌다.

"흐흐흐, 흑사자! 네놈이 무슨 생각으로 나를 치러 왔는지 모르겠지만, 내가 당할 것 같으냐?"

두카 공작은 웃고 있었다. 흑사자는 틀림없이 수로에 뛰어들었다. 미리 작동시킨 알람 마법이 울린 것으로 알 수 있었다. 그렇다면 빠져나갈 수 없다.

"도망가리라 생각했겠지! 공포에 질려 빠져나가는 데에만 집착하리라고! 하지만 나는 다르다. 미노 왕국에서 너를 죽이라고 했을 때부터 나는 만약을 대비해서 급히 이 함정을 만들었다. 하하하하!"

지하 수로의 함정은 미노 왕국이 흑사자가 다시 왕궁에 침입했을 경우를 대비해 고안한 함정 중 하나이다.

공격하는 자는 빈틈이 있기 마련이다. 흑사자에게 한 번 당했지만, 두 번은 당할 수 없다는 그들의 의지였다.

절대로 빠져나갈 수 없다. 이제 곧 흑사자의 해골이 물 위로 떠오를 것이다. 독액에 부식된 뼈는 물에 뜬다. 가장 독한 독액에 당해 뼛속까지 검게 물든 해골이 될 것이다.

"하하하, 그러고 보니 흑사자의 뼈는 원래부터 검은색일지도 모르겠군. 독액 때문에 확인을 못하는 게 안타까운데?"

두카 공작은 다시 크게 웃었다. 그리고는 물속을 바라보며 흑사자의 뼈가 떠오르기를 기다렸다.

그 순간,

푸학, 팍!

레오가 물에서 솟구쳐 올라 통로에 올라섰다.

"도망가지 않았군, 두카 공작."

조용한 목소리, 그것은 사신의 목소리였다.

"어, 어떻게……?"

두카 공작은 너무나도 놀라 순간적으로 심장이 멎을 것 같았다. 해골은커녕 잔상처 하나 없는 레오의 모습은 도저히 인간으로는 생각되어지지 않았다.

그러고 보니 이상했다. 분명히 지하 수로를 통해 헤엄쳐 온 레오의 몸에는 물기가 없었다. 수건으로 물기를 닦은 두카 공작 자신도 아직 완전히 마르지 않았는데!

"오러로 몸 전체를 감싸면 외부의 위험으로부터 몸을 보호할 수 있다."

레오는 친절하게 두카 공작의 의문을 풀어주었다. 사신이 죽기 전에 죽을 자의 소원을 들어주는 것인가, 아니면 절망으로 물든 두카 공작을 더욱더 괴롭히려는 것일까?

사실은 아무 생각이 없었다. 그가 지금 하려는 일은 두카 공작의 목을 베는 일, 그 일을 수행하는 데 지장이 없는 한 레오는 두카 공작의 물음에 답해줄 여유가 있었다.

"으흐흑, 너, 넌 인간도 아니야! 너 같은 놈이 어떻게 있는 거지?"

두카 공작은 레오로부터 조금이라도 멀어지려는 일념 하에 벽에 붙어 떨리는 목소리로 외쳤다. 그의 옆으로는 독액으로 가득 찬 지하 수로가 있었다. 독액만 아니었어도 벌써 뛰어들었을 것이다.

레오는 아무 말도 하지 않았다. 천천히 검을 머리 위로 들어올렸다.

"나, 난 왕이다! 형은 살아나지 못한다! 난 슈란 왕가의 마지막 남자이다!"

두카 공작은 갈라진 목소리로 외쳤다. 손을 들어 레오를 저지하려 했다.

죽기 싫었다. 장남의 지위도, 무력도, 매력도 모두 형에게 뒤졌다. 무엇 하나 나은 것이 없었다.

그래서 결심했다. 무슨 수를 써서든 형을 제거하고 자신이 왕이 되기로! 그런데 그 일이 성공하기 일보 직전에 이런 괴물 하나 때문에 죽어야 한다니, 인간도 아닌 괴물에게!

두카 공작은 인정할 수 없었다. 절대로 레오라는 존재를 인정할 수 없었다.

“왕명으로 널 베겠다.”

휘익, 퍽!

레오의 검은 사정없이 두카 공작의 목을 베었다. 공작의 목이 공중으로 날아올랐다.

상대가 뭐라고 말을 하든 그는 멈추지 않는다. 지위, 재물, 애원 등 그 모든 것은 레오가 행동을 하기 전에나 소용될 수 있는 것이다.

일단 움직이기 시작하면 생각을 멈추고 표적에 집중하기 때문에 일절 타협이 있을 수 없다.

턱.

레오는 공작의 목을 안아 들었다. 경악한 표정, 공작의 눈동자에는 아직도 레오의 모습이 새겨져 있는 것 같았다. 자신을 죽인 자를 잊지 않으려는 의지일까? 하지만 레오는 별로 신경 쓰지 않고 발로 공작의 몸을 차서 물속에 처넣었다.

부글부글.

물이 끓어오르는 듯했다. 안에서 공작의 몸 주변에 무엇인가가 모여들어 요란하게 움직였다.

곧 독액과 식인어들이 공작의 몸을 모조리 갉아먹고 검은 뼛조각이 떠올랐다.

냐아아앙.

물속에서 갑자기 무엇인가 튀어나왔다. 한 마리의 검은 고양이었다.

“네로, 너로군. 따라왔니?”

레오의 표정이 인간의 그것으로 돌아왔다. 일이 끝나니 다른 생각을 할 수 있게 된 것이다.

　네로는 검은 물에 떠 있는 뼛조각들을 보며 기분이 나쁜 듯 캭캭거
렸다. 그녀의 몸에도 물 한 방울 묻어 있지 않았다. 독액으로 변한 지
하 수로를 보고 마법적인 방비를 했을 것이다.

　"끝났다. 가자."

　레오는 그렇게 말하며 네로를 어깨에 올렸다. 그리고는 검을 검집에
꽂고는 한 손에 두카 공작의 목을 든 채로 통로를 따라 바깥으로 나갔
다.

　레오가 두카 공작의 목을 들고 왕궁으로 돌아왔을 때 타카 2세는 다
시 정신을 잃은 상태였다. 삼사 일 후에나 다시 깨어날 것이라고 한다.

　레오는 정신을 잃은 타카 2세의 앞에 두카 공작의 목을 내려놓고는
한쪽 무릎을 꿇고 정중하게 말했다.

　"폐하의 명대로 반역자의 목을 가져왔습니다."

　이미 근위 기사들은 바로크 백작으로부터 사건의 전말에 대해 들었
다. 그들은 아침나절에 뛰어나가 몇 시간 만에 공작의 목을 가져온 레
오를 질린 눈으로 보았다.

　"폐하가 깨어나실 때까지 본인이 옆에서 지키겠소."

　레오는 바로크 백작을 보며 그렇게 말했다. 바로크 백작은 무거운
얼굴로 고개를 끄덕여 승낙하고는 왕의 침실 바로 옆방에 레오가 있을
곳을 마련해 주었다.

　내궁에서 잠을 자며 생활할 수 있는 것은 왕족에게만 허락된다. 그
래서 바로크 백작도 완전히 왕궁에 머물지 않았는데, 레오에게는 아예
방을 내주었다.

　그것은 바로크 백작이 타카 2세의 말을 들었기에 가능한 이야기이

다. 하지만 이런 의미를 레오는 아직 생각하지 못하고 있었다.

그의 실력은 너무나도 이상해 뭐라고 평가를 할 수 없다.

내가 본 그의 경지는 인간의 한계를 넘어선 그랜드 마스터의 그것이었다.

그런데 오늘 그가 공작가를 공격한 흔적을 보니 기사들과 병사들을 일일이 검으로 직접 베어 죽였다.

그의 모습을 본 목격자 중 한 명에게 확인해 보니, 그는 공중에서 마음대로 움직이지 못한다고 한다.

망토를 이용해 움직인다? 검을 발로 차서 날아올랐다?

그런 것이 그랜드 마스터에게 무슨 필요가 있는가? 그냥 마나를 조종하면 되지 않는가? 잠시 동안이라면 자유롭게 공중에서 몸을 움직일 수 있어야 한다.

선조의 기록에 있는 고대의 그랜드 마스터들과는 많은 차이가 있다.

무엇보다 검으로 일일이 사람을 베는 것이 이해가 안 된다. 검을 날려 자유롭게 다룰 수도 있을 텐데?

마스터 정도만 되도 그보다는 우아하게 싸울 것이다. 마치 일반 기사가 싸우는 것 같다. 단지 압도적으로 강한 것만은 확실하다.

그의 진정한 경지는 과연 무엇일까?

그랜드 마스터로 가는 도중일지도 모른다. 하지만 단순히 그런 것만은 아니다. 내가 봤을 때, 그는 분명히 마나의 흐름 사이로 움직였다.

그건 확실하다. 어중간한 경지가 아니다.

모르겠다. 정말로 비정상적이다.

갑옷도 그렇지만, 이제는 그 남자에게도 많은 관심이 간다.

정말로 수련을 전혀 안 하고도 그렇게 강해질 수 있다면, 그 이유를 알아야 한다.

툭.

마법 펜은 할 일을 마치자 힘없이 바닥으로 떨어졌다.

네로는 잉크가 마르기를 기다려 자신의 일기와 마법 펜을 공간 주머니에 넣었다. 그리고는 한 권의 책과 몇 가지 도구를 꺼내어 갑옷 쪽으로 갔다.

"이제 절반을 확인했어. 이 안에 있는 걸 모두 확인해 보고 그래도 없으면 드래곤에게 물어봐야지. 이 안에 없다면 아직까지 세상에 한 번도 나타나지 않은 재료라는 거고, 그럼 그들도 관심을 가질 테니까!"

티모라는 강한 의지의 눈으로 갑옷을 노려보았다. 갈 데까지 가보자는 결심이 그녀의 머리 속을 가득 채우고 있었다.

책의 제목은 '세상에 존재하는 모든 재료 하권', 그 안에 적혀 있는 각 재료의 특성에 따라 매일같이 하나하나 실험을 하는 티모라였다.

*　　　　*　　　　*

쾅!

"아무리 레오 백작이라고 해도 백주 대낮에 수도에서 공작 각하를 시해하다니! 흑사자라는 위명에 스스로 자만한 것인가?"

발튼 후작은 분노를 참을 수 없는지 책상을 주먹으로 내려치며 말했다.

두카 공작의 저택이 레오에게 습격당해 수많은 사상자가 발생했다. 그리고 결국 두카 공작 본인마저 살해당하고 말았다.

이것은 수도 내의 모든 귀족들을 혼비백산하게 만들기에 충분한 사건이었다.

타카 2세가 쓰러진 지금, 이미 대부분의 귀족들은 두카 공작을 차대 왕으로 생각하고 있었다.

타카 2세에게는 자식이 없었기 때문이다.

소문에 의하면, 요 근래 수많은 귀족들이 두카 공작에게 충성을 맹세했다고 한다. 그리고 그들은 자신의 충성심을 인정받기 위해 혈판장까지 만들었다는 것이다.

슈란 왕국의 무관 중 가장 높은 지위에 있는 발튼 후작은 아직 두카 공작에게 충성을 맹세하지 않았다.

하지만 그 역시 두카 공작이 왕위를 계승할 것이라 생각하고 있었다.

그런 만큼 그는 정말로 분노했다. 저번 전쟁에 레오의 활약을 보고 그에게 가졌던 호감이 오히려 증오로 변했다.

수도의 귀족들은 발튼 후작을 찾아와 왕궁에 숨은 레오를 재판에 회부해야 한다고 말했다.

발튼 후작 역시 그것이 옳다고 판단했다. 결국 그는 귀족들을 대표해서 왕궁으로 찾아갔다.

"그자를 재판에 회부해야 하오. 왕족 살해죄는 아무리 흑사자라고 해도 절대로 벗어날 수 없는 중죄요."

발튼 후작은 칼날 같은 눈빛으로 바로크 백작에게 강변했다. 그러나 바로크 백작은 조용히 고개를 저었다.

‘혹시 이자도 레오 백작과 연관된 것인가? 그렇지 않다면 왕궁 내에 그를 숨겨줄 이유가 없다.’

생각이 여기에 이르자 발튼 후작은 순간적으로 등골이 오싹해졌다. 세상에서 가장 강한 자라는 흑사자와 마스터 바로크 백작이 같이 무엇인가를 꾸미는 것인가?

그러나 곧 발튼 후작은 고개를 저었다. 그는 바로크 백작의 강직한 성품과 왕국에 대한 충성심을 알고 있었다.

‘그럴 리가 없다. 적어도 바로크 백작은 슈란 왕국을 위해서라면 스스로의 목숨마저 포기할 수 있는 자가 아닌가.’

발튼 후작은 바로크 백작의 눈을 보았다. 이유를 알고 싶다는 눈으로 입을 굳게 다물고 기다렸다.

바로크 백작은 정중히 고개를 한 번 숙여 보이고는 말했다.

“후작 각하, 폐하께서 깨어나셨습니다.”

“뭐라고? 그걸 왜 지금에야 말하는 것이오?”

상상해 보지 못했던 대답이다. 발튼 후작은 너무나도 놀라 그 자리에서 벌떡 일어나며 외쳤다.

바로크 백작은 조금도 동요하지 않고 하던 말을 계속했다.

“깨어나신 폐하께서는 두카 공작이 반역자이고, 미노 왕국의 첩자라고 하셨습니다.”

“그, 그게 정말이오?”

믿을 수 없었다. 사람 좋기로 유명한 두카 공작이 반역자라니?

“폐하를 깨운 여마법사가 폐하께서는 악독한 저주와 독에 당했다고 했습니다. 그러자 폐하께서는 고민을 하시다가 친동생인 두카 공작께서 그 일을 했다고 하시더군요.”

"으음……."

발튼 후작이 기운이 빠진 듯 다시 자리에 앉자 바로크 백작은 설명을 계속했다.

"이미 오래전부터 저주에 걸려 아이도 낳지 못하고, 몸 안이 천천히 말라 결국 늙어 죽는 것처럼 되는 저주라고 합니다."

차분한 말소리였지만 은은한 분노는 숨길 수 없었다. 형인 국왕의 호의를 배신하고 혈육의 정마저 헌신짝처럼 버린 자. 두카에 의해 주군을 잃게 된 것은 레오뿐만은 아니다.

"그럴 수가! 그럼 두카 공작께서는 폐하가 황태자로 계실 때에 이미 그런 생각을 품으셨단 말인가?"

"그렇습니다. 폐하께서는 그 말을 듣고 괴로워하며 고민하셨습니다. 그리고 결국 왕국의 미래를 위해 미노의 앞잡이가 된 두카 공작을 처형하라고 레오 백작에게 명하셨습니다."

꿀꺽.

발튼 후작은 바로크 백작의 설명에 뭐라고 말을 할 수 없었다. 믿을 수 없는 일이지만 사실이 아니라고 확신할 수도 없다. 그의 머리 속은 혼란으로 인해 어지럽게 돌아가기 시작했다. 의자에 앉아 있었기에 망정이지 선 상태였다면 쓰러졌을지도 모른다.

그런데 그때 바로크 백작은 말했다.

"그리고 폐하께서는 레오 백작에게 왕위를 넘기겠다고 말씀하셨습니다."

"뭐라고? 그건 말도 안 되오! 백작이, 아니, 얼마 전까지 자작이었던 자가 왕위를 잇는다는 것은 왕국의 법도를 무시하는 것이오!"

기가 막힌 일이다. 폐하께서는 혹시 마지막 순간을 맞이하여 정신이 흐트러진 것이 아닐까? 발튼 후작은 그런 생각을 했다. 그러고 보니 어쩌면 두카 공작의 일도 혼란에서 일어난 것일 수도 있다.

만약 그렇다면 바로크 백작과 레오 백작도 처벌을 받아야 한다. 무엇보다도 폐하가 깨어났을 때 다른 귀족들을 부르지 않았다는 것만으로도 문책을 받아 마땅하다.

"삼 일 안으로 폐하께서 다시 깨어나실 거라고 합니다. 그때 후작 각하께서 직접 폐하와 대화를 나누어보시는 것이 좋겠습니다."

이 말에 발튼 후작은 잠시 입을 다문 채 바로크 백작을 바라보았다. 하지만 결국 한숨을 쉬며 대답했다.

"음, 그렇게 하겠소. 그때에는 다른 귀족들도 동반할 것이오."

"그렇게 알고 있겠습니다."

바로크 백작은 마지막으로 못을 박듯 말하고는 의자에서 일어나 정중히 예를 취했다.

발튼 후작도 일어나 마스터에 대한 예를 취하고는 방을 나섰다. 이제는 모두 타카 2세가 깨어나기를 기다릴 수밖에 없게 되었다.

이틀이 지났다. 발튼 후작은 고위 귀족들 몇 명과 함께 왕궁 내에서 대기했다. 그날 오후가 되었을 때 바로크 백작으로부터 타카 2세가 깨어났다는 연락이 왔다.

그들은 서둘러 왕의 침실로 갔다. 과연 타카 2세는 침대에 누운 채 눈을 뜨고 있었다.

한쪽에 레오가 서 있는 것이 보였다. 그는 뒷짐을 진 채 침대로부터 반쯤 몸을 돌리고 있었다. 타카 2세의 약한 모습을 가능한 한 보고 싶지 않은 것 같았다.

바로크 백작은 침대 옆으로 다가가 타카 2세의 귀에 대고 속삭이듯
말했다.

"발튼 후작과 다른 두 분의 후작 각하가 들어왔습니다."

"폐하, 발튼입니다."

발튼은 얼른 한쪽 무릎을 꿇으며 왕에 대한 예를 취했다. 그러나 타
카 2세는 그를 보지 않았다. 시선을 여전히 천장에 둔 채 천천히 입을
열어 힘없는 목소리로 말했다.

"두카의 목은?"

정신을 잃은 상태에서도 그 일에 대해 생각하고 있었던 것일까? 바
로크 백작은 얼른 침대 옆에 있는 상자를 열어 쟁반에 담긴 두카 공작
의 목을 꺼냈다. 약물로 처리를 하여 썩지 않고 원상태를 유지하도록
되어 있었기에, 그의 목은 여전히 살아 있는 것처럼 보였다.

"여기 있습니다. 레오 백작이 폐하의 명을 받들어 두카 공작을 베었
습니다."

"그런가? 과연 레오 경이로군."

타카 2세는 자신의 눈으로 보이는 두카의 목을 보며 중얼거렸다. 그
리고는 잠시 입을 다문 채 계속 그것을 노려보았다.

주르륵.

그의 두 눈에서 눈물이 흘러 뺨을 타고 흘러내렸다. 친동생이다. 수
십 년 동안 정을 준 유일한 형제가 아닌가?

사람들은 그 광경을 보고 아무런 말도 할 수 없었다.

정적이 흘렀다. 시간적으로는 그야말로 잠시였지만, 사람들은 참기
어려울 정도로 무거운 공기에 눌려 겨우 버티고 있었다.

이윽고 타카 2세는 다시 입을 열어 말했다.

"레오 백작, 다음 왕위는 그대가 이어라."

"폐하!"

발튼 후작은 결국 참지 못하고 타카 2세를 불렀다. 원래 왕이 발언을 허락하기 전에 먼저 말을 거는 것은 실례이지만, 지금처럼 중요한 일에는 후작이라는 작위를 걸고 그냥 넘어갈 수는 없었다.

"그는 백작입니다. 왕위 계승권이 없으니 모든 귀족들이 인정하지 않을 것입니다."

왕위 계승권은 후작의 작위 이후부터 가질 수 있다. 후작까지의 작위는 왕가와 핏줄로 연결이 되어 있어야 받을 수 있는 작위이니, 다시 말하자면 왕족의 뿌리라고 할 수 있다.

간혹 가다가 개국공신도 후작의 작위를 받는데, 이 경우 대부분 몇 대가 가기 전에 공주를 시집보내 왕가와 혈연관계를 맺는다.

백작까지는 절대로 왕위를 이을 수 없는 것이 바로 대부분의 왕국에서 지키는 관습이다.

이것은 귀족 사회에 뿌리 깊이 내려온 관습이기 때문에 낮은 작위의 사람이 반역을 꿈꾼다고 해도 다른 귀족들이 절대로 호응하지 않는다.

발튼 후작도 그런 관습 속에서 자란 권문귀족이었다. 그런 만큼 타카 2세의 말을 쉽게 받아들일 수 없었다.

그는 다시 말했다.

"확실히 레오 백작은 강합니다. 대륙에서 가장 강한 무인으로 저도 그를 인정하고 있습니다. 하지만 그것이 왕이 될 자격은 되지 못합니다. 바로크 백작이 마스터이면서 폐하께 충성했듯이, 레오 백작도 폐하의 뒤를 잇는 새로운 왕에게 충성을 해야 할 것입니다."

그때 타카 2세는 발튼 후작을 불렀다.

"발튼 후작."

"예, 소신 여기 있습니다, 폐하."

발튼 후작은 타카 2세가 멍하니 허공을 보는 얼굴로 자신을 부르자 마음이 아팠다. 어쨌거나 자신이 진심으로 따르던 왕이다. 젊었을 때부터 그 강대한 야망에 끌려 군인으로서 최선을 다해 보필하고자 스스로 맹세했던 왕이다.

바로크 백작이 최고의 심복이라고 하지만, 자신도 충성심에 있어서는 그에게 뒤지지 않는다고 자신하고 있었다.

하지만 자신은 후작이다. 왕위 계승에 대해서는 냉정하게 평가를 해야 한다. 기본적으로 흑사자인 레오 백작이 왕의 재목이라고는 생각하기 어렵다.

설령 왕이 된다고 해도 그는 왕국을 지탱할 만큼의 책임감은 없다고 생각된다.

최강자인 것만은 틀림없지만, 왕은 아니다.

그것이 바로 발튼 후작이 그동안 내린 결론이었다. 신분과 정치력에 있어 레오가 왕이 되는 것은 힘들다고 본 것이다.

타카 2세는 그런 발튼 후작의 생각을 아는지 모르는지 그를 부른 후 잠시 입을 다물고 침묵했다.

계속되는 정적은 사람들의 가슴속의 긴장감을 더욱 고조시켰다. 지금 침을 삼키면 그 소리마저 크게 들릴 것 같았다. 귀족들은 하나같이 갈증을 느꼈지만 입을 열어 숨을 한 번 크게 쉬지도 못했다.

이윽고 타카 2세는 약간 고개를 돌려 발튼 후작에게 시선을 집중하면서 물었다.

"그대는 레오 경 앞에서 왕으로 있을 수 있나?"

“예?”

“그대가 생각하는 왕위 계승자가 흑사자 앞에서 왕으로 존재할 수 있을 것 같은가?”

“폐하!”

발튼 후작은 당황한 음성으로 타카 2세를 불렀다. 순간적으로 전신에 오한이 드는 것 같았다. 타카 2세가 말하는 의미가 몸속으로 스며들었다.

타카 2세는 말을 오래 하지 못했다. 한마디 할 때마다 고통을 참아야 한다. 머리 속으로 자신이 하고 싶은 말을 최대한 골랐다.

“그건 정말 어려운 일이다, 짐도……. 그는 강하다! 너무나도 강하다!”

“으음…….”

감당할 수 없는 신하, 그건 정말 왕에게 있어서 불행이다. 하지만 마스터인 바로크 백작도 수십 년 동안 왕가에 충성을 다하지 않았던가?

발튼 후작은 마음속으로 그렇게 중얼거렸다. 그러자 그 순간 머리 속에 또 다른 생각이 들었다.

‘다르다! 바로크 백작과 레오 백작은 전혀 다르다. 과연 폐하는 그것을 깨닫고 계셨구나!’

입을 열 수 없었다. 누가 왕이 되든 간에 레오 백작을 포용할 수는 없다.

대륙의 최강자, 마음만 먹으면 왕궁에 침입해 왕을 죽일 수도 있는 남자!

어떤 왕이라도 흑사자 앞에서는 안심하고 얼굴을 마주할 수 없다. 마스터라고 해도 근위 기사 수십 명이 지키는 왕을 해할 수는 없는데,

흑사자는 그것이 가능하다!

그걸 깨달은 이상 이 문제에 대한 타카 2세의 결정에 대해 함부로 논할 수 없었다.

타카 2세는 발튼 후작의 마음의 변화를 느끼고 있었다.

군부의 대부 격인 남자이다. 후작의 작위를 가지고도 권리보다는 의무를 우선하는 무인이다. 그가 왕국을 위해 한 헌신적인 활동은 수많은 기사들이 흠모하고 따르는 요인이다.

타카 2세는 다시 말했다.

"레오 경은 이미 왕이다. 그는 성격 자체가 왕이 아니면 안 되는 자다."

"그런……!"

할 말이 없다. 자신이 느낀 것을 일목요연하게 정리해 주는 말이라 할 수 있었다. 신하가 될 수 없는 자, 오로지 정상에 서기 위해 태어난 자이다.

설령 그가 어떤 이유로든 남의 밑에 있다 해도 그의 행동을 제약하는 것은 보통 일이 아니다.

발튼 후작은 타카 2세를 보았다. 자신의 주군은 그런 흑사자를 신하로 거두었다. 흑사자의 왕으로서 군림했고, 그의 앞에서 당당했다. 그런 그릇을 가진 자는 아무도 없다.

발튼 후작은 한숨을 쉬었다.

왕의 말은 계속되었다. 침묵 속에 천천히, 한마디씩 겨우 내뱉는 말이지만 타카 2세는 멈추지 않았다. 그것은 독백이었다. 다른 사람에게 말하는 것이 아닌 자신의 마음속의 생각을 그대로 말로 옮기는 것 같았다.

“왕국이 안정된 상황이면 그를 정중히 추방해야 한다. 하지만 지금은 안 된다. 그가 필요하다. 힘, 대륙 전체와 맞서 싸울 힘이 필요하다! 큭, 크륵.”

목소리에 약간 힘이 들어가는 듯하더니 피가 흘러나왔다. 궁중 의사가 얼른 회복 포션을 타카 2세의 입에 부어 넣었다. 피를 조금이라도 흘리면 잠시도 지체하지 말고 회복 포션을 쓰라고 여마법사에게 주의를 받은 그였다.

“폐하, 보중하십시오. 폐하께서 하시는 말씀은 잘 알겠습니다.”

발튼 후작은 타카 2세의 손을 잡고 말했다. 차가운 손, 산 자의 손이라고는 믿기 어려운 한기가 느껴졌다.

“흐윽, 훅, 훅.”

거친 숨을 쉬는 소리가 들려오자 다른 귀족들은 불안한 표정으로 서로를 보았다. 두카 공작에게 충성을 맹세한 자들도 이 순간만큼은 타카 2세의 말에 반박할 수 없었다.

“발튼 후작, 그대는 레오 백작의 부족한 점을 메워라. 그것이 짐의… 부탁이다.”

“폐하!”

부탁! 부탁이라고? 이것이야말로 가장 무서운 명령이다. 발튼 후작은 자신도 모르게 타카 2세의 손에 힘을 주었다. 그러나 타카 2세는 더 이상 그를 아랑곳하지 않고 다시 허공으로 시선을 돌리며 선언했다.

“내가 죽으면 레오 가이안 백작이 왕이다. 레오 경, 그대가 이것을 거절하지 않기를 바란다.”

“……”

레오는 대답하지 않았다. 타카 2세가 자신의 마음을 꿰뚫어 본 것 같은 느낌이 들었다. 그는 다른 귀족들을 스윽 둘러보았다. 마침 귀족들의 시선도 모두 레오에게 쏠려 있었다.

"의식을 잃으셨습니다."

궁중 의사의 말에 사람들은 다시 타카 2세에게로 고개를 돌렸다. 하지만 머리 속에는 타카 2세의 선언과 레오의 눈빛이 떠나지 않고 있었다.

"샤를로트 공작 영애와 혼인을?"

"그게 가장 좋은 방법입니다. 그렇게 한다면 모든 귀족들이 납득을 할 것입니다."

"으음, 과연 샤를로트 공작 영애가 그것을 받아들일까? 레오 백작은 두카 공작을 죽인 장본인이다."

"어려운 문제이기는 하지만 어쩔 수 없습니다."

회의실에서 몇몇 귀족들이 모여 회의를 하고 있었다. 세 명의 후작은 물론이고, 왕국의 실세라고 할 수 있는 자들이 모두 모였다. 차기 왕을 결정하는 회의인만큼 이보다 더 중요한 일이 있을 순 없다.

"죽은 두카 공작에게 충성을 맹세한 귀족들이 많습니다. 지금 레오 백작이 왕위를 이으면 그들은 절대 승복하지 않을 겁니다. 혈판장까지 있다고 하니 내란으로 번질지도 모르지요."

한 백작이 강하게 말했다. 몇몇 귀족들은 내심 찔리는 구석이 있는지 자신도 모르게 고개를 끄덕였다.

타카 2세가 깨어나 의사를 명확히 한 이상 레오를 처단하기가 어렵게 되었다.

오히려 그를 왕으로 삼아야 할 판이다. 받아들이기 어려운 문제이지만, 타카 2세의 위엄이 귀족들의 마음에 족쇄가 되었다.

그래서 그들은 하룻밤 동안 쉬지 않고 고민해 하나의 방법을 생각해 낸 것이다.

발튼 후작은 고개를 돌려 바로크 백작을 보았다.

바로크 백작은 잠시 생각을 하다가 귀족들에게 자신의 의견을 말했다.

“제 생각에는 샤를로트 공작 영애보다 레오 백작이 일단 받아들이지 않을 것 같습니다.”

“뭐라고요?”

“그런!”

귀족에게 있어서 결혼은 의무이다. 동시에 인맥과 신분을 확보하는 가장 큰 행사이기도 하다.

왕의 지위를 보장하는 혼사! 그것을 받아들이지 않는다니? 그게 있을 수 있는 일인가?

바로크 백작 이외의 모든 사람들은 그렇게 생각했다.

샤를로트 공작 영애의 경우처럼 아버지의 원수라고 해도 가문의 명예와 왕족의 의무를 위해서라면 결혼을 해야 한다고 단정하는 그들이었다.

단지 그녀의 경우, 아직 15세이기 때문에 감정적인 문제를 어떻게 최대한 해결하는가 하는 문제에 대해 고민할 뿐이다.

“혹시 레오 백작에게 이미 약혼녀가 있는 것이오?”

발튼 후작이 신중하게 물었다. 자신의 정보로는 없다고 알고 있다. 오히려 샤를로트 공작 영애와 반쯤 혼약이 진행되고 있었다는 소문이 있지 않은가?

바로크 백작은 고개를 저었다.

"없습니다. 애인이 있는지는 모르겠지만 적어도 정식으로 약혼한 여성은 없다고 알고 있습니다."

"그렇다면 문제가 없군. 추진하는 것이 좋겠소."

문관 귀족 출신의 로튼 후작이 단정하듯 말했다. 그는 정치적 역량이 별로 없어 두카 공작의 그늘에 있었지만, 그래도 후작은 후작이었다. 일단 말을 꺼내자 결코 가볍지 않았다.

발튼 후작도 바로크 백작을 보며 결론을 내리자는 듯 강하게 제안했다.

"이렇게 합시다. 나와 로튼 후작이 샤를로트 공작 영애를 설득하겠소. 바로크 백작이 레오 백작을 설득해 주시오."

"그건……."

바로크 백작은 별로 자신이 없다는 듯 말끝을 흐렸지만, 발튼 후작을 위시한 다른 귀족들은 이것이 최선의 방법이라고 단정하는 듯 재차 부탁을 했다.

그렇게 회의는 끝났다.

'아무리 생각해도 가망이 없는 이야기다.'

바로크 백작은 레오의 방으로 가면서 한숨을 내쉬었다. 의문의 여마법사의 경우도 그렇지만, 설령 그녀가 없더라도 레오의 성격으로는 절대 이런 식의 정치적 혼례를 받아들이지 않을 것 같았다. 정말 귀족답지 않은 자라고 할 수 있었다.

똑똑똑.

"바로크 백작, 들어오십시오."

누군지 말하지 않아도 레오는 상대의 기를 느낀다. 바로크 백작은 지난 며칠 동안의 경험으로 그걸 알았다.

문을 열고 들어가니 발렌과 휴케바인, 그리고 유스가 레오와 같이 소파에 앉아 있었다. 이들도 무엇인가 회의를 하는 중이었던 모양이다.

"이쪽으로 앉으시지요."

발렌이 일어나 바로크 백작에게 정중히 자리를 권했다. 바로크 백작은 말없이 그가 권한 자리에 앉았다.

"무슨 일이 있었습니까?"

유스가 바로크 백작의 안색을 보고 물었다. 할 말이 있어서 온 사람의 표정이다. 그것도 상당히 부담스러운 내용일 것이다.

바로크 백작은 물끄러미 레오를 쳐다보았다.

태연한 얼굴, 문득 화가 치밀어 올랐다. 이자는 과연 남이 얼마나 고생하고 있는지 알기나 할까?

다음 순간 맥이 빠지면서 오히려 입가에 웃음이 떠올랐다. 알 리가 없다. 그런 걸 알 정도면 사람들이 고민하지도 않을 것이다.

"귀족 대표들과 회의를 하고 오는 길입니다만."

"말씀하십시오."

레오는 어려워할 것 없다는 표정으로 바로크 백작이 말하도록 했다. 그러나 다른 기사들은 바짝 긴장했다. 그들도 타카 2세의 유언과도 같은 왕위 계승 선언에 대해 들었다.

"그들은 레오 백작과 샤를로트 공작 영애의 결혼을 원하고 있습니다."

"샤를로트 공작 영애와!"

"으음? 두카 공작의 딸과!"

발렌과 휴케바인이 놀라서 중얼거렸다. 유스는 과연 그런 식으로 흘러갔구나 하는 표정이었다.

당연한 일이다. 지방 귀족이 단번에 왕이 되려면 그 정도는 해야 한다. 신분은 하루아침에 이루어지는 것이 아니다.

레오는 멀뚱히 바로크 백작을 바라보더니 입을 열었다.

"거절하겠소. 그들이 결정할 것은 하나요. 나에게 무조건 충성을 하거나, 아니면 하지 않거나. 조건을 걸 정도라면 안 하는 것도 좋겠지."

"역시 그렇게 생각하시는군요."

바로크 백작은 한숨을 쉬었다. 이런 식으로 나오면 괴로워진다고 충고하고 싶었지만, 절대로 먹히지 않을 것이 확실했다.

"폐하의 뜻대로 나는 왕이 되겠소."

레오는 단지 그렇게 자신의 의사를 밝혔다. 샤를로트 공작 영애 건은 더 이상 논의할 필요도 없다는 투였다.

『흑사자』 4권에 계속…